Aimer de nouveau

Sous le charme d'une intrigante

MAUREEN CHILD

Aimer de nouveau

Traduction française de
AURE BOUCHARD

PASSIONS

HARLEQUIN

Collection : PASSIONS

Titre original :
RICH RANCHER'S REDEMPTION

Ce roman a déjà été publié en 2019

HARPERCOLLINS FRANCE
83-85, boulevard Vincent-Auriol, 75646 PARIS CEDEX 13
Service Clients — www.harlequin.fr
ISBN 978-2-2805-0128-6 — ISSN 1950-2761

Composé et édité par HarperCollins France.
Imprimé en janvier 2024 par CPI Black Print (Barcelone)
en utilisant 100% d'électricité renouvelable.
Dépôt légal : février 2024.

FSC
www.fsc.org
MIXTE
Papier issu de sources responsables
FSC® C159065

Pour limiter l'empreinte environnementale de ses livres, HarperCollins France s'engage à n'utiliser que du papier fabriqué à partir de bois provenant de forêts gérées durablement et de manière responsable.

1

Deux semaines s'étaient écoulées depuis les funérailles qui s'étaient transformées en… retrouvailles. Pourtant, Jesse Navarro avait toujours l'impression que la terre s'était dérobée sous ses pieds. De toute façon, ce genre de réaction était probablement normal lorsque votre frère resurgissait parmi les vivants le jour de son propre enterrement, non ?

Il plissa les yeux face au soleil de l'après-midi et se dit qu'il était compliqué de réussir un service funéraire lorsque l'invité d'honneur débarquait au milieu de l'assemblée. En vie.

— Vois donc le bon côté des choses, pour l'amour du ciel ! maugréa-t-il en se passant une main dans les cheveux.

Oh ! Jesse mesurait la chance qu'il avait. Il avait retrouvé son frère. Pourtant, il avait aussi une énigme à résoudre. Et Jesse n'aimait pas les énigmes.

Si Will Sanders était vivant et de retour à Royal, au Texas, alors à qui appartenaient donc les cendres qui se trouvaient dans l'urne que tout le monde croyait être celles de Will ? Et qui était le salopard qui s'était fait passer pour Will pendant tous ces longs mois ? Surtout, *pourquoi* avait-il fait une chose pareille ?

— Moi, je sais, marmonna Jesse. Je sais pourquoi il a fait ça. Pour l'argent.

Les Sanders étaient une famille de renom, bien au-delà du seul Texas. Ce salaud avait donc tenté de monnayer le nom de Will, et il s'était sacrément bien débrouillé. Car ce n'était pas seulement un nom qu'il avait usurpé. Il avait *pris* le visage de

Will. Ses mimiques, son sourire, absolument tout. Il avait réussi à tromper la famille de Will.

Bon sang. Il avait même trompé Jesse !

La pilule était amère. D'une manière ou d'une autre, Jesse s'était senti déloyal de ne pas avoir repéré l'imposteur dès son arrivée au ranch familial. Comment avait-il pu se faire avoir ainsi ? Pour sa défense, Jesse devait reconnaître que « Will » n'avait pas passé beaucoup de temps avec eux. Il s'était montré plutôt fuyant et, à l'époque, Jesse avait pensé que son frère devait être surmené.

Ce qui était sans doute le cas. Car cet imposteur n'avait pas ménagé ses efforts pour maintenir l'illusion.

Jesse déplaça son regard vers la maison principale du ranch. Véritable manoir tentaculaire, elle ne ressemblait en rien à l'image que l'on se fait d'une maison de ranch. Massive, élégante, avec sa façade blanche et ses volets noirs, la bâtisse présentait un immense porche d'entrée à hautes colonnes. Et, quand les fenêtres de toit de l'étage s'éclairaient la nuit, elles lui conféraient un air de paradis.

Aujourd'hui, quelque part à l'intérieur de cette immense demeure, il y avait le vrai Will Sanders. Deux voitures stationnaient devant le porche et Jesse observa la Honda d'un vert délavé arborant une plaque du Nevada. Sa conductrice se trouvait à l'intérieur. Avec Will.

La jeune femme, Jillian Norris, n'était pas assortie à sa voiture. Une femme comme elle aurait dû être au volant d'une Porsche. Ou au moins d'une Mustang décapotable. Dans le chaos qui avait suivi la réapparition de Will, Jillian s'était plus ou moins liée d'amitié avec Lucy, la sœur de Will et de Jesse, et elle passait au ranch régulièrement. Or, à chacune de ses visites, Jesse se retrouvait submergé par une chaleur irrépressible. Il avait bavardé avec elle à plusieurs reprises : sa voix basse et sensuelle faisait à chaque fois bouillonner son sang au creux de ses veines.

Fronçant les sourcils face à l'horizon lointain, il se dit que, s'il avait un minimum de jugeote, il éviterait Jillian Norris. Mais apparemment, le bon sens était en contradiction avec ce que lui dictait son corps. Instantanément, il fut assailli d'images de Jillian et son corps se raidit. Secouant la tête, il s'avoua qu'il en allait ainsi depuis la seconde où il l'avait vue, le jour de l'enterrement.

Belle à en tomber par terre, avec des courbes qui mettraient n'importe quel homme à genoux, Jillian Norris avait des jambes interminables et des yeux noisette affichant une lueur à la fois fragile et provocante. Un mélange intrigant qui avait attiré Jesse depuis le début. Lors de la cérémonie funèbre, elle se tenait à l'écart avec sa petite fille âgée d'environ deux ans. Une version miniature d'elle-même, avec de grands yeux noisette, des cheveux blond très clair et un sourire contagieux.

Jesse s'était bien sûr demandé qui était cette femme et pourquoi elle venait aux funérailles de son frère. Mais ensuite, celui-ci avait débarqué au milieu de tous ses proches en demandant ce qui se passait. Et soudain, il avait fallu répondre à des questions nettement plus graves.

— Et deux semaines plus tard, j'ai autant de questions, grommela Jesse en secouant la tête.

Il frappa une main sur la clôture de l'enclos, tellement fort qu'il crut briser en deux la planche de bois.

Son petit frère était revenu d'entre les morts et Jesse en éprouvait une joie profonde. Mais il demeurait des zones d'ombre dans les souvenirs de Will, laissant sa famille dans l'ignorance de ce qui lui était vraiment arrivé pendant la période où il avait disparu. Naturellement, celui-ci se posait aussi de nombreuses questions, mais d'une certaine manière il était plus difficile pour Jesse de rester simple spectateur de la situation. Cela le rendait fou de savoir qu'il n'y avait rien à faire pour percer ce mystère. En tant que frère aîné, il avait pourtant l'habitude de venir à la rescousse de ses cadets.

Cette fois, cependant, personne ne l'avait appelé au secours.

Le chaos avait fait irruption lors de la cérémonie funéraire : la mère de Jesse avait hurlé le nom de Will et s'était précipitée, suivie de près par Lucy, dans les bras de son fils. Will avait cherché une explication au fond du regard de Jesse, mais il avait été trop ému de revoir son frère pour trouver les mots — et ignorait de toute façon si des termes adéquats existaient pour décrire une telle situation.

Secouant la tête, Jesse se souvint qu'il avait découvert qui était Jillian longtemps après que la confusion causée par l'arrivée impromptue de Will s'était dissipée. Un avocat avait conseillé à la jeune femme de venir au Texas pour réclamer une partie de la succession de Will, au nom de l'enfant qu'ils avaient eu ensemble. Cette petite fille était une véritable merveille... Sauf qu'en définitive Mac n'était finalement pas la fille biologique du *vrai* Will. Car, en venant à Royal, Jillian avait compris que, comme tout le monde dans cette petite ville du Texas, elle avait été dupée par l'imposteur.

Jillian avait d'ailleurs envisagé de repartir dès qu'elle avait découvert la vérité. Mais Will l'avait persuadée de rester un peu, jusqu'à ce que tout le mystère soit résolu. Jesse avait ainsi appris que Jillian et sa fille Mackenzie séjournaient dans un motel bon marché en périphérie de Royal, et il s'était dit qu'être enfermée dans un tel établissement avec un enfant en bas âge ne devait pas être simple.

Aujourd'hui, elle était venue jusqu'ici pour voir Will, et Jesse s'était dit qu'il se devait d'être là, lui aussi. Or Will, aussi têtu qu'il l'avait toujours été, avait insisté sur le fait que c'était son problème à lui et qu'il lui appartenait de tout faire rentrer dans l'ordre.

Mais bon, Will n'était pas responsable de ce bazar. Le vrai coupable, c'était l'imposteur, et si Jesse avait su où trouver le bonhomme... Bref, il valait probablement mieux qu'il ne le sache pas.

Pourtant, il n'allait pas rester à l'écart et laisser Will essayer de démêler tout seul cette situation incroyablement compliquée. Que cela lui plaise ou non, Jesse était et serait toujours le grand frère de Will. Alors pas question que celui-ci oublie ce détail.

Il vissa de nouveau fermement son chapeau noir sur sa tête et s'éloigna de la clôture de l'enclos, s'avançant vers la maison principale du ranch à grandes enjambées. Son regard balaya la façade blanche et, comme toujours, il fut envahi d'un bref sentiment de gratitude.

Il avait grandi ici. Dès le moment où sa mère, Cora Lee, avait épousé le père de Will, Roy, le ranch de l'Ace In the Hole était devenu son foyer. Jesse se souvenait encore de sa première visite au ranch qui, dans ses yeux de garçonnet de six ans, ressemblait à un château. Il ne manquait plus que quelques tourelles, un pont-levis et un dragon ou deux pour que le tableau soit parfait.

Et Roy s'était assuré que Jesse et sa jeune sœur comprennent, dès le premier jour, qu'ils étaient là chez eux au même titre que Will. Qu'ils étaient tous de la famille. Et que rien n'était plus important que cela.

Car la famille passait toujours en premier. C'était l'une des premières leçons de vie que Jesse, Will et Lucy avaient reçues en grandissant. Et la seule qui resterait immuable. Jesse ferait n'importe quoi pour ceux qu'il aimait. C'était d'ailleurs pour cela qu'il n'allait pas laisser Will sans soutien.

Il avait déjà assez failli à son devoir avec Lucy — mais ce n'était pas le moment d'y penser. En montant les marches de la terrasse panoramique, une autre leçon de vie lui vint à l'esprit. Sa mère, Cora Lee Sanders, était ce que l'on appelle une maîtresse femme, et le fait de vivre dans un ranch signifiait qu'elle était constamment en guerre contre la poussière, qui avait une fâcheuse tendance à s'inviter dans son foyer.

« Essuie-moi donc ces pieds avant de faire de cette maison une porcherie ! »

Il sourit alors que la voix sévère de sa mère lui résonnait à l'esprit. Mais, consciencieusement, il gratta les semelles de ses bottes sur le paillasson en fer forgé prévu à cet effet, puis poussa la porte et entra. Aussitôt, un silence troublant l'enveloppa. D'habitude, la maison était pleine de vie.

Lucy et son jeune fils, Brody, vivaient dans l'aile est, mais le petit garçon de quatre ans occupait tout l'espace et ne connaissait guère de répit. Lucy était une mère célibataire et, une fois de plus, Jesse dut ravaler la culpabilité et les regrets qui le rongeaient. Mais sa sœur bénéficiait aussi de la présence de tout le monde sur le ranch pour l'aider à élever le garçonnet, qui menait son petit monde à la baguette.

Jesse se dirigea vers le bureau, l'ancien refuge de Roy. Depuis sa mort, toute la famille s'en servait puisque Jesse n'avait pas été en mesure de revendiquer la pièce malgré le fait qu'il était maintenant responsable du ranch. Les talons de ses bottes firent grincer le plancher en bois ciré selon un rythme qui épousait les battements rapides et réguliers de son cœur.

La porte-fenêtre étant ouverte, il entra dans le bureau sans s'annoncer. Rien n'avait changé : ni les fauteuils en cuir marron foncé, ni les tables en bois massif, ni les lampadaires en laiton. Pas plus que l'épais tapis avec une carte de la propriété, les murs encombrés de livres et le bar où des carafes en cristal remplies de whisky, de brandy et de vodka scintillaient à la lumière. La cheminée en galets éclairait la pièce d'un feu de faible intensité et, devant le large bureau, Will était assis, l'air mal à l'aise. Face à lui, dans l'un des fauteuils en cuir, se trouvait Jillian Norris.

À l'instant où le regard de Jesse se posa sur elle, il se sentit défaillir. Cette femme était à tomber par terre. Grande, au moins un mètre soixante-quinze, de longs cheveux blonds et ondulés ressemblant à du fil d'or, même attachés dans la queue-de-cheval dont elle se départait rarement. Ses grands yeux noisette semblaient à la fois fragiles et provocants. Une contradiction troublante qui l'avait attiré depuis le début. Les rares fois où il l'avait côtoyée, il avait remarqué son menton effronté et la lueur de dévotion dans ses yeux quand elle regardait sa fille.

— Jesse ? fit Will en levant les yeux vers lui.

— Continuez. Faites comme si je n'étais pas là.

Il ignora le rictus irrité qui assombrit le visage de son petit frère alors qu'il avançait dans la pièce pour s'installer dans l'un des fauteuils.

Le froncement de sourcils de Will ne dura qu'un instant, sans doute parce qu'il savait que cela n'aurait pas le moindre effet sur son frère, puis il se retourna vers Jillian.

— Si je peux te faciliter les choses, je le ferai avec plaisir.

Jesse observa la jeune femme. Elle paraissait... gênée et il se demanda s'il en était la cause. Il aurait probablement dû se sentir embarrassé de s'incruster ainsi, mais il n'en était rien.

— Et je te remercie, répondit Jillian d'une voix à peine audible avant de soupirer longuement. Mais je te l'ai dit : tu ne me dois rien. Mac n'est pas ta fille. Je le sais, maintenant.

Will se leva de derrière le bureau et le contourna.

— Je ne suis pas son père, certes. Mais son véritable géniteur s'est fait passer pour moi et ça fait suffisamment écho avec ma propre mésaventure pour que je me comporte comme si de rien n'était.

Raide sur son fauteuil, elle croisa les mains sur ses genoux.

— Écoute, je n'ai pas besoin de ton aide. Mac et moi, on va bien s'en sortir et...

Jesse perçut de la fierté dans sa voix. Et Will aussi, vu la façon dont il rétorqua :

— Ce n'est pas de la charité, d'accord ? insista-t-il avec un regard impatient qui semblait enjoindre à Jesse de s'en aller.

Jesse secoua vigoureusement la tête. Poussant un soupir, Will se tourna alors vers son interlocutrice.

— Qu'est-ce que ce serait alors ? demanda-t-elle.

— Une faveur, précisa-t-il. Une faveur que tu me rendrais.

Elle rit et, malgré cette situation surréaliste, Jesse sentit chaque cellule de son corps vibrer au son de ce petit rire doux. Mal à l'aise, il remua sur son siège.

— Tu me demandes un service... À moi ? bredouilla-t-elle sur un ton incrédule.

— Absolument, confirma Will en posant les mains sur ses cuisses avant de se pencher vers elle. Car cet enfoiré... Hum, pardonne mon langage.

Elle pouffa de rire.

— J'ai entendu pire et, qui que soit l'homme qui s'est fait passer pour toi, il mérite ce genre de terme, voire pire.

Jesse était épaté. Elle avait sa fierté, mais elle était aussi capable d'affronter la situation dans toute sa complexité.

— Eh bien, reprit Will, ma mère ferait une crise si elle m'entendait jurer devant une dame, donc je te présente quand même mes excuses, Jillian.

Elle hocha la tête.

— Comme je disais, reprit-il, celui qui a volé mon identité a usurpé mon nom, mais aussi ma réputation, qu'il a salie.

Jesse se renfrogna devant le regard frustré de son frère. Il savait que Will avait souffert, mais détestait le constater en personne.

— Sauf que, toi, tu ne m'as fait aucun mal, soupira Jillian.

— Je le sais bien, mais il a semé tout ce chaos en mon nom, et je le vis mal... À moins que tu n'acceptes mon aide.

Une ou deux secondes s'écoulèrent avant que Jillian secoue la tête et affiche un sourire ironique.

— Tu es doué pour ça, hein ? Pour faire en sorte que les gens fassent ce que tu veux...

— Avant, c'était le cas, admit Will.

— Ça l'est toujours, intervint tranquillement Jesse.

Jillian tourna la tête vers lui et leurs regards se croisèrent. Même depuis l'autre bout de la pièce, il y avait comme de véritables étincelles entre eux. Et Jesse vit à la lueur complice qui traversa les yeux de Jillian qu'elle ressentait la même chose. Non pas qu'il s'en soucie, d'ailleurs.

— Mon grand frère pourra te confirmer à quel point je peux être entêté, déclara Will à Jillian. Ce que j'essaie de dire, c'est qu'il est crucial pour moi de restaurer ma réputation. Alors laisse-moi t'aider. Si je m'occupe de ta fille et de toi, ça m'évitera de retourner trop vite à ma propre vie.

Jesse observa sa réaction. Jillian paraissait perplexe. Aussi intervint-il de nouveau.

— Il ne ment pas, Jillian.

Elle se tourna de nouveau vers lui et cette impulsion électrique entre eux explosa. Leurs regards s'accrochèrent, et Jesse aurait pu jurer que même l'air entre eux se consumait. Sauf que cela ne l'intéressait pas. Il n'avait pas le temps de se laisser distraire par une femme — or celle-ci serait la reine de toutes les distractions. Alors il refoula son attirance et se contenta de livrer son point de vue.

— Will a beaucoup de choses à digérer en ce moment.

Elle rit poliment.

— Oui. Je sais.

— Alors tu devrais savoir qu'il ne sera pas en paix tant qu'on ne se sera pas occupés de ta fille et de toi.

— Je ne suis pas un problème à résoudre, ni ma fille non plus, d'ailleurs.

— Ce n'est pas ce que Jesse a voulu dire, affirma Will.

— Ce n'est pas ce que j'ai dit, l'interrompit Jesse. Et je pense que tu le sais. Il n'y a aucune raison de te vexer.

Will lui lança un regard dur que Jesse ignora. Ses yeux restaient accrochés à ceux de Jillian.

Elle hocha la tête.

— D'accord, tu as raison. Je me suis vexée.

— J'ai aussi raison de dire que tu dois lui épargner un...

— Il n'y a rien à épargner, répliqua Jillian.

— Je vous remercie, mais pour ma part je...

De nouveau, Jesse coupa la parole à Will.

— Ça recommence. Vous ne comprenez pas mes intentions. Jillian, j'essaie de te dire que, si tu ne laisses pas Will faire ce qu'il pense être juste, tu vas le punir pour quelque chose dont il n'est pas responsable.

— Jesse, pourquoi tu ne me laisses pas...

— Je lui ai dit que rien n'était sa faute, soutint Jillian en interrompant Will à son tour.

— Il ne te croira pas, assena Jesse.

— Bien sûr que je veux la croire !

— Tu le devrais en effet, dit Jillian.

— Il n'y arrivera pas, assura Jesse en agitant une main devant son frère. Il va se vautrer dans la culpabilité ou d'autres bêtises si tu ne le laisses pas t'aider.

— Je ne me vautre nulle part, protesta Will.

— Et si je le laisse m'aider, reprit Jillian, je me sentirai coupable de profiter d'un homme qui ne me doit rien.

— Non, murmura Jesse en secouant la tête. Tu es trop intelligente pour ça. Tu es une mère. Pense à ton enfant. Tu feras ce qu'il faut et tu accepteras ce coup de main.

Elle inclina la tête pour le dévisager.

— Ah bon ?

Sa longue queue-de-cheval blonde se balança vers l'avant pour venir caresser son épaule et sa poitrine. Il eut envie de faire la même chose avec ses mains. Bon sang… Il était jaloux de ses cheveux. Il devenait pathétique, non ?

— Oui, confirma Jesse en verrouillant son regard au sien. C'est ce que tu vas faire.

— Tous les deux, vous me ferez savoir quand c'est mon tour de parler, marmonna Will.

— Il ne lâchera pas l'affaire tant que tu n'auras pas accepté son aide, expliqua Jesse.

— Mon frère a raison, déclara Will en s'introduisant presque par effraction dans la conversation.

— Pourquoi tu t'intéresses à ma décision ? demanda Jillian en s'adressant à Jesse, et non à Will.

En vérité, il n'était pas tout à fait sûr de la raison pour laquelle le bien-être de cette femme comptait tellement pour lui. Il haussa les épaules.

— C'est peut-être parce que maman a été une mère célibataire avant d'épouser le père de Will. Parce que je me souviens combien c'était dur pour elle avant qu'on ne vienne vivre ici au ranch.

Elle baissa brièvement les yeux avant de chercher de nouveau son regard. Dans ses yeux, il décela une lueur de résignation. Elle lui fit un signe de tête presque imperceptible avant de se tourner vers Will.

— Dans ce cas, c'est d'accord. Je vais accepter ton aide et je t'en remercie.

Will sourit.

— Tu n'as pas à me remercier. Comme mon frère l'a dit, tu m'extirpes d'un océan de culpabilité en acceptant.

Jesse la regarda et comprit qu'elle était encore un peu mal à l'aise avec sa décision. Mais, pour le bien de sa fille, elle était manifestement prête à ravaler un peu de sa fierté.

— Tu vivais et travaillais à Vegas, n'est-ce pas ? reprit Will.

Les épaules de Jillian s'affaissèrent d'un coup. Comme si le mot « Vegas » l'avait mise sur la défensive.

— En effet.

— Je peux t'aider à retourner là-bas, dit Will. Tu as probablement quitté ton appartement quand vous êtes venues au Texas. Je peux t'aider à en obtenir un nouveau, si tu le souhaites. Ou, si tu préfères, je te dégote un joli endroit, ici, à Royal.

Elle mordilla sa lèvre inférieure et Jesse sentit un désir chaud le traverser de part en part. Et merde...

— Je préférerais rester ici, répondit finalement Jillian. Enfin, si les ragots que cela pourrait occasionner ne vous dérangent pas. Les gens sauront que je suis venue ici en pensant que tu étais le père de Mackenzie.

— Ça ne me dérange pas, lui assura Will. Les ragots sont inévitables, mais un ragot chasse l'autre, ça finira par disparaître. Enfin, c'est à toi de décider. Tu es sûre que tu ne préférerais pas rentrer chez toi ?

Un sourire triste retroussa brièvement sa bouche charnue.

— Vegas n'a jamais été « chez moi ». Juste un endroit où vivre et travailler. Je suis venue à Royal pour un nouveau départ. Pour Mac et pour moi. Je n'ai pas changé d'avis.

— Alors c'est ce que nous allons faire, conclut Will en retournant au fauteuil derrière le bureau. Nous possédons de nombreuses propriétés à Royal. Je suis certain qu'on a un appartement qui...

— Ça n'a pas besoin d'être quelque chose de trop grand. Ni trop fantaisie, ajouta Jillian rapidement. Juste propre et sûr. Un lieu où nous resterons jusqu'à ce que je trouve un travail et puisse louer un logement.

— Mais...

Will allait protester, toutefois Jesse comprenait la jeune femme. Elle était prête à accepter de l'aide, tout en refusant de se sentir redevable si jamais Will tentait de la loger dans un appartement extravagant, par exemple.

— Nous possédons un immeuble près de Main Street, déclara Jesse sous le regard médusé de Will et de Jillian. Le quartier est sûr. Propre. Ce sont des studios, mais assez spacieux pour un bébé et toi.

Les yeux de Jillian s'illuminèrent et elle hocha la tête alors même que Will s'agaçait :

— Nous pouvons lui offrir mieux qu'un studio. Un logement plus spacieux. Avec une cour, peut-être...

— Non, fit Jillian en secouant la tête avant de se tourner vers Will. Celui-ci a l'air parfait. On va le prendre.

Elle chercha alors le regard de Jesse, qu'elle dévisagea longuement.

— Merci, Jesse, lâcha-t-elle simplement.

Elle soutint son regard pendant un long moment, et il sentit de nouveau l'onde de chaleur qui irradiait chaque cellule de son corps. Mais il ne montra rien de son trouble.

— De rien.

— Comment ça s'est passé ?

Jillian pénétra dans le vaste salon de la suite qu'occupait Lucy Navarro Bradshaw au ranch de l'Ace In the Hole. La pièce était spacieuse et aérée, avec une immense baie vitrée du sol au plafond, offrant une vue panoramique sur le ranch de la famille Sanders. Le mobilier était féminin sans être kitsch pour autant. Les canapés et chaises rembourrés étaient couverts d'un tissu écru orné de fleurs bleues et jaunes. De belles tables en chêne clair accueillaient des piles de livres et des lampes en laiton aux abat-jour ambrés. Des tapis aux couleurs pâles et nuancées ornaient les parquets en bois étincelants et, pour faire en sorte que tout cela ressemble moins à une séance de photos pour un magazine déco, des jouets, des camions et des livres de coloriage traînaient un peu partout.

Normalement, Jillian ne se serait pas sentie à sa place dans une demeure aussi élégante. Mais comment ne pas être à son aise aux côtés d'une jeune femme comme Lucy ?

Malgré son mètre soixante-dix, Lucy était plus petite qu'elle. Elle avait les cheveux brun cuivré, de grands yeux bleus et un sourire avenant qui avait mis Jillian à l'aise dès le début. Grâce à Lucy, malgré les événements qui s'étaient enchaînés depuis deux semaines, elle ne s'était jamais sentie seule à Royal.

Pourquoi Lucy s'était liée d'amitié avec elle ? Elle l'ignorait, mais elle lui en était reconnaissante. Elle avait laissé derrière elle tout ce qu'elle avait toujours connu quand elle était venue à Royal, dans l'espoir de faire valoir les droits de Mac lors de la succession de l'homme qu'elle croyait être le père de sa fillette. Ce n'est que lors de la cérémonie en l'hommage de Will, lorsque l'homme en personne avait franchi la porte de l'église, que Jillian s'était rendu compte d'avoir été dupée. Un imposteur, se faisant passer pour le riche Will Sanders, l'avait un jour séduite et laissée enceinte. Maintenant, elle se retrouvait sans logement, sans travail, mais avec une petite fille à élever.

Son regard glissa vers Mac, qui jouait avec Brody, le fils de Lucy. La fillette avait les cheveux blonds et soyeux, de grands yeux noisette et une fossette dans la joue droite qui ne manquait jamais de faire fondre Jillian. À presque deux ans, Mackenzie Norris était la lumière de la vie de sa maman.

Il n'y avait rien qu'elle ne fasse pour sa fille.

— Jillian ? marmonna Lucy. Ici la terre...

— Quoi ? bredouilla-t-elle en s'extirpant de ses pensées avec un sourire de circonstance. Oh ! désolée. Je rêvassais.

— Ne t'inquiète pas. Ça m'arrive tout le temps, lui assura Lucy.

— Maman ! Regarde, je colorie !

Le visage de Mac s'illumina.

— C'est ce que je vois, approuva-t-elle en allant s'asseoir au sol à côté de Lucy et de son fils, un petit blondinet aux yeux noisette.

Du haut de ses quatre ans, Brody essaya de chuchoter :

— Mais elle dépasse des lignes...

Lucy s'esclaffa en passant une main sur la tête de son fils.

— Elle est encore petite, tu sais.

Oui, pensa Jillian, *elle est encore toute petite...* Elle avait encore tout le temps de s'endurcir pour pouvoir affronter ce monde de brutes.

— Et si tu emmenais Mac dans ta chambre pour lui montrer tes livres ? suggéra Lucy.

— D'accord !

Brody se leva et tendit une main vers la fillette qui se précipitait déjà pour l'accompagner.

Lorsque les enfants eurent quitté la pièce, Lucy rassembla les crayons et les glissa dans une grosse boîte en plastique.

— Alors, reprit-elle en adressant à Jillian un regard interrogateur. Comment ça s'est passé ?

Jillian rassembla les cahiers de coloriage, les empila soigneusement, puis les déposa à côté de la boîte de couleurs.

— Plutôt pas mal, tout bien considéré.

— C'est ce qu'on appelle répondre sans répondre, répliqua Lucy. Ma mère nous faisait ça tout le temps. Maintenant, je me comporte de la même façon avec Brody.

Jillian eut un petit rire.

— Tu as raison. Désolée.

— Qu'est-ce que Will avait à te dire ?

— Beaucoup de choses, répondit-elle après une hésitation.

Elle repensa à son entrevue avec le vrai Will Sanders. Comment aurait-elle pu lui en vouloir ? Il s'était montré bienveillant, compréhensif et généreux, dans la mesure où Jillian et Mac n'étaient pas du tout son problème. Poussant un soupir, elle s'assit contre la chaise la plus proche et allongea ses jambes devant elle.

— C'est un homme très gentil. Beaucoup plus sympa que le « Will » que j'ai connu.

Lucy lui prit la main et la serra en signe de solidarité.

— C'est un bon gars.

— Oui, admit Jillian. C'est un chic type. Il nous a proposé de nous payer notre retour à Vegas et de nous installer dans un nouvel appartement.

— Oh ! fit Lucy d'une voix déçue.

Elle chercha le regard de son amie, qui haussa les épaules.

— J'espérais que tu resterais ici au Texas, ajouta Lucy. Je veux dire, j'ai peu d'amis proches et… toi et moi, on s'est… trouvées, tu vois ? Alors tu vas me manquer.

Surprise, Jillian bredouilla :

— Pourquoi ?

— Allons… Tu n'as donc aucun ami qui te manquerait s'il déménageait ? demanda Lucy avec un petit gloussement.

— Non, répondit Jillian au bout d'un long moment. Je n'en ai pas. À part toi... Tu me manquerais aussi.

— Ravie de l'entendre, avoua Lucy.

— Mais je ne te manquerai pas.

— Comment ça ? Qu'est-ce que tu veux dire ?

— Je ne quitte pas le Texas, annonça Jillian en haussant les épaules alors que le visage de son amie s'éclairait. Il n'y a rien pour moi à Vegas et je pense que Royal est idéal pour prendre un nouveau départ.

Lucy se pencha vers elle afin de lui donner une accolade.

— Je suis tellement contente que tu restes ! Mais où vas-tu loger ? Attends... Toi et Mac pourriez emménager dans l'aile est avec Brody et moi ! Cet endroit est immense, il y a plus de place qu'il n'en faut. Brody adorerait avoir sa nouvelle amie à demeure et franchement... moi aussi !

C'était tentant. Jillian n'avait pas eu d'amie comme Lucy depuis... Jamais à vrai dire. Pour une raison quelconque, Lucy et elle étaient devenues amies tout de suite, et Brody et Mac s'étaient déjà liés d'amitié, eux aussi.

Mais rester ici sur le ranch de Will Sanders serait bien trop embarrassant.

Et surtout, Jesse serait là, lui aussi.

Or elle ne pensait pas que soit une bonne idée de passer trop de temps à proximité de cet homme. Car il éveillait en elle des désirs qu'elle n'avait pas le droit d'éprouver. Et encore moins d'assouvir.

2

Jillian prit une grande respiration et s'aperçut que même Will Sanders ne l'avait jamais plongée dans une telle fébrilité, mêlée d'excitation et d'impatience. Enfin, elle ne pensait pas là au véritable Will. Mais au « Will imposteur ». À l'époque, celui-ci l'avait séduite en un rien de temps, au point que Jillian avait oublié de se protéger.

Et maintenant qu'elle devait non seulement s'occuper d'elle-même, mais aussi de Mac, elle devait se montrer plus prudente que jamais. Car Jesse avait tendance à lui faire baisser sa garde.

— Merci, Lucy. Vraiment, merci pour ton offre, mais on ne peut pas loger ici. Ce serait bizarre, avec Will et...

— D'accord, répondit Lucy, j'ai compris. Mais tu ne peux pas non plus rester au motel indéfiniment.

— Nous allons quitter le motel, annonça Jillian en repoussant une mèche de cheveux derrière son oreille. Brody et toi avez été tellement gentils. Il fait un bien fou à Mac.

Lucy soupira un peu.

— Il a pris les qualités de son père, Dieu merci...

— Je ne sais pas, je trouve que sa mère aussi est géniale.

Lucy sourit.

— Mais elle a un caractère de chien !

Jillian éclata de rire.

— Cela arrive même aux meilleurs d'entre nous !

De la chambre de Brody, on entendit des rires et le sifflement aigu d'un petit train électrique. Jillian poussa un soupir. Le petit Brody avait complètement pris Mac sous son aile. Âgé d'à peine quatre ans, il semblait apprécier de jouer le « grand » aux yeux de Mac.

Jillian savait qu'elle faisait le bon choix, en restant ici au Texas. Mac était heureuse, même dans le petit motel minable où elles logeaient. Il y avait des parcs pour jouer, des glaciers chez qui savourer des friandises... et il y avait Brody. Toutes les deux, elles s'intégreraient à Royal. Elle ferait en sorte que ça marche.

— À quoi penses-tu ? demanda Lucy. J'entends pratiquement les rouages de ton cerveau tourner.

Jillian s'appuya contre le canapé à côté de son amie. Son « amie ». N'était-ce pas là un don du ciel ? Elle était venue au Texas dans l'espoir d'obtenir un accord successoral qui lui aurait permis d'élever sa fille, pour finalement découvrir l'imbroglio autour de Will Sanders — le vrai, comme le faux. Or elle y avait aussi rencontré une amie et trouvé un lieu pour repartir de zéro. Elle n'avait pas perdu au change.

— Ton frère m'a...

— Lequel ? interrompit Lucy.

— Jesse. Il a trouvé un logement pour Mac et moi.

Car rien ne la retenait à Vegas, la ville-illusion. Elle n'avait pas de famille, à part Mac, ni aucune perspective d'emploi sinon d'être serveuse de casinos. Ce genre de boulot était stable, avec un salaire pas si mauvais, mais passer des heures tous les soirs à se promener en talons hauts pour servir de l'alcool à des gens qui avaient déjà trop bu n'était pas exactement le travail de ses rêves. De plus, il lui fallait payer une baby-sitter pour Mac, et elle commençait à regretter de manquer trop de moments précieux auprès de sa fille.

— C'est génial ! Ça me fait super plaisir.

— Moi aussi, admit-elle en s'asseyant sur le canapé rembourré. C'est bien que l'on quitte ce motel. Bref, Will et moi étions en train de bavarder, puis Jesse a débarqué et...

— Vraiment ? fit Lucy en se renfrognant légèrement. Je pensais que Will voulait te parler seul. Si j'avais su que c'était une mêlée générale, je me serais aussi invitée.

— Je n'ai pas l'impression que Jesse ait été invité, précisa Jillian. Il a juste débarqué comme ça.

Lucy hocha la tête.

— Ça lui ressemble bien. Qu'est-ce qu'il avait à dire ?

— Il m'a parlé d'un appartement juste à la sortie de la ville. C'est un petit studio qui...

— Pas question ! s'enflamma Lucy en secouant la tête. Will peut t'offrir beaucoup mieux que ça.

Jillian agita une main pour la faire taire. Il avait été assez difficile pour elle d'accepter l'idée d'une aide. Que Will l'installe avec Mac dans un appartement de luxe, c'en était trop. Elle ne demandait pas la charité. Juste qu'on lui accorde une chance.

Elle avait l'habitude de se débrouiller seule et ne demandait pas plus que de se trouver un emploi et de pouvoir mettre un peu d'argent de côté. Elle avait des projets en tête et Royal semblait être le lieu idéal pour qu'ils deviennent réalité.

— Je ne demande rien de plus, assura-t-elle. Je suis capable de prendre soin de moi et de Mac. Tout ce dont j'ai besoin, c'est que l'on me mette le pied à l'étrier. Ensuite, je me trouverai un travail.

— Je peux comprendre, pour l'appartement, je veux dire, concéda Lucy. Et en ce qui concerne le travail, j'ai peut-être un plan, si ça t'intéresse.

Surprise, Jillian fixa son amie du regard.

— Ça m'intéresse.

Lucy pouffa de rire.

— Je ne t'ai même pas encore dit de quoi il s'agissait !

Jillian croisa les jambes.

— Est-ce que ça consiste à se balader avec des talons aiguilles en tenue de Valkyrie pour repousser toute la soirée les avances de clients ivres ?

— Désolée, rien d'aussi exotique, répondit Lucy en souriant. Cela dit, je veux bien voir ta tenue de Valkyrie !

Jillian leva les yeux au ciel.

— Et moi, je ne veux plus jamais en entendre parler. Alors, c'est quoi ce boulot ?

Lucy repoussa la pile de livres de coloriage, puis vint s'asseoir en tailleur.

— Naturellement, tu n'es pas obligée d'accepter. Mais je pense que ça pourrait fonctionner et tu serais avec Mac en même temps. La crèche du Texas Cattlemen's Club recherche une assistante.

— La crèche ? répéta Jillian dont l'esprit échafaudait déjà toutes sortes de scénarios.

— C'est vraiment un endroit génial, assura Lucy d'un ton très persuasif. La crèche est assez récente, en fait. Brody y va de temps en temps, quand j'ai des clients à voir et que maman n'est pas disponible. Mais le truc, c'est que Mac pourrait y rester quand tu travailles. Elle s'y ferait des amis, tu n'aurais pas à t'inquiéter pour elle et...

Jillian agita une main en l'air en riant.

— Arrête ton discours de VRP. C'est une idée géniale.

— Super ! s'exclama Lucy. D'après ce que j'ai entendu dire, le salaire est plus que correct et tu n'aurais pas besoin d'une baby-sitter, puisque Mac pourrait rester avec toi : tu gagnerais plus d'argent... J'ai déjà parlé de toi à Ginger Hanks et elle est impatiente de te rencontrer. Si tu veux, on ira demain. Je te présenterai et tu verras si ça te plaît ou non.

— Merci, murmura Jillian en prenant la main de son amie qu'elle serra fort dans la sienne. J'apprécie vraiment, Lucy.

— Je suis complètement égoïste, avoua-t-elle en serrant sa main à son tour. Je ne voulais pas te perdre en te laissant retourner à Vegas.

— Aucune chance que ça arrive.

— Bien. Je vais demander à Will quel studio il t'a réservé, et je t'y emmènerai demain aussi, si tu veux.

— Ce ne sera pas la peine.

Le cœur de Jillian se figea au son de cette voix. Une voix si profonde qu'elle résonna dans toute la pièce. Lentement, elle se tourna vers l'homme qui se tenait dans l'embrasure de la porte. Depuis quand en pinçait-elle pour les cow-boys ?

Rien qu'en posant les yeux sur lui, elle savait que Jesse Navarro était le genre d'homme sur lequel toutes les femmes se retournaient. Jillian avait déjà croisé des séducteurs, mais Jesse était très au-dessus du lot. Elle n'avait jamais rencontré un homme aussi sûr de lui. Il affichait une telle assurance que, face à lui, une femme ne pouvait que se sentir troublée et insignifiante.

Pendant quelques secondes, elle le détailla de la tête aux pieds et son cœur s'emballa. Jesse resta planté là, à la dévisager. Ses yeux étaient comme du chocolat fondu, ses mèches brun foncé balayaient le col de sa chemise blanche à manches longues. Son jean délavé tombait sur ses bottes noires éraflées et il tenait son chapeau de cow-boy noir à la main. Il était impassible. Tellement impassible qu'il dégageait une puissance pesante. Assez pour que le cœur de Jillian se mette à bourdonner à ses oreilles, rendant sa respiration difficile.

— Bien sûr que c'est la peine, Jesse, répliqua Lucy. Ce n'est pas comme si Jillian connaissait bien la ville.

Il tourna brièvement le regard vers sa sœur.

— Lucy, demain matin, tu as une réunion avec l'architecte à propos de ta nouvelle écurie dédiée à la reproduction.

Jillian détacha son regard de Jesse, car il était beaucoup plus sûr de se tourner vers son amie.

— Une écurie pour la reproduction ?

Lucy agita une main en l'air.

— C'est comme ça que Jesse appelle mon projet. Mais je fais construire une nouvelle écurie pour les chevaux qui...

— Seront dédiés à la reproduction ? insista Jesse.

— Bon, si tu veux. Une écurie dédiée à la reproduction, admit-elle en soupirant. Et il a raison. J'ai oublié que j'avais une réunion. Jesse te montrera l'appartement demain et, moi, je t'emmènerai au TCC pour que tu en saches plus sur le job.

Jillian sentit que la situation lui échappait de plus en plus.

— Merci, lança-t-elle à Jesse, mais j'ai un GPS sur mon téléphone, donc tu n'es pas obligé de m'emmener à...

— C'est décidé, la coupa-t-il en hochant la tête. Je viendrai te chercher à ton motel vers 10 heures, d'accord ?

— Inutile de discuter avec lui, soupira Lucy d'un air exaspéré. Il est têtu comme une mule !

Jesse lança un regard noir à sa sœur, mais il ne semblait pas rancunier. Jillian se serait amusée de ces petites tensions frère-sœur si elle ne s'était pas retrouvée en plein milieu.

— Si tu me donnes l'adresse..., tenta-t-elle une dernière fois.

— Je le ferai. Une fois sur place, affirma Jesse. À demain, alors.

Quand il fut parti, elle prit une grande respiration.

— Ton frère est...

— A : Insistant ? B : Opiniâtre ? C : Arrogant ? suggéra Lucy en souriant. Ma réponse est D : Toutes les réponses précédentes.

Sans oublier : Dangereusement sexy.

Jillian déglutit avec peine.

— Est-ce que quelqu'un lui a déjà dit « non » ?

— Beaucoup ont essayé, peu y sont arrivés, admit Lucy avec ironie. Tu es d'accord pour qu'il t'accompagne demain ? Je veux dire, c'est vraiment un chic type... En plus, il est célibataire.

Jillian cligna les yeux. Pas besoin d'être médium pour comprendre que Lucy essayait de jouer l'entremetteuse. Or il n'était pas question de la laisser faire.

Les coups arrangés de ce genre se transformaient toujours en cauchemars. En plus, elle ne cherchait pas à se caser. Le dernier homme à qui elle avait accordé sa confiance était l'imposteur qui l'avait séduite, puis abandonnée enceinte : aujourd'hui, elle ne savait pas qui était vraiment le père de son bébé. Non, elle en avait soupé des hommes. Ce qu'elle voulait, c'était construire un foyer pour sa fille, leur assurer un avenir à toutes les deux, or un homme représenterait une distraction dont elle n'avait ni envie ni besoin.

— Non merci, finit-elle par bredouiller en se levant.

Dehors, le soleil déclinait, laissant présager un coucher de soleil spectaculaire.

— Je ne cherche pas à me caser. Et je n'aime pas les hommes qui dictent aux gens ce qu'ils doivent faire.

— Il n'est pas aussi pénible. Ce n'est pas une brute ou quoi que ce soit, c'est juste... Jesse, conclut Lucy en haussant les épaules avant de se lever à son tour.

— Mouais. Et ton mari, il était autoritaire, aussi ? demanda

Jillian qui regretta aussitôt ses paroles. Je suis vraiment désolée, Lucy. Je n'aurais pas dû.

Relax, dédramatisa Lucy en lui donnant une accolade affectueuse. C'est moi qui t'ai dit que j'étais veuve, tu te souviens ? Ça ne me dérange pas de parler de Dane. Je tiens à ce que Brody entende parler de son père, donc ceux d'entre nous qui l'ont connu se doivent de parler de lui.

Pour autant, Jillian ne se sentait pas mieux.

— Mais pour répondre à ta question, non, il n'était pas autoritaire. Sous l'influence de Jesse et de Will, il a tenté de le devenir, mais il n'a pas réussi, expliqua Lucy avec un petit rire. Dane n'avait rien à voir avec Jesse. Ni avec Will, d'ailleurs. Mais, pour rendre justice à mon frère aîné, il a tellement l'habitude de prendre les choses en main qu'il ne sait pas que parfois les gens peuvent se débrouiller seuls, tu vois ?

Non, elle ne voyait pas vraiment. Aucun homme rencontré par Jillian n'avait fait preuve de sens des responsabilités. En général, ils refusaient de prendre des initiatives par crainte de reproches si les choses devaient tourner mal. Bon sang, son propre père les avait quittés quand Jillian n'avait que cinq ans parce qu'il refusait d'endosser la responsabilité d'une famille. Bref, elle n'avait jamais rencontré un homme comme Jesse. Et peut-être cela expliquait-il pourquoi il la troublait autant. Elle n'avait pas l'habitude des hommes sur qui on pouvait compter.

D'autant qu'avoir été serveuse dans un casino lui avait permis de côtoyer des hommes de la pire espèce. Les sans-gêne. Les pleurnicheurs. Les vantards. Et puis, grâce à l'imposteur qui l'avait persuadée qu'il était fou amoureux, elle avait découvert une nouvelle catégorie. Les menteurs. Bref, Jesse Navarro semblait appartenir à une catégorie assez unique en son genre.

— Je me débrouille toute seule, avec Mac, et je n'apprécie guère qu'on me dicte ma conduite.

— Alors ça devrait devenir intéressant, murmura Lucy.

Jillian aurait juré que son amie s'amusait de la situation.

L'appartement était propre.

C'était le mieux que l'on pouvait dire à son sujet quand Jesse en poussa la porte le lendemain matin. Dans ses souvenirs, ces logements étaient de meilleur standing. Plus grands. Moins... impersonnels. Il eut aussitôt envie de s'excuser auprès de Jillian et de sa fille de leur avoir proposé un tel appartement.

— C'est parfait ! lança Jillian en s'avançant dans le petit espace terne et sans âme.

— Tu as dû oublier tes lunettes, marmonna-t-il.

Elle se retourna sur-le-champ.

— Je ne porte pas de lunettes. Cet appartement est très bien. Avec toutes ces fenêtres, il est mignon et lumineux.

— Moi, j'ai plutôt l'impression d'être dans une cellule de prison, répliqua-t-il, en balayant la pièce unique du regard.

Au fond se trouvait une cuisine exiguë équipée d'un réfrigérateur, d'un micro-ondes, d'une cuisinière et d'un lave-vaisselle. Le comptoir était en granit, les placards peints en blanc et l'évier en inox. De l'autre côté de la pièce se trouvait un lit double et, contre le mur avant, un canapé avec un fauteuil et une minuscule table basse. La petite salle d'eau offrait une baignoire douche et il devina que les autres portes formaient le placard. Rien de plus. Rien de moins.

Ce studio n'était qu'un grand placard beige et étouffant.

— Tu t'y connais en cellules de prison ? demanda-t-elle.

Il chercha son regard.

— Pas personnellement, mais j'ai vu des films. Ce studio ferait un bon décor pour un film pénitentiaire.

— Bah, fit-elle, quelques coups de pinceau, un ou deux tapis et un joli plaid coloré l'égaieront facilement.

— Égayer cette cage à lapins ? répéta-t-il dubitatif.

Il se dirigea vers la cuisine — en à peine quatre pas — et se retourna en entendant le grincement des ressorts du lit. Mac sautait allègrement sur le matelas, un regard rieur éclairant son petit visage. Bah, de toute façon, les gamins trouvaient toujours le moyen de s'amuser avec un rien.

— Mac, chérie, dit Jillian. Ne saute pas sur le lit.

— Il pourrait s'effondrer, murmura Jesse en parcourant de nouveau la pièce d'un regard perplexe.

Jillian prit Mac dans ses bras, puis se retourna vers lui.

— Cet endroit est tout à fait ce qu'il nous faut.

— Cet endroit pourrait tenir dans mon salon, rétorqua-t-il en glissant les deux mains dans les poches de son jean.

Elle rougit et bredouilla :

— Nous n'avons pas tous besoin d'autant d'espace.

— Ce n'est pas une raison pour habiter dans une boîte, rétorqua-t-il.

Elle inclina le visage et le regarda fixement.

— C'était ton idée, tu te souviens ?

— Inutile de me le rappeler, grommela-t-il.

De retour au ranch, il allait parler à Will de cet immeuble. Faire venir un architecte ou un décorateur pour rendre ces logements moins... déprimants.

Son regard s'arrêta sur la femme face à lui. Aujourd'hui, elle portait un pantalon de yoga qui lui moulait ses jambes interminables et dévoilait une silhouette qu'il n'avait que devinée auparavant. Elle avait un corps de danseuse. Élancée, mais avec des courbes partout où il le fallait. Le chemisier rouge qu'elle portait sur son pantalon noir lui donna envie de glisser une main entre ses seins. Et sa queue-de-cheval blonde ondulée pendait sur son épaule comme pour dessiner une flèche lui indiquant un chemin auquel il ne pensait que trop. Ses yeux noisette étaient plus lumineux aujourd'hui et il se demanda ce que cela révélait de son humeur.

— Jessiiie !

Mac se pencha des bras de sa mère et lui tendit les mains.

Il obtempéra et souleva la fillette de la hanche de sa mère.

— Tu n'es pas obligé de la tenir dans tes bras, dit Jillian, comme pour s'excuser.

— Si j'y étais obligé, je n'en aurais pas envie, répondit-il en se tournant vers la petite fille qui s'accrochait à lui.

Il la trouvait aussi craquante que Brody. Sauf qu'avec Mac il ne se sentait pas aussi coupable qu'avec son neveu.

— Qu'en dis-tu, Mac ? Tu veux rester là ou revenir au ranch ?

— Cheuhvaux !

L'air grave, il hocha la tête.

— C'est donc réglé. Tu peux rester au ranch, le temps que ta maman trouve un meilleur endroit. Il y a beaucoup de place.

— Non ! s'écria Jillian.

— Pardon ?

— Tu n'entends pas souvent ce mot, hein ? Eh bien, tu devras t'y faire. Mac n'a pas encore deux ans. Bien sûr qu'elle veut être auprès des chevaux, mais ce n'est pas elle qui prend les décisions pour notre famille. Nous logerons ici.

En voyant la lueur têtue dans ses yeux, il comprit qu'elle ne changerait pas d'avis, alors il lâcha prise. Pour l'instant. Mais en vérité, elle et Mac pourraient rester au ranch sans problème. Il y avait la maison principale, le chalet de sa mère, plusieurs cottages d'invités, bref, largement la place pour une femme et sa petite fille. Alors que, là, Jesse avait l'impression de les déposer dans un dépotoir.

— Ce n'est quand même pas un dépotoir, objecta Jillian qui semblait avoir lu dans ses pensées.

Il cligna des yeux, abasourdi.

— Tu n'es pas si difficile à deviner, précisa-t-elle avec un clin d'œil.

Il fronça les sourcils. Aucun homme n'aimait qu'on lui explique qu'on lisait en lui comme dans un livre ouvert. D'autant que Jesse s'était toujours vanté de ses qualités de joueur de poker. À moins qu'il ne le décide, personne ne savait jamais ce qu'il pensait. Enfin, jusqu'à aujourd'hui.

— Nul ! s'écria Mac en tapant dans ses mains.

— Elle est d'accord avec moi, s'esclaffa-t-il.

— Encore une fois, reprit Jillian, Mac n'est qu'un bébé.

Les mains sur les hanches, elle balaya une nouvelle fois l'appartement du regard pendant une dizaine de secondes.

— Je mettrai un ou deux tapis, mais les parquets sont magnifiques.

— De petits tapis, alors, remarqua-t-il.

— Je vais peindre les murs en vert, je pense.

— Pas besoin de beaucoup de peinture.

— Je prendrai un lit bébé pour Mac et je le placerai au pied du lit...

— Choisis un tout petit modèle.

Elle poussa un long soupir, ignorant sa remarque.

— Peut-être une petite table et deux chaises...

— Toute petite table.

— Tu sais, constata-t-elle, en se retournant d'un coup pour lui faire face et le fusiller du regard, tu ne m'aides pas, là.

— J'essaie pourtant, assura-t-il. Ce n'est pas plus grand que le motel où Mac et toi logez pour l'instant.

— C'est suffisant. Je décrocherai ce travail, puis je prospecterai et trouverai autre chose quand je serai prête.

— Tu devrais être prête maintenant, argumenta-t-il.

— Je ne reçois pas d'ordres de toi, Jesse.

— Je ne te donne pas d'ordre. Si c'était le cas, tu m'obéirais.

— Sans blague ?

Elle pouffa de rire et, si cela ne l'avait pas autant irrité, il aurait été séduit. La voix grave de Jillian était encore plus sexy quand elle riait. Ses yeux s'illuminèrent et son incroyable bouche dessina un sourire des plus enjôleurs.

— Tu es imbu de ta personne mais, moi, personne ne me dit ce que j'ai à faire.

— Quelqu'un le devrait pourtant, répondit-il avec un soupir exaspéré. Écoute, c'est moi qui ai suggéré ce studio mais, maintenant que je le revois, cela ne convient pas. Mac et toi, vous méritez mieux.

L'agacement s'effaça de son visage et elle lui offrit un nouveau sourire, plus chaleureux que le précédent.

— Merci. Et tu as raison. Mac et moi méritons mieux. Mais c'est moi qui dégoterai notre futur logement.

Difficile de critiquer sa réaction d'orgueil, puisqu'il en avait beaucoup lui-même.

— Je ne peux donc pas t'en dissuader ?

Elle croisa son regard et murmura :

— Non. Mais tu pourrais nous conduire au motel et m'aider à déménager nos affaires ici.

— D'accord, consentit-il la gorge serrée. Je suppose que c'est dans mes cordes...

— Jessiiie ! Cheuhvaux ? demanda Mac, en posant ses petites mains sur les joues de Jesse pour chercher son regard.

— Pas maintenant, jeune fille, répondit-il en fronçant les sourcils devant la déception dans les yeux de la fillette.

Au cours des deux dernières semaines, Mac et sa mère étaient souvent venues au ranch et, à chaque fois, la petite avait exigé de passer du temps auprès des chevaux. Jesse lui avait lui-même offert sa première balade à poney, pour son plus grand ravissement. Il savait ce que cela faisait. Il avait six ans la première fois que Roy Sanders l'avait juché sur un cheval et il avait su à ce moment-là qu'il avait trouvé l'endroit où il désirait vivre. Maintenant, la petite Mac était tombée amoureuse de ces mêmes animaux qui étaient devenus sa passion à lui, de nombreuses années plus tôt.

Alors il lui caressa doucement les cheveux et murmura :

— On ira voir les poneys une autre fois, d'accord ?

— Tu ne devrais pas lui promettre une chose que tu ne pourras peut-être pas tenir, prévint Jillian. Elle n'oublie rien.

Il chercha le regard de Jillian, qui resta impassible.

— Je tiens toujours mes promesses.

Il lut dans ses yeux qu'elle ne le croyait pas et se demanda ce qui l'avait rendue aussi méfiante. Bien sûr, à la minute où cette pensée lui vint à l'esprit, il se rappela pourquoi elle était à Royal. Un homme lui avait menti, s'était servi d'elle et l'avait laissée enceinte, toute seule. Un salaud de la pire espèce. Et si l'homme réapparaissait, il veillerait à ce que ce salopard paie pour la souffrance qu'il avait infligée à tant de personnes.

Mais était-il le seul à être responsable de ce regard méfiant dans les yeux de Jillian ? Ou y avait-il autre chose ? Et en quoi cela l'intéressait-il ?

Cela ne le regardait pas.

— Allez, lâcha-t-il brusquement. Je te ramène au motel. On va récupérer vos affaires.

— A-ffaires ! répéta Mac, et Jillian sourit.

Il croisa de nouveau son regard, ce qui la fit cesser de sourire. C'était sans doute mieux ainsi, se dit-il. Car, si ses lèvres continuaient à se courber de façon si tentatrice, il ne pourrait pas résister. Il allait devoir y goûter.

Mais après ? Où cela les mènerait-il ?

3

Le Texas Cattlemen's Club était un lieu impressionnant, vaste, de plain-pied, à la façade en bois foncé et en pierre, avec un toit en ardoise.

Un club masculin texan typique, pensa Jillian.

À l'origine, le TCC était un cercle réservé aux hommes riches. Mais les choses avaient commencé à évoluer depuis quelques années, selon Lucy. Des femmes en étaient devenues membres, s'octroyant ensuite des positions au conseil d'administration et, lentement mais sûrement, elles avaient entraîné le TCC dans le XXIe siècle — malgré les nombreuses réticences de ses membres les plus âgés.

Cela dit, Jillian comprenait pourquoi les hommes s'étaient battus pour s'accrocher à l'un de leurs derniers bastions. Oui, elle était féministe. Mais par moments, elle avait envie de n'être entourée que de femmes. Alors pourquoi les hommes n'aspireraient-ils pas à la même chose, de temps en temps ?

Pourtant, ce que les hommes avaient cédé de terrain s'avérait tout à fait profitable pour elle. L'une des premières actions que les adhérentes du club avaient menées avait été d'ouvrir une crèche sous son toit. Juste à gauche de l'entrée de ce qui servait autrefois de salle de billard. Avec ses nombreuses portes-fenêtres et baies vitrées, ce lieu d'accueil ouvrait sur une zone ombragée où les enfants pouvaient jouer. Les murs blancs étaient décorés d'œuvres d'art élaborées par les enfants qui y étaient accueillis.

Il y avait des tables miniatures, de petites chaises et des tapis aux couleurs vives. Des chevalets bas étaient disposés dans un recoin de la pièce où les enfants pouvaient peindre et dessiner. Des étagères ployant sous les livres et les jouets étaient disposées le long d'un mur. La petite cuisine offrait un réfrigérateur, un évier et un micro-ondes, très pratiques pour préparer les collations et les repas destinés aux enfants.

Ginger Hanks, la directrice d'une cinquantaine d'années, aux cheveux roux grisonnants et au regard bleu vif, affichait un sourire espiègle. Deux autres auxiliaires travaillaient également à la crèche et, au fil de sa visite des lieux, Jillian comprit qu'elle désirait vraiment décrocher ce poste.

Elle avait toujours aimé les enfants, et pouvoir garder sa fille auprès d'elle pendant qu'elle travaillerait constituait un bonus qu'elle n'aurait même pas osé imaginer.

— Le nombre d'enfants que nous accueillons chaque jour est fluctuant, expliqua Ginger en menant Lucy et Jillian dans la salle principale. Parfois, nous en comptons une vingtaine ; certains jours, c'est plutôt cinq ou six. Les membres du club sont invités à nous confier leurs enfants pendant qu'ils disposent des installations ou même s'ils sortent déjeuner, faire du shopping ou ce genre de chose. Nous avons aussi quelques enfants qui viennent ici tous les jours, pendant que leurs parents travaillent.

— C'est un endroit merveilleux ! s'exclama Jillian, qui reçut un large sourire d'approbation de la part de Ginger.

— Merci, nous en sommes très fières en effet.

Ginger se pencha pour sortir un bébé en pleurs de l'un des petits lits d'enfant alignés contre le mur. À l'instant où elle le prit dans ses bras, le nourrisson cessa de pleurer.

— Naturellement, il faut aimer les enfants pour travailler ici.

— C'est évident. Je suis moi-même maman d'une petite fille de près de deux ans, déclara-t-elle.

Elle aurait aimé emmener Mac avec elle. Mais on ne se rendait pas à un entretien d'embauche avec son enfant sous le bras. Alors elle avait laissé Mac au ranch des Sanders, sous la garde de la mère de Lucy.

— Lucy m'en a parlé. Et vous pourrez l'emmener, reprit Ginger en regardant les enfants colorier, aligner des chiffres et des lettres mobiles sur un tableau, jouer avec des poupées ou des trains.

— Je te l'avais dit, chuchota Lucy en donnant un coup de coude à Jillian.

— Ce serait un soulagement pour moi, murmura Jillian en tendant les mains vers Ginger. Vous permettez que je le prenne ?

La directrice la dévisagea avant de hocher la tête et de lui remettre le bébé. Jillian serra le petit garçon dans ses bras et se mit instinctivement à se balancer pour le bercer. Ginger lui adressa un nouveau sourire d'approbation.

— Vous savez y faire avec les petits, n'est-ce pas ?

— J'adore les bébés, admit Jillian. À une époque, j'aimais penser que ma maison serait un jour remplie de bébés.

— Vous avez tout le temps d'en avoir d'autres.

Certes. Mais elle n'avait pas d'homme dans sa vie et, comme cela ne risquait pas changer de sitôt, Mac resterait probablement fille unique. Tout comme elle. À cette différence près que Jillian veillerait à ce que sa fille ne se sente jamais reléguée au second plan. Mac ne saurait pas ce que c'était que d'entendre ses parents se crier dessus ou de les voir l'abandonner sans un regard en arrière. Mac n'aurait jamais à douter qu'elle était aimée. Tout simplement.

Avec un petit soupir, elle se dit qu'elle pourrait s'adonner à ses dispositions pour la puériculture, si elle obtenait ce poste.

— C'est le petit Danny Moses, n'est-ce pas ? demanda alors Lucy en dévisageant le bébé de plus près.

— Tout à fait, confirma Ginger. Il est adorable. Sa mère est sortie déjeuner avec son père, alors on le garde ici, pour sa plus grande joie.

Jillian eut un petit pincement au cœur en tenant le bébé dans ses bras et en observant son tout petit visage poupin. Les jours passaient si vite que cela lui donnait parfois le tournis. Elle n'avait pas de temps à perdre — il était temps pour elle de construire l'avenir dont elle rêvait.

— Je suis ravie que Lucy vous ait fait venir ici aujourd'hui, déclara Ginger d'un air songeur.

— Moi aussi, répliqua Jillian en souriant. Je ne voudrais pas avoir l'air trop insistante, mais j'adorerais travailler ici.

— C'est évident, assura Ginger en lui reprenant le bébé des bras. Je reçois une autre postulante cet après-midi. Une fois que ce sera fait, je vous contacterai au plus vite.

Jillian afficha un sourire poli malgré son envie de l'implorer : *Ne rencontrez personne d'autre, engagez-moi !*

— Je vous remercie.

Quand elles pivotèrent sur leurs talons, Jillian ne vit pas Ginger adresser un clin d'œil à Lucy avec un pouce levé.

Jesse honora donc sa promesse.

Appuyée contre la clôture de l'enclos, Jillian regarda sa fille assise à califourchon sur un poney qui lui paraissait gigantesque. Le soleil de ce milieu après-midi était radieux et il faisait déjà chaud. La météo de ce début d'été au Texas n'était pas si différente de celle de Vegas. Même si les similitudes entre les deux lieux s'arrêtaient là.

Las Vegas était une ville de lumières, bruyante et grouillante d'habitants et de touristes. À moins de sortir de ses limites pour se retrouver au milieu du désert, sans ombre, ni eau, ni le moindre arbre, pas moyen d'y trouver le silence.

Ici, en revanche, c'était le royaume des chênes, des rivières, des lacs... Le calme était facile à trouver, mais on n'était jamais loin d'un peu d'animation. Les gens étaient plus avenants, moins cyniques. Elle connaissait déjà plus de monde à Royal en deux semaines qu'à Vegas après y avoir vécu cinq ans. Dans cette petite ville du Texas, tout était différent... Et c'était exactement ce qu'elle recherchait pour sa fille. Mac grandirait dans un lieu où les gens la connaissaient et se souciaient d'elle. Elle aurait des amis, une maison, et une mère qui serait toujours là pour elle.

Cette journée avait été particulièrement chargée, avec un nouveau logement — qui serait parfait dès qu'elle l'aurait remis à son goût — et un entretien d'embauche qu'elle espérait concluant. À présent, elle était de retour au ranch, à contempler ce cow-boy qui la faisait fondre. Jillian fut tirée de ses pensées par un petit cri de joie haut perché. Elle scruta l'homme grand et élancé qui marchait à côté de son bébé et de ce poney. Jesse posait une main ferme sur le dos de sa fille, garantissant sa stabilité, tout en tenant les rênes du poney de l'autre main, maîtrisant l'animal, du moins en apparence.

— Ne vous inquiétez pas. Mes enfants sont tous très doués avec les chevaux.

Jillian se retourna pour apercevoir Cora Lee Sanders qui la rejoignait au niveau de la clôture. Âgée d'une soixantaine d'années, Cora Lee affichait, du haut de son mètre soixante, une chevelure grise, épaisse et ondulée, qui lui tombait sur les épaules. Son regard gris-vert était vif, pétillant. Ce jour-là, elle portait un jean bleu foncé, une tunique jaune sous un gilet noir et des chaussures plates. La boucle de sa ceinture en argent brillait dans le soleil de l'après-midi. Cora Lee était une matriarche. Son visage était certes strié de quelques rides, mais il s'agissait de rides d'expression, façonnées par les rires, les larmes et les années de vie qui avaient fait d'elle la femme qu'elle était désormais.

— Ça me donne la frousse, avoua Jillian. Ce poney est tellement grand comparé à Mac.

Cora Lee sourit, posa les avant-bras sur la barre supérieure de la clôture et regarda son fils avancer à pas lents dans l'enclos.

— Je vous comprends. En tant que mères, nous faisons tout notre possible pour protéger nos enfants.

— C'est vrai, admit-elle en observant Cora Lee.

Cette femme avait visiblement traversé son lot d'épreuves.

— Mais en l'espèce, reprit la mère de Jesse, inutile de vous inquiéter avec ce poney-là. Il s'agit d'Ivy. La plus douce des femelles. Un des premiers animaux sauvés par Lucy. Quand le vétérinaire l'a amenée ici, elle était si maigre qu'on lui voyait les côtes, à la pauvre bête. Quelqu'un l'a abandonnée dans une écurie et a déménagé sans jamais prévenir personne qu'Ivy était là. Si l'un des fils Stillwell n'avait pas traversé la propriété en prenant un raccourci pour aller à l'école, elle y serait sans doute morte de faim.

— C'est affreux.

— En effet. Aucun être sur cette terre ne devrait être traité avec une telle méchanceté. Mais, avec beaucoup d'amour, de patience et une nourriture adaptée, elle est de nouveau en bonne santé. Elle va même devenir maman.

Jillian sourit, observant le poney avec admiration.

— C'est l'animal le plus doux de la planète. Un peu paresseuse, à vrai dire. Elle préfère largement rester à l'ombre d'un arbre plutôt que partir en promenade au galop.

— Tout va bien alors, dit Jillian, les lèvres tremblantes.

Cora Lee chercha son regard.

— En plus, Jesse est doué avec les enfants. Quelle patience il a... Il tient ça de son père, pas de moi !

Jillian se tourna vers Cora Lee, persuadée que la vieille femme n'avait pas terminé sa tirade. Elle ne fut pas déçue.

— Son père biologique, en fait... C'était l'homme le plus patient de la planète, précisa-t-elle en riant. Car Roy Sanders, l'homme qui a élevé Jesse et Lucy et qui a endossé pleinement le rôle de père auprès d'eux, était aussi impatient que moi. Ah, quand j'y pense, c'est un miracle qu'on se soit aussi bien entendus tous les deux... Mais on a eu de bons moments. Des disputes merveilleuses, aussi.

— Des disputes merveilleuses ? répéta Jillian, dubitative.

Elle avait trop de souvenirs de ses propres parents, avant qu'ils ne l'abandonnent, se livrant à des disputes tonitruantes qui avaient pour effet de la terrifier.

— Si on se dispute avec la bonne personne, oui, ça peut être merveilleux, expliqua Cora Lee d'un air songeur. Ma propre mère avait l'habitude de dire : « Ne vous disputez pas devant vos enfants. » Mais Roy et moi trouvions que ce n'était pas sain non plus. Les enfants qui grandissent en croyant que tout est rose et facile ne deviennent pas des adultes heureux. Mais des enfants qui voient leurs parents se disputer, puis se prendre dans les bras pour se réconcilier, eux, savent que l'on peut avoir des désaccords sans que ce soit pour autant la fin du monde.

Jillian sourit.

— Je n'y ai jamais pensé sous cet angle, mais je crois que vous avez raison.

Hochant la tête, Cora Lee ajouta :

— Les gens de votre génération, vous n'imaginez pas tout le bien que peut faire une bonne vieille dispute sur un couple. C'est comme une soupape de sécurité, vous voyez.

Les seules disputes que Jillian avait vécues se résumaient à des souvenirs flous de cris, de larmes et de drames, l'un ou l'autre de ses parents jurant de partir pour ne jamais revenir. Elles n'avaient jamais été suivies d'embrassades, ni de réconciliations.

— Ah, maman, tu es là ! héla Lucy en s'approchant de la clôture avec son fils. On est passés chez toi parce que Brody disait que tu aurais des biscuits.

— Et comment que j'en ai ! s'esclaffa Cora Lee en prenant son petit-fils contre sa hanche. C'est qui, mon petit garçon de quatre ans préféré dans le monde entier ?

— C'est moi ! s'écria Brody en enroulant les bras autour du cou de sa grand-mère.

— Me voilà détrônée par la mamie aux biscuits ! s'exclama Lucy.

— Ça doit être sympa d'avoir toute sa famille sur le ranch, lâcha Jillian sans vraiment réfléchir.

— Oh ! ça l'est, confirma Lucy. Mais, Dieu merci, nous ne vivons pas tous sous le même toit.

— Dieu merci, répéta Brody.

— Cesse de faire le perroquet, jeune homme, le tança Cora Lee en lançant un regard dur à sa fille.

Lucy se contenta de sourire. Elle désigna un petit chalet de style anglais au milieu d'un bosquet de chênes. Il comportait des fenêtres de toit, une cheminée en pierre et une porte rouge vif derrière la balustrade blanche du perron. Des rosiers grimpants formaient une treille arrondie devant le porche.

— Maman vit dans ce cottage. Elle y a emménagé quand on est devenus adultes. Elle a décrété que la grande maison devait revenir à Will.

— C'était la chose à faire, expliqua Cora Lee. Il était temps que mes enfants construisent leur propre vie sans que leur mère soit là, à surveiller chacun de leurs mouvements.

— De toute façon, rien n'aurait pu l'en dissuader, assura Lucy en hochant la tête avant de pointer du doigt une autre maison non loin de là. Et là-bas, c'est chez Jesse.

Jillian tourna la tête pour contempler la bâtisse de plain-pied offrant une terrasse en pierre qui semblait courir autour de la maison. Deux cheminées en pierre se dressaient sur le toit gris ardoise et un large ensemble de baies vitrées perçait la façade. Cette maison de bois et de verre dégageait quelque chose d'à la fois masculin et d'avenant. Tout comme son propriétaire. En voyant les fauteuils, rocking-chairs et balancelles sous le porche, Jillian s'imagina s'asseoir là, le soir, pour contempler le coucher de soleil. Elle se vit avec Jesse, assis tous deux sur l'une des balancelles, mais chassa aussitôt cette image de son esprit. Heureusement, personne ne semblait avoir remarqué que son imagination lui jouait des tours.

— Il y a trois cottages d'invités à l'arrière de la grande maison, déclara Lucy, avec accès direct à la piscine et…

— Et cette maison, là-bas, c'est quoi ? demanda Jillian en désignant un joli pavillon avec des cheminées se dressant à chacune de ses extrémités.

Là aussi, un large porche d'entrée ornait le bâtiment, mais la bâtisse offrait en plus un balcon à l'étage.

— C'était ma maison. Celle où je devais vivre avec mon mari, admit Lucy à voix basse avant de lâcher un petit soupir. Nous étions en train de l'aménager quand l'accident de Dane s'est produit. À sa mort, je suis restée dans la maison principale. Je n'ai pas voulu vivre dans notre maison sans lui. Les travaux étaient terminés pour la naissance de Brody, mais nous n'y avons jamais emménagé. La grande maison nous convient bien.

La gorge nouée, Jillian s'en voulut d'avoir abordé le sujet.

— Je suis vraiment navrée, Lucy.

— Ne soyez pas désolée, intervint Cora Lee en parlant au nom de sa fille. La vie nous tombe dessus, que nous soyons prêts ou non, n'est-ce pas, petit bonhomme ?

Elle se tourna vers son petit-fils.

— Je peux avoir des biscuits ? demanda-t-il.

— Bien sûr que oui, répondit Cora Lee en le portant contre sa hanche avant de regarder sa fille. Je m'occupe de Brody. Jillian, si vous restez encore un peu, pourquoi ne pas amener Mackenzie aussi ? Nous prendrons tous le goûter ensemble.

— Merci, répondit-elle sans accepter clairement.

Une fois seule avec Lucy, elle répéta :

— Je suis vraiment désolée, Lucy. Je ne voulais pas réveiller de mauvais souvenirs.

Lucy posa une main sur son avant-bras.

— Ce ne sont pas du tout de mauvais souvenirs. Au contraire, assura-t-elle en secouant la tête et en regardant Jesse et la fillette qui se tortillait sur la selle.

— Tu disais que Dane avait eu un accident ? demanda Jillian à voix basse, puisque son amie semblait encline à parler du passé qui sans doute la hantait encore.

— C'est cela. J'aimais Dane à la folie et il était impatient d'habiter ici, sur le ranch. Évidemment, il n'y connaissait rien en chevaux, mais il tenait à apprendre.

Lucy regardait l'enclos, pourtant Jillian sentit que ses pensées étaient ailleurs. Figées dans le passé et les souvenirs qui dessinaient un sourire sur ses lèvres tout en lui embuant les yeux.

— Que s'est-il passé ? demanda Jillian en un murmure.

— Juste un enchaînement malencontreux de coïncidences, expliqua Lucy avec nostalgie. Jesse aime dresser les chevaux. Le ranch lui appartient maintenant et il adore l'élevage, les cultures fourragères, tout ça. Mais les chevaux, c'est sa passion. Comme moi. Papa m'a laissée en charge du programme des étalons, pour la reproduction de chevaux de courses d'exception. Et je m'occupe aussi des chevaux de sauvetage. Quant aux chevaux maltraités ou négligés... Bref, je ne supporte pas de voir des animaux blessés.

Ses traits se figèrent et la colère assombrit son regard.

— Mais Jesse, sa spécialité, c'est de dresser les chevaux indomptables. Il a aussi une bonne réputation. Des gens viennent de tout le Texas lui confier leurs chevaux à problèmes et il trouve une solution pour chacun d'eux...

Jillian voulut ajouter quelque chose, mais elle ne trouva rien à dire qui aurait pu faciliter le récit de Lucy. Il valait sans doute mieux se taire, rester à l'écoute de son amie.

— Un type de Waco a apporté à Jesse un étalon à dresser. C'était le cheval le plus agressif que j'aie jamais vu, précisa Lucy avec un demi-sourire. Il était ingérable. Mais Jesse savait qu'il réussirait à l'apprivoiser. Il a demandé à Dane s'il voulait l'aider et mon mari a sauté sur l'occasion.

Jillian ferma brièvement les yeux, redoutant la suite. Lucy prit une grande inspiration et poursuivit en un murmure :

— L'étalon lui a échappé et s'est mis à ruer dans tous les sens. Dane s'est précipité pour aider Jesse à contenir la bête... Mais il s'est fait piétiner.

À ces mots, le regard de Jillian se tourna vers Mac, toujours à dos de poney, et elle voulut courir dans l'enclos pour rattraper sa fille, la mettre en sécurité.

Oui, c'était irrationnel. Mais c'était plus fort qu'elle.

— Ce n'est la faute de personne, vraiment, continua Lucy à voix basse. Ce cheval n'était pas fautif non plus. Il était juste en colère, effrayé, et il a réagi de la seule façon qu'il pouvait. Dane avait de nombreuses fractures, des blessures à la colonne vertébrale, mais c'est sa commotion cérébrale qui l'a tué, murmura-t-elle en posant le menton sur ses mains jointes sur la clôture. Il est resté une semaine dans le coma avant que j'accepte l'inéluctable. Les médecins l'ont débranché un après-midi et, le lendemain, j'ai découvert que j'étais enceinte de Brody.

— Oh ! non...

Jillian s'effondra contre la clôture, le cœur brisé. Malgré tous les problèmes qu'elle avait rencontrés, rien n'était comparable à ce que Lucy avait déjà enduré. Une bouffée d'admiration l'envahit, car cette femme avait été assez forte pour surmonter son deuil et construire une vie pour son fils. Elle ne ressassait pas son amertume, ni ne s'apitoyait sur son sort. Pour elle, la vie avait continué.

— Waouh, j'ai bien plombé l'ambiance, désolée, reprit Lucy avec un petit rire et un regard contrit. Je ne voulais pas te casser le moral.

— Ne t'excuse pas, protesta Jillian en secouant la tête. Un de ces jours, je te raconterai mes histoires tristes à moi et nous serons quittes.

— Marché conclu ! s'esclaffa Lucy d'une voix franche et lumineuse.

— Mais je suis curieuse, ajouta-t-elle en désignant du regard le cow-boy qui s'occupait de sa fille dans l'enclos. Comment cet accident a-t-il affecté Jesse ?

— Ça a été dur pendant longtemps, admit Lucy. Il s'en est beaucoup voulu. Il s'en veut encore, d'ailleurs, malgré le nombre de fois où je lui ai répété que ce n'était pas sa faute.

Lucy avait probablement raison. Il y avait toujours une lueur sombre dans les yeux de Jesse. Même dans les bons moments.

— Qu'est-il arrivé au cheval ?

— Jesse en est venu à bout. Après l'accident, l'étalon s'est presque naturellement calmé. Il est rentré chez lui métamorphosé, dompté.

Bien sûr, Jesse avait continué à dresser l'étalon. Il n'était pas le genre d'homme à abandonner un travail à moitié fait, quelle que soit la douleur occasionnée par cette tâche. Curieusement, Jillian avait assez bien cerné le caractère de Jesse, même si elle ne le connaissait que depuis peu.

— Bref, changeons de sujet, reprit Lucy en se tournant vers elle pour chercher son regard. En fait, je suis venue ici pour te dire que j'ai parlé à Ginger de la crèche : elle a oublié de te demander ton numéro de portable tout à l'heure et veut savoir si tu peux commencer à travailler lundi.

Abasourdie, Jillian la dévisagea bouche bée.

— Ils ne vont pas vérifier mes recommandations ou... je ne sais quoi ? finit-elle par balbutier.

Inclinant la tête d'un côté, Lucy répondit doucement :

— Ma chérie, quand tu es arrivée ici en affirmant que Will

était le père de Mac, tous les avocats de la famille Sanders ont passé tes antécédents au peigne fin, crois-moi.

— Ah bon, fit-elle en déglutissant péniblement. Génial.

— J'ai expliqué à Ginger que tout avait déjà été vérifié et que tu étais une personne de confiance, précisa Lucy en haussant les épaules. Je lui ai précisé que, si elle avait des questions spécifiques, elle pourrait contacter l'un de nos avocats. Les Sanders sont très écoutés ici.

Les avocats avaient-ils apprécié ce qu'ils avaient trouvé ? En silence, Jillian parcourut son histoire personnelle. Son père avait déserté la famille quand elle était petite. Sa mère était partie deux ans plus tard. Sa grand-mère Rhonda avait élevé Jillian, lui apprenant à cuisiner, lui inculquant la loyauté, le courage, ainsi que d'autres leçons que la propre fille de Rhonda n'avait jamais retenues.

À dix-neuf ans, Jillian avait été brièvement fiancée à un cow-boy de rodéo qui l'avait quittée après avoir décrété qu'il n'était pas fait pour la vie de famille. Puis elle était devenue serveuse dans un casino de Vegas, où elle avait rencontré Will Sanders — ou plutôt un imposteur se faisant passer pour lui —, qui avait disparu de sa vie sans le moindre regard en arrière.

Sauf que, cette fois, l'homme qui l'avait trahie lui avait laissé quelque chose de précieux. Sa fille, Mac. Et de cela, elle serait toujours reconnaissante envers... Envers qui que cet homme soit.

Cela étant, elle était une femme honnête qui n'avait jamais été arrêtée, pas même pour excès de vitesse. Mais bon, tout cela ne constituait pas vraiment un CV de rêve.

— Ne fais pas cette tête d'enterrement, s'esclaffa Lucy en lui donnant un coup de coude. Ginger vient de t'engager, je te rappelle.

— C'est vrai, admit-elle en acquiesçant d'un signe de tête.

Apparemment, le fait d'avoir pris de mauvaises décisions et d'avoir été lâchée par tous les hommes à qui elle avait accordé sa confiance n'était pas suffisant pour l'empêcher d'obtenir le poste. Et c'était ce qui comptait, non ?

Si les gens de Royal apprenaient son passé, cela n'aurait guère d'incidence sur sa vie d'aujourd'hui. Car le passé de Jillian ne la définissait pas en tant que personne. Ce qui comptait, c'était le présent. Et l'avenir qu'elle allait construire. Pour elle. Pour Mac. Personne ne l'en empêcherait.

— Alors, maintenant que tu as un emploi, parlons de ton appartement. Jesse m'a expliqué que tu envisageais des travaux de peinture, reprit Lucy.

En effet, vu sous cet angle, la vie était quand même belle.

— Oui, tout à fait, confirma-t-elle en souriant.

Elle jeta un autre regard du côté de Mac, qui riait à gorge déployée sur le dos d'Ivy pendant que Jesse les promenait autour du manège.

— Ces murs beiges sont très tristes, précisa-t-elle avec un soupir.

— Je te comprends. Tu auras besoin d'un coup de main ?

Jillian la dévisagea et sourit. C'était bon d'avoir une amie de nouveau. De sentir qu'elle était en train de trouver sa place à Royal.

— Ce serait avec plaisir.

— Super ! Allons récupérer Mac et filons à la quincaillerie, s'exclama Lucy, les yeux brillants d'impatience. Oh ! attends... Encore mieux : on pourrait laisser Mac et Brody avec maman, ça nous éviterait de transporter notre troupeau d'enfants au rayon peinture.

En pensant à la nature aventureuse de Mac et à toutes les possibilités de se faire remarquer dans une quincaillerie, Jillian avait presque des sueurs froides. Et pourtant.

— Je ne voudrais pas...

— Bien sûr que si, répliqua Lucy en se tournant vers son frère. Hé, Jesse ! Quand tu auras fini ta balade avec Mac, tu l'emmèneras chez maman ?

— Pas de problème, répondit-il, sans jamais quitter des yeux la petite fille dont il avait la surveillance.

Cela aurait dû aider Jillian à se sentir mieux. Mais laisser Mac sous la garde de Cora Lee lui paraissait exagéré. Celle-ci s'était déjà occupée de Mac quelques heures aujourd'hui, pour lui permettre de se rendre à son entretien d'embauche.

— Ne change pas d'avis, lui intima Lucy en la tirant par le

bras pour l'entraîner avec elle. Si on achète la peinture tout de suite, on pourra aller au Courtyard faire les magasins de meubles.

Elle devait en effet effectuer quelques achats, mais pas question de dépenser tout l'argent qu'elle avait mis de côté. Cet argent était prévu pour un tout autre usage.

— Non, je ne pense pas que je vais…

— Il y a là-bas un adorable petit magasin de démarque. Tu vas adorer. Et moi, je cherche un nouveau bureau pour Brody. Il grandit tellement vite, c'est dingue. Il entre à la maternelle l'année prochaine, incroyable, non ?

Lucy parlait sans s'arrêter tout en guidant Jillian jusqu'à son pick-up rouge rutilant. Apparemment, elle était déterminée à ne pas lui laisser le temps de changer d'avis.

Puis elle ouvrit la portière passager et déclara :

— Et, quand on aura fini notre séance de shopping, nous passerons chez Sweets and Treats, pour acheter à maman des tartelettes aux fruits. Ce sont ses gourmandises préférées et ce sera la façon idéale de la remercier.

Jillian s'arrêta net et plissa les yeux pour dévisager Lucy. Sous ses airs innocents, son amie ne la dupait pas du tout.

— C'est plutôt rusé de m'expliquer comment remercier ta mère pour un service que je ne lui ai pas demandé.

Lucy inclina la tête sur le côté et sourit.

— N'est-ce pas ? Allez, admets-le : tu en as envie !

Jillian regarda par-dessus son épaule sa fille qui se balançait entre les bras d'un grand et séduisant cow-boy. Oh ! ce qu'elle ressentait pour Jesse devenait risqué. Surtout parce que l'espace d'une seconde, elle avait été jalouse… de sa propre fille !

Un très mauvais signe.

C'était vraiment le moment de partir.

charnière afin d'avoir une excuse pour le piéger dans sa cuisine, en tête à tête avec elle.

Son chalet était calme. Brody et Lucy avaient regagné la maison principale, et Mac et Jillian leur nouvelle cellule de prison. Le seul fait d'y penser le mettait de mauvaise humeur. Il ne s'était toujours pas fait à l'idée de les loger dans ce petit cagibi sans vie, mais Jillian se révélait au moins aussi têtue qu'elle était belle.

L'image de Jillian riant avec Lucy à leur retour de shopping lui revint à l'esprit. Elle avait l'air... détendue. Comme si elle avait enfin baissé sa garde. Cette seule pensée éveilla en lui un puissant et irrépressible désir.

Il n'aimait pas la façon dont il réagissait dès qu'il s'agissait de Jillian, mais il n'arrivait toujours pas à maîtriser ses réactions. Cette femme semblait détenir le pouvoir de le retourner comme une crêpe rien qu'en le regardant. Bref, la dernière chose dont il avait besoin, c'étaient des conseils même bien intentionnés mais inutiles de sa mère. Il aimait sa vie telle qu'elle était. Il ne cherchait pas à fonder un foyer. Il avait déjà une famille et un enfant dont il serait toujours responsable, puisque le père de Brody était mort sous sa responsabilité à lui. Alors non. Aucun changement dans sa vie n'était nécessaire. Quand il avait envie d'une femme, il passait une soirée en ville et il s'en trouvait une. Quelques verres, un dîner, du sexe, et la soirée était réglée. Ensuite, il revenait à son monde réel. Au ranch. À sa famille.

Maintenant que Will était revenu d'entre les morts, que Lucy était veuve et Brody orphelin, il avait suffisamment de choses auxquelles penser. Pas besoin de complications.

Il ouvrit la porte de la cuisine pour partir, mais s'arrêta quand sa mère reprit la parole.

— Jesse...

La lueur dans ses yeux qui disait : « Mon fils a besoin d'une femme » fut remplacée par un air soucieux qui assombrit ses traits.

— J'ai besoin que tu parles à Will.

Il ne s'attendait pas à cela.

— À propos de quoi ?

Elle s'affala sur une chaise de la cuisine et serra sa tasse de café entre ses paumes.

— Il doit rester discret jusqu'à ce que la police et le FBI déclarent qu'il peut sortir de l'ombre et retourner à sa vie normale. Il ne peut pas se rendre à Royal, comme il a essayé de le faire il y a une heure.

Jesse écarquilla les yeux, puis se retourna vers sa mère.

— Will ne peut pas se comporter ainsi. Qu'est-ce qui lui a pris ? On lui a déjà dit qu'il devait rester ici tant que l'enquête n'avait pas abouti.

— Oui, je sais, confirma Cora Lee en fronçant les sourcils. J'étais là.

Poussant un soupir, il hocha la tête. Mais sa mère n'en avait pas terminé.

— Will devient dingue, je crois. Il ne parle plus que de traquer Richard Lowell en personne. Il veut récupérer sa vie.

Furieux, il repensa à Rich, cet homme qui les avait tous trompés. Car c'était Will lui-même qui avait découvert l'identité de l'imposteur. Lorsqu'il avait appris que Rich était censé être mort dans l'accident de bateau, il avait compris que c'était Rich lui-même qui lui avait usurpé sa vie. Qui d'autre que Will et Rich auraient pu connaître les détails ? À présent, ils étaient tous piégés, les mains liées.

Jesse ne pouvait reprocher à son jeune frère de vouloir entreprendre quelque chose. De ne pas rester sans rien faire. Il comprenait sa frustration et sa fureur, qu'il partageait. Richard Lowell. Difficile de croire qu'il était l'homme qui s'était fait passer pour Will pendant aussi longtemps.

Rich et Will s'étaient rencontrés à l'université, où ils étaient devenus amis. Mais apparemment cela n'avait pas suffi à Rich. Cet homme avait été dévoré par une jalousie maladive, au point de tenter de tuer Will et de lui voler sa vie. Et il était passé à deux doigts d'y arriver. Pour toujours.

— Je sais ce que ressent Will, murmura Jesse. J'aimerais retrouver ce salopard, excuse-moi du terme, et lui montrer à quoi ressemble vraiment un monde de douleur.

— Tu crois que je ressens autre chose ? articula Cora Lee, dont les traits se figèrent dans un masque de glace et d'acier. Richard Lowell a failli tuer un de mes fils. Il nous a volés. Il s'est servi de nous. Si je l'avais là, devant moi, en ce moment, je ne peux pas dire que je ne ferais pas justice moi-même.

Jesse sourit tristement en acquiesçant d'un signe de tête.

— Sauf qu'on ne peut pas. Will ne peut pas. Pas encore, en tout cas, et il va devoir patienter. Pour ce qu'on en sait, Rich se trouve dans cette saleté d'urne...

Même en le disant, Jesse espérait que cela n'était pas vrai. Il tenait tellement à faire payer à Rich Lowell les meurtrissures infligées à sa famille.

— C'est clair, dit Cora Lee en prenant une gorgée de son café noir. Et c'est à peu près ce que j'ai dit à Will il y a une heure. Autant dire que ça n'a servi à rien. Peut-être que ça calmerait les choses si, toi, tu lui parlais.

— Je peux toujours essayer.

Jesse quitta le chalet de sa mère et s'avança vers la maison principale au clair de lune. Même dans le noir complet, il aurait pu trouver son chemin sur n'importe quelle partie de ce ranch. Il en connaissait chaque pierre, chaque arbre, chaque motte de terre par cœur. Ce ranch était sa maison. Sa vie.

À bout de nerfs, il avait l'impression de marcher sur un fil. Autrement dit, il était dans l'humeur idéale pour une confrontation avec son petit frère.

Jillian jeta un coup d'œil du côté de Mac et sourit. Avec son propre pinceau, la fillette appliquait de la peinture verte sur le mur — bien qu'elle en verse davantage sur ses habits. Le tout avec un enthousiasme débordant.

Il n'était guère judicieux de commencer à peindre ce soir, mais elle n'avait pas pu résister.

— Juste un mur, s'était-elle dit.

Elle poursuivrait le travail le lendemain mais, en attendant, elle voulait vraiment découvrir le rendu de la couleur sur les murs beige terne. Déjà, l'appartement prenait un aspect différent. Bien sûr, cela tenait beaucoup aux quelques bibelots qu'elle avait dégotés au cours de son shopping avec Lucy. Sans trop dépenser d'argent, elle avait fait de bonnes affaires à la boutique de démarque, achetant quelques casseroles et poêles, un petit lot de vaisselle, ainsi qu'un nouveau lit d'enfant pour Mac. En ce qui concernait le reste de ses achats, elle échelonnerait ses dépenses.

— Ce qui compte, déclara-t-elle à Mac, c'est que j'ai un travail, une maison et de nouveaux amis merveilleux. Pas vrai, ma petite fille ?

Mac se tourna aussitôt vers elle. Une éclaboussure de peinture verte atterrit sur sa petite joue et ses yeux noisette s'illuminèrent de joie.

— Jessiiie ? Et poneys ?

La gorge nouée, Jillian préféra faire diversion.

— Et ton copain Brody, tu te souviens ?

— Jessiiie ! chantonna Mac en ajoutant une traînée de peinture contre le mur.

Manifestement, Jillian n'était pas la seule à être obsédée par Jesse Navarro. À présent, se dit-elle, elle avait deux cœurs à protéger. Poussant un soupir, elle posa son pinceau et alla prendre sa fille dans ses bras.

— Allons, ma chérie ! murmura-t-elle en contemplant son visage rieur. Tu es prête à dormir dans ton nouveau lit ?

Mac inclina la tête sur le côté, faisant onduler ses cheveux blonds. De sa petite main, elle caressa la joue de sa mère.

— Jessiiie ?

— Non, pas de Jesse ce soir, répondit Jillian qui se sentit horriblement mal en voyant trembloter la lèvre inférieure de Mac.

— Je veux Jessiiie, balbutia la petite, déçue, en enfouissant son visage contre l'épaule de sa maman.

— Moi aussi, ma puce, susurra Jillian. Et c'est bien là le problème.

À la maison principale, Jesse traversa l'entrée à grandes enjambées puis s'arrêta sur le seuil du grand salon qui lui était tellement familier.

Cora Lee avait décoré cette pièce pour en faire un lieu de rassemblement familial : confortable, accueillante et capable de résister aux assauts des bottes de cow-boys maculées de boue.

Les canapés et fauteuils étaient rembourrés, recouverts de tissus rouge foncé, bleu foncé et vert, offrant de nombreux coussins profonds et moelleux. Les tables en chêne sculpté à la main comptaient de nombreux livres, des magazines et quelques jouets de Brody. Les lampes en laiton avec abat-jour en verre soufflé projetaient une lumière dorée au sol, qui ondulait en colorant en même temps les murs. Une cheminée de pierre à hauteur d'homme se dressait majestueusement et, de l'autre côté de la pièce, un gigantesque téléviseur à écran plat occupait un pan de mur quasi entier. Des divans et des chaises étaient disséminés tout autour de la pièce, attendant d'hypothétiques invités.

Des photos de famille décoraient les tables et les murs, et des tapis colorés ornaient le plancher de bois. Des étagères s'organisaient tout autour de la vaste salle, tandis que deux sièges de fenêtre matelassés offraient une vue panoramique sur la cour du ranch. Dans un coin de la pièce se trouvait un bar où des carafes en cristal remplies de whisky, d'eau-de-vie et de vodka scintillaient à la lumière. Le foyer de la cheminée était vide et froid : exactement ce que Jesse ressentait au fond de lui.

Will était affalé dans un fauteuil près de la cheminée, un verre de whisky en cristal à la main. Le vent se leva soudain dans la nuit, sifflant en s'engouffrant sous les avant-toits — Jesse se dit qu'il demanderait à ses employés de vérifier les bardeaux sur le toit de la grange, le lendemain.

Mais pour l'instant, il devait affronter son frère. Will portait un jean, un T-shirt bleu et ses bottes brunes préférées, posées ostensiblement sur la table basse devant lui. Il semblait à l'aise, chez lui, entre ses murs. Le faux Will avait déménagé du ranch pour s'installer dans la maison de Megan après leur mariage, à la grande surprise de Jesse, qui avait mis cette décision sur le compte du chagrin de Will, qui se remettait de l'accident. Désormais, bien sûr, tout faisait sens.

Will souleva son verre, but une gorgée, puis salua Jesse.

— Bienvenue dans ma prison dorée, murmura-t-il.

Jesse le fusilla du regard en traversant la pièce, ses pas étouffés par les tapis au sol.

— Qu'est-ce qui cloche, Will ?

Will contempla le liquide ambré dans son verre comme pour chercher une réponse à cette question.

— Qu'est-ce qui cloche ? répéta-t-il en haussant les épaules. Je suis vivant. De retour à la maison. Marié à une femme que je connais à peine. Pris au piège.

— Pris au piège, répéta Jesse en s'approchant pour ôter les bottes de Will de la table afin de s'asseoir à leur place. Comment ça, pris au piège ? demanda-t-il en fixant son frère du regard.

— Tu plaisantes ? fit Will en prenant une autre gorgée avant de secouer la tête. Je ne peux même pas aller à Royal pour déjeuner au restaurant. Je suis coincé ici, sur le ranch, pendant que ce salopard de Rich Lowell se dore la pilule Dieu sait où. Tu trouves ça juste, toi ?

— C'est complètement injuste. Mais tu sais pourquoi il faut que tu restes au ranch. Il y a déjà assez de gens au courant de ce qui se passe, articula-t-il, la voix dure et serrée. Tous ceux qui ont assisté à tes funérailles savent que tu es en vie. Ils ont tous accepté de jouer le jeu mais, si tu te balades dans Royal, le reste de la ville sera au courant. Avec tous les ragots d'une petite ville comme la nôtre, sans parler des médias qui adorent traquer les familles fortunées de Royal, ça reviendrait aux oreilles de Lowell avant que les flics ne puissent lui mettre la main dessus. Alors, il disparaîtrait dans la nature et on ne le ramènerait jamais au Texas.

— L'escroc qui a essayé de me tuer est libre de se promener comme bon lui chante, alors que, moi, je purge une peine de prison, se lamenta Will avant d'avaler une nouvelle gorgée de scotch. Cette ordure me pousse de mon propre bateau en pleine tempête, puis me laisse pour mort. Je me retrouve dans un putain de coma au Mexique pendant des mois, alors que, lui, il se pavane ici, à...

Sa voix s'éteignit. Il passa une main dans ses cheveux.

— À vivre *ma* vie, à *ma* place, alors que... Même ma propre famille ne s'aperçoit pas que ce type est un imposteur ? ajouta Will avec un regard dur envers son frère.

Cette réplique, Jesse s'y était préparé. Bon sang, parfois il n'arrivait toujours pas à croire que lui-même n'avait pas su détecter l'imposture. Mais Rich avait fait un sacré bon travail en se faisant passer pour Will. Le salopard n'avait pas seulement dupé les Sanders, mais toute la ville de Royal.

— Je ne pouvais pas me douter que j'avais un faux frère, hein ? bredouilla-t-il pour sa propre défense.

L'excuse était pitoyable, il le savait, mais il n'avait rien de mieux sous le coude.

— Rich a manifestement subi des interventions de chirurgie esthétique et il a même trouvé une explication concernant le fait que sa voix ne ressemblait pas à la tienne. Il avait réponse à tout, bon sang ! s'agaça Jesse en prenant une longue gorgée du scotch de Will. Il a même réussi à duper maman et on ne peut pas dire que ce soit facile.

— Ça ne me console pas, murmura Will en reprenant son verre. Quand je me suis finalement réveillé de ce foutu coma, je ne savais plus qui j'étais. Il m'a fallu une éternité pour me souvenir, tout en réapprenant à marcher, à bouger... Or quand je rentre enfin à la maison, auprès de ma famille aimante, je les trouve en train de m'enterrer !

Le jour le plus bizarre de la vie de Jesse... Et de nombreuses autres personnes, d'ailleurs.

— Heureusement qu'on n'est pas allés jusqu'au bout de l'enterrement.

— Mais qui donc est dans cette urne ? s'énerva Will.

Cette question tourmentait Jesse depuis plus de deux semaines, et il n'était pas plus près d'obtenir une réponse qu'il ne l'avait été le jour où Will avait surgi à ses funérailles.

— Ça pourrait bien être Rich.

— J'aimerais bien, murmura Will. Enfin, je pense.

— Mais ça pourrait être n'importe qui, poursuivit Jesse. Avec ce qu'il t'a fait, Lowell a prouvé qu'il n'hésite pas à tuer. Cela pourrait être une de ses victimes ou un sans-abri qu'il pensait que personne ne réclamerait.

— Tout ça me semble tellement irréel.

— Et comment ! s'exclama Jesse. Tu sais qu'ils ont envoyé l'urne au FBI pour des tests ADN ?

— Comment pourront-ils analyser des cendres ? grogna Will.

— Qu'est-ce que j'en sais. Avec un peu de chance, ils comptent sur des restes d'os et de dents. Ça peut permettre d'établir un profil.

Will soupira et avala une autre gorgée de scotch.

— Je ne sais pas si j'espère qu'il s'agisse de Rich ou pas. S'il est mort, je ne pourrai pas lui flanquer la raclée qu'il mérite. Or c'est quelque chose qui me tient vraiment à cœur.

— On va être un certain nombre à faire la queue pour ça, assura Jesse en s'emparant de nouveau du verre de son frère.

— Sers-toi donc un scotch, grommela Will en récupérant sa boisson. Tu sais, ce ne sera pas lui dans cette urne. Ce salopard est trop malin pour mourir. Il est là, quelque part, murmura-t-il en fixant de nouveau son verre. Non seulement Rich m'a volé et a failli avoir ma peau, mais il a usurpé mon nom. Ma réputation. J'ai épousé Megan. Il m'a fait passer pour un salaud.

Will paraissait fatigué, mais surtout il avait l'air de s'accrocher au rebord d'une falaise depuis trop longtemps et semblait commencer à manquer de prise. Jesse était capable de compatir. Mais il ne pouvait pas non plus laisser son frère sombrer. Cette situation était difficile à accepter, mais plus vite Will s'y résoudrait, plus vite ils pourraient tous retrouver une vie normale.

— Ce que Rich a fait n'était pas ta faute, frérot.

— J'ai l'impression que si, murmura Will. C'était mon nom qu'il lançait en pâture partout où il allait. Il a mis Jillian enceinte en se faisant passer pour moi, puis il l'a abandonnée, la laissant m'envoyer un courriel pour obtenir de l'aide — sur ma vraie adresse, avant l'accident de bateau... Bref, c'est à ce moment-là que Rich a décidé que j'étais en travers de son chemin. Il m'a frappé à la tête et m'a jeté par-dessus bord dans l'océan juste après que j'ai reçu le courriel de Jillian. Il devait se douter que je finirais par comprendre sa supercherie.

Il conclut son récit par un lourd soupir.

Jesse éprouvait de la peine pour son frère. Il savait ce que c'était que d'être fier de son nom. De son honneur. Leur père leur avait inculqué qu'un homme qui n'était pas digne de confiance n'était pas digne d'être un homme. Or Will n'était pour rien dans ce qu'il lui était arrivé.

— Et tu étais censé arrêter ça comment ?

— Je n'en sais rien, rétorqua Will. Arrête d'avoir recours à la logique alors que, moi, je me sens impuissant.

Jesse hocha sagement la tête.

— Tu t'apitoies sur ton sort, tu veux dire.

— Quelle différence ? riposta Will en se levant soudain pour faire les cent pas. Un homme que je croyais être mon ami a fichu ma vie en l'air.

Jesse vida en une seule gorgée le verre de scotch que venait de lui tendre son frère. Il savoura la sensation de l'alcool qui lui brûlait le gosier. Mettant de côté le verre vide, il scruta Will et essaya de maîtriser sa propre colère. Cela ne servirait à rien qu'ils se fâchent tous les deux à propos d'une chose sur laquelle ni l'un ni l'autre n'avaient de prise.

Sauf que rien n'énervait plus Jesse que les gens qui s'en prenaient à leur famille.

— Oui, ce type a commis des dégâts, concéda Jesse. Mais ce qui est fait est fait, maintenant.

— Tu crois ? fit Will en se retournant d'un bond. Les conséquences de ses actes odieux continuent de me tomber dessus comme si quelqu'un m'avait renversé un jeu de dominos sur la tête.

— Je sais.

— Je suis même marié à présent, bordel ! s'écria Will en agitant les deux mains en l'air. Je n'ai jamais rencontré Megan Phillips Sanders, mais elle et moi sommes mariés...

— Sur le papier seulement, lui fit remarquer Jesse, sachant

pourtant que Will et Megan ne pourraient annuler le mariage avant la fin de l'enquête.

Ils ne pouvaient pas risquer d'alimenter les ragots, quoi qu'il en coûte à Will. Si seulement lui-même pouvait faire quelque chose pour réparer tout ce désordre.

— Quelle différence cela fait ? marmonna Will en glissant les deux mains dans les poches de son jean tout en contemplant soudain les poutres au plafond. Rich l'a épousée en mon nom, donc il s'agit quand même d'un mariage légal, avec une femme que je ne connais ni d'Ève ni d'Adam.

— Les avocats travaillent sur le dossier.

— Eh bien, voilà qui est réconfortant, grogna-t-il. En attendant, qu'est-ce que je lui raconte, moi ?

— Pourquoi ne lui offres-tu pas ton écoute ? Laisse-la te raconter ce qui s'est passé, suggéra Jesse. Te rendre malade ne résoudra rien. Tu en es conscient, non ? Alors écoute ce que Megan a à te dire.

— Ouais, ouais, je vais faire en sorte d'y parvenir, dit Will en hochant la tête d'un air furieux. Bon alors, tu avais mis un beau costume pour mon mariage ?

— Hein ?

— Je te demande si tu as joué le témoin pour un étranger qui se fait passer pour moi ? demanda-t-il, le regard noir.

— Non. Tu t'es... Ils se sont mariés à Reno. La famille n'a pas été invitée.

Les yeux écarquillés, la mâchoire crispée, Will finit par demander :

— Et tu n'as pas trouvé ça bizarre ?

— Si, bien sûr, rétorqua Jesse aussi exaspéré que son frère.

Mais plus question de se laisser ronger par la culpabilité. Rich avait trompé tout le monde. Bien sûr, cela ne lui faisait guère plaisir d'admettre qu'il s'était fait berner comme tous les autres. Mais la vérité, c'était qu'il n'était pas le seul à avoir été dupé.

— Tu agissais bizarrement depuis quelque temps, donc je n'étais pas aussi surpris que ça. Ça a blessé maman, mais elle n'a pas non plus été très choquée de ne pas être invitée. Tu avais coupé les ponts avec la famille, Will. Tu ne venais plus jamais. Tu passais ton temps dans des avions, à parcourir le monde entier, tu ne te présentais jamais au travail et, les rares fois où tu venais au ranch, tu buvais trop de...

— Peut-être, interrompit Will, les yeux brillants de colère, sauf que ce n'était pas moi...

— Mais nous ne le savions pas, tu comprends ? riposta Jesse, en regrettant soudain que le verre vide sur la table ne soit pas de nouveau plein. Rich était assez intelligent pour se faire discret. Il n'a pas passé beaucoup de temps au Texas et ne venait presque plus du tout au ranch.

Will se passa les deux mains dans les cheveux.

— C'est comme un cauchemar dont je n'arrive pas à me réveiller.

— Qu'est-ce que tu veux que je te dise ? grogna Jesse à bout de patience. Rich nous a tous bernés. Mais on va s'en sortir. Je suis heureux que tu sois de retour. Désolé si tout n'est pas idéal, mais tu es vivant. Et te croire mort a bien failli tuer maman.

Will se renfrogna comme jamais. Jesse reprit sa respiration, puis poussa un soupir. D'une voix plus douce, maîtrisant sa colère, il reprit :

— Toute la famille a vécu un enfer jusqu'à ce que tu débarques à tes propres funérailles. Si tu t'attends à ce que je m'apitoie sur ton sort parce que tu es en vie et que tu as une énigme à élucider, alors tu vas attendre longtemps.

Le regard de Will croisa celui de Jesse.

— D'accord, mais...

— Non, l'interrompit Jesse en croisant les bras pour soutenir le regard de son cadet jusqu'à lui faire baisser les yeux. Tu as eu ton mot à dire et tu as eu le temps de te ressaisir.

— Ah oui ? grommela Will.

— Rien de tout ça ne se réglera du jour au lendemain.

— Ça fait deux semaines et demie, rappela-t-il à Jesse.

— Tu t'es volatilisé pendant près de deux ans. Quelques semaines ne suffiront pas à arranger les choses, déclara Jesse en plissant les yeux. Alors arrête de pleurnicher.

Vexé, Will balbutia :

— Mais... Je ne pleurniche pas !

— On dirait, pourtant, assura Jesse, sèchement, persuadé que ce n'était pas de compassion que son frère avait le plus besoin. Tu n'aimes pas être coincé au ranch. Ça, je comprends.

— Waouh, fit Will en hochant la tête. Merci !

Mais Jesse ignora le sarcasme.

— De toute façon, tu n'as pas le choix. Tu dois faire profil bas, afin que personne, à part les gens qui ont assisté à tes funérailles, ne sache que tu es en vie. Jusqu'à ce que l'on détermine si Rich est toujours vivant et se fait encore passer pour toi, ou si c'est lui dans cette fichue urne. Les flics sont sur l'affaire, ils finiront par retrouver cette ordure.

— Peut-être, souffla Will. Mais dans combien de temps ? Un an ? Deux ? Dix ?

— Passe à autre chose, insista Jesse. Ça ne durera pas si longtemps.

— Espérons que non. C'est juste que je me sens totalement impuissant, avoua Will d'une voix à peine audible. C'est la partie la plus difficile à avaler.

— Je peux comprendre, affirma Jesse. J'ai ressenti la même chose quand je te croyais mort. Et à nouveau quand tu es rentré à la maison et que nous avons compris avoir été dupés par un imposteur. Et maintenant encore quand j'essaie d'éloigner mon petit frère d'une saleté de boîte de Pandore.

Une ou deux secondes s'écoulèrent avant que Will n'acquiesce.

— Il n'y a pas de boîte de Pandore... Je... Bon, OK, je pleurniche peut-être. Message reçu, assura-t-il en fronçant les sourcils. Et c'est quoi, cette histoire de « petit » frère ? Tu ne mesures que deux centimètres de plus que moi.

— Ne l'oublie pas, répliqua Jesse en souriant. Tout comme le fait que je suis l'aîné.

— Mouais...

Will acquiesça d'un signe de tête et fit semblant de dévisager Jesse avec attention.

— Tu as cinq ans d'avance sur moi, alors, oui, frangin, ça commence à se voir.

— Quoi donc ?

— Ben... Tu deviens vieux.

Il savait que Will le provoquait et ça faisait du bien de le voir retrouver son humour. Ces joutes verbales et leurs échanges de piques lui avaient sacrément manqué.

— Dis donc... J'ai trente-cinq ans, pas soixante-cinq, hein...

Will haussa les épaules.

— Tu sais ce qu'on dit : une fois qu'on a passé la trentaine, c'est le déclin.

— Alors accroche-toi, lança Jesse. Ton tour pour le déclin va commencer dès cette année.

— Certains d'entre nous s'en sortent mieux que d'autres.

— Ah, parce que tu as l'impression de t'être « sorti » de tout le reste, dernièrement ? demanda Jesse.

Will soupira.

— Et merde, tu es comme un chien avec son os. Je t'ai déjà dit que tu avais raison. J'avais tort. Je vais la fermer et jouer le jeu. Ça ne me plaît pas, mais je vais le faire. Je vais arrêter de m'inquiéter pour maman. Je serai un prisonnier modèle jusqu'à ce qu'on retrouve Rich Lowell. Et alors là, ajouta-t-il, les traits crispés, les yeux plissés, je vais lui flanquer la raclée de sa vie.

— Je te donnerai un coup de main, promit Jesse.

— Je sais, répondit son frère avant de prendre une grande respiration. Mais bon, pour changer de sujet... J'ai vu que Jillian Norris était encore ici, aujourd'hui.

— Ouais, fit Jesse en se tournant vers le bar contre le mur du fond.

À présent que la tempête était passée, il avait besoin de son propre verre.

— Elle s'est installée sans problème dans l'appartement ?

Il se servit deux doigts de scotch, puis remplit le verre de Will.

— Puisqu'on parle de ces appartements, il faut faire quelque chose là-bas. C'est déprimant à mort. Je veux dire, leur taille minuscule, c'est une chose, mais je te jure qu'ils ressemblent à de vraies cellules de prison.

— À ce point ?

— C'est mon impression en tout cas, expliqua Jesse entre deux gorgées. J'ai proposé de lui offrir un logement plus confortable, mais elle a refusé. Elle assure que ça fera l'affaire pour elle et Mac.

— Alors ça ira.

Jesse soupira et but une autre gorgée.

— Tu ne l'as pas visité.

— Je te crois sur parole. On peut engager quelqu'un pour le rénover. Et, si c'est dans un état aussi pitoyable, on rafraîchira tous les appartements de l'immeuble, dit Will en traversant la pièce pour remplir son propre verre de scotch. Pour en revenir à Jillian... Elle a eu une journée chargée. D'abord l'entretien au TCC, le nouvel appartement, puis retour ici pour te voir donner une leçon d'équitation à sa fille.

Jesse fit tournoyer sa boisson dans son verre, provoquant de minuscules vagues ambrées qui s'écrasaient contre le cristal.

— Lucy lui a obtenu un entretien d'embauche à la crèche du TCC.

— Mouais.

— Et j'ai promis à Mac qu'elle pourrait monter à poney.

— Mouais.

— Puis Lucy et Jillian sont allées faire du shopping et ont laissé Mac ici avec maman.

— Mouais.

Agacé au plus haut point, Jesse finit par craquer :

— Tu essaies de sous-entendre quelque chose ?

Dehors, le vent hurlait pendant que Will affectait un sourire innocent qui finit d'exaspérer Jesse.

— Non, répondit son frère entre deux gorgées de scotch. C'est juste que j'ai désormais assez de temps pour observer les choses.

— Ah bon ? Et qu'est-ce que tu observes ?

Will haussa les épaules.

— Je n'observe pas tant que ça. Mais je remarque certains trucs. Comme le fait que Jillian Norris est vraiment sexy.

Jesse fit la grimace. Comme s'il avait besoin que Will lui parle de Jillian ! Ses rêves n'étaient-ils pas suffisamment envahis par elle, ces dernières semaines ? Ne se réveillait-il pas tous les matins le corps en transe, le sang bouillonnant au creux de ses veines ? Et surtout pourquoi diable fallait-il que Will « remarque » cette femme de toute façon ?

— Les jambes de cette femme doivent faire un kilomètre de long, murmura Will d'un air songeur. Et encore, quand elle est en jean. Je ne peux pas m'empêcher de me demander à quoi elles ressembleraient avec une robe...

Au diable la robe. Jesse voulait savoir à quoi Jillian ressemblait sans sa robe. Allongée sur son lit, enroulant ses longues jambes autour de ses hanches et l'attirant au plus profond d'elle.

— Et je ne parle même pas de ses cheveux, ajouta Will. Toujours attachés dans cette queue-de-cheval. Ça donne envie de voir quelle est leur longueur quand elle les lâche et qu'ils retombent le long de son dos...

— À quoi est-ce que tu joues ? grommela Jesse en serrant sa main autour du verre qu'il tenait.

— À rien, rétorqua Will avec un demi-sourire. C'est juste quelques remarques. Mais tu sais, peut-être que je devrais l'appeler. Pour m'assurer qu'elle est contente de cet appartement. Parce que si c'est aussi lamentable que tu le dis...

Jesse se figea. Si quelqu'un devait s'occuper de Jillian, ce serait lui.

— Je vais m'en occuper. Si tu es si impatient d'appeler une femme, appelle donc la tienne. Laisse-moi m'occuper de Jillian.

— Mouais.

Will étouffa un sourire, mais pas assez rapidement pour que Jesse ne s'en aperçoive pas.

— Qu'est-ce qu'il y a de si drôle ?

— Rien du tout, répliqua son frère en brandissant une main en signe de paix. Je dis juste que c'est une femme magnifique, c'est tout.

— Suis-je devenu aveugle ? demanda Jesse. Je ne suis pas capable de voir une belle femme, alors maman et toi, vous vous sentez obligés de me la montrer du doigt ?

— Tiens donc, maman aussi, alors ? s'amusa Will en hochant la tête. Intéressant.

Agacé par lui-même comme par sa famille, Jesse vociféra :

— Non, ce n'est pas intéressant. Il n'y a rien d'intéressant, bon sang !

— Oui, j'en suis convaincu, répondit Will qui avait retrouvé le sourire en retournant s'asseoir.

Il replaça ses bottes sur la table basse, puis se tourna vers Jesse.

— Une belle femme, une petite fille qui t'adule déjà... Mais comment, circulez, y a rien à voir !

Jesse foudroya son frère du regard. Maintenant, il voyait dans les yeux de Will la lueur qu'il avait décelée sur le visage de sa mère, un peu plus tôt.

Eh bien, ils allaient tous les deux devoir se faire une raison. Il ne regardait pas Jillian avec les yeux du désir. Simplement, il savait reconnaître une femme séduisante quand il en croisait une. Rien de plus, rien de moins. Mais en repensant à ses longues jambes galbées, à sa bouche charnue, à ses seins rebondis, il se sentait soudain à l'étroit dans son pantalon.

Bon d'accord. Il éprouvait du désir pour elle. Inutile de le nier. Mais désirer une femme, ça ne signifiait rien. C'était fugace. Et, une fois assouvi, le désir se tarissait toujours. Voilà à quoi il fallait s'attendre. Or ce n'était pas parce qu'il se passait quelque chose entre Jillian et lui que la situation évoluerait comme sa mère et son frère l'espéraient. Il ne cherchait pas à se caser.

Il avait déjà Brody à surveiller, envers qui il était redevable parce que, sans lui, le père de Brody serait encore en vie. Donc son devoir à présent, c'était d'être présent pour Lucy. Pour son fils. Il n'avait pas le droit de s'égarer, pas le droit de penser à lui. Il lui fallait refouler ses besoins égoïstes et agir pour faire ce qui était juste.

Mais être conscient de tout cela ne facilitait guère les choses. En laissant le reste de son scotch glisser le long de sa gorge, il posa son verre et se dirigea vers la porte.

— Où vas-tu ? héla Will.

— Je rentre chez moi. Prendre une douche froide.

5

Le premier jour du nouveau travail de Jillian s'était déroulé à merveille. Elle adorait travailler avec Ginger et ses deux autres collègues, Patti et Teresa. Les enfants étaient adorables, malgré quelques colères ici ou là. Mais le mieux, c'était d'avoir Mac avec elle pendant la journée et de la voir se faire déjà des amis. Jillian était confiante : tout allait bien se passer.

À son arrivée à Royal, elle espérait seulement faire valoir les droits de son bébé pour l'héritage de son père. Au lieu de quoi, elle s'était fait des amis qui l'avaient aidée à se lancer dans une toute nouvelle vie. Et elle était impatiente d'en profiter au maximum. Déjà, elle se sentait chez elle dans son appartement : Mac et elle l'avaient décoré à leur goût. Il y avait seulement quelques semaines, elle s'inquiétait de l'avenir ; or, maintenant, elle ne voyait devant elle que des opportunités.

Elle appréciait même sa nouvelle routine. Les gens se plaignaient parfois de leurs tâches quotidiennes répétitives, mais pour Jillian cette monotonie équivalait surtout à une « zone de confort ». Tous les matins, sur le chemin du travail, elle s'arrêtait au Royal Diner pour prendre une tasse de café et un chocolat au lait pour Mac. Et ce qui plaisait vraiment à Jillian, c'était d'y être déjà accueillie comme une habituée. Désormais, sa petite fille et elle s'étaient intégrées.

Pas plus tard que ce matin-là, Amanda Battle l'avait accueillie d'un grand bonjour en annonçant que la commande de Jillian était déjà prête. C'était un sentiment particulier que de se trouver enfin dans un endroit où elle et Mac se sentaient à leur place. Loin des néons et de la foule de Vegas, dans cette petite ville, elle allait pouvoir construire quelque chose de stable, de solide, pour sa fille et elle.

Balayant du regard la pièce lumineuse bondée de jeunes, elle se sentait plus confiante que jamais dans sa vie.

Enfin, à un détail près.

Jesse Navarro occupait l'essentiel de ses pensées.

Elle avait bien tenté de le chasser de son esprit, mais son cerveau fonctionnait contre sa volonté. Et pas seulement son cerveau. Ses hormones semblaient prendre un malin plaisir à lui jouer des tours. Chaque nuit, quand elle cherchait le sommeil, son subconscient l'inondait d'images de Jesse. Sa chevelure épaisse, brune. Ses yeux chocolat. Ce chapeau de cow-boy abaissé sur son front. La façon dont son jean délavé moulait ses jambes longues et musclées.

— Mam'zelle Jill !

Deux petites mains s'agrippèrent à son pantalon noir. Elle baissa les yeux vers la petite voix excitée qui l'appelait par son diminutif — les plus petits avaient du mal à prononcer Jillian en entier. Le garçonnet sautillait, la regardant d'un air implorant qui la tira brusquement de sa rêverie.

— Qu'est-ce qui t'arrive, Cole ? demanda-t-elle en se penchant vers l'enfant de trois ans.

— Le pot !

Il dansait sur place comme pour lui faire comprendre la nature de l'urgence.

— Oh !

Pas de temps à perdre. Jillian se redressa, le prit par la main, avant de lancer :

— D'accord, c'est parti !

Elle l'entraîna vers les toilettes, mais au même moment la porte d'entrée de la crèche s'ouvrit et elle s'arrêta net en voyant Jesse Navarro entrer dans la pièce.

Il y avait encore un instant, elle pensait à lui, et voici qu'il était là. L'univers semblait conspirer contre elle. Son estomac se noua violemment et elle serra un peu plus fort la main de Cole.

— Jesse ? Qu'est-ce que tu fais ici ?

— Je suis venu faire une livraison, répondit-il avant de faire un pas de côté pour lui dévoiler sa surprise.

Brody se précipita vers elle, tout sourires.

— Bonjour, mam'zelle Jill ! Surprise !

— Salut, Brody, ça me fait très plaisir de te voir, déclara-t-elle en levant à nouveau les yeux vers Jesse, soudain traversée par l'inquiétude. Nous n'attendions pas Brody aujourd'hui. Est-ce que Lucy va bien ?

— Elle va bien. Elle a une réunion avec un architecte, mais ce petit bonhomme a tendance à courir partout. Ma mère doit se rendre à Dallas pour la journée, alors...

— Je peux venir jouer ! expliqua Brody en se ruant à l'autre bout de la salle où se trouvait le train électrique.

— Mam'zelle Jill...

La voix de Cole se fit encore plus pressante. Aïe... Elle avait presque oublié.

— Je reviens tout de suite, lança-t-elle à Jesse.

— Vas-y, vas-y, dit-il avec un demi-sourire. Je t'attends.

Le cœur battant, l'estomac en vrac, Jillian courut emmener Cole aux toilettes. À son retour, Jesse s'était installé tant bien que mal sur l'une des chaises d'enfant. Mac était assise sur ses genoux, lui racontant une histoire avec enthousiasme. Ses petites mains s'agitaient en tous sens, ses yeux pétillaient, et Jesse lui accordait toute son attention.

Ce n'est pas juste, pensa-t-elle. *Ce n'est pas juste qu'un homme aussi beau, aussi dangereux, puisse se montrer aussi adorable avec ma fille.* Parmi les hommes qu'elle avait connus, beaucoup ne s'étaient intéressés à Mac que pour amadouer Jillian.

Jesse était différent.

Et flûte...

Non seulement il troublait Jillian au plus haut point, mais il se souciait vraiment de Mac. Certes, il était attentionné aussi avec Brody, mais le petit garçon était son neveu. Or il était aussi gentil et patient avec Mac qu'avec un membre de sa famille. Comment pouvait-elle rester insensible à cela ? Vraiment, cela devenait dangereux.

Comme s'il avait deviné ses yeux posés sur lui, Jesse tourna lentement la tête et croisa son regard. Même de l'autre côté de la pièce, bondée d'enfants bruyants, elle sentit une onde de chaleur la traverser de part en part. Un désir irrépressible irradia chaque cellule de son corps.

Oh ! non, ne fais pas ça, Jillian… Elle avait un emploi, un appartement et se tenait au seuil d'une nouvelle vie. *C'est ce sur quoi tu dois te concentrer. Pas sur ce magnifique cow-boy qui te consume sur place.* Sa voix intérieure était sévère, et elle espérait ardemment que cette fois elle suivrait son conseil plutôt que l'ignorer.

— Cheuhvaux ?

Au son de la voix de sa fille, elle soupira. Mac en pinçait autant pour les poneys que pour le cow-boy qui lui avait transmis sa passion.

— Quand tu reviendras au ranch, tu pourras remonter à cheval, d'accord ?

Satisfaite, Mac se tortilla sur les genoux de Jesse, puis courut rejoindre Brody pour jouer avec lui. Non seulement sa fille s'attachait trop à Jesse, mais elle commençait clairement à considérer Brody comme un grand frère.

Quand elle se retourna, elle vit Jesse se lever de la chaise d'enfant. Il se dirigea droit vers elle, tel un lion s'avançant lentement mais sûrement vers sa proie. Il n'avait rien d'un prédateur, certes, c'était juste que… *Oh ! Jillian, arrête ça tout de suite !*

Quand il arriva près d'elle, elle reprit son souffle et se ressaisit. Bon sang, elle en avait assez de réagir comme une vierge effarouchée. Tout en tentant de se rassurer, elle devait admettre qu'elle n'avait jamais eu affaire à un homme aussi viril que Jesse.

— Qu'est-ce que j'ai ? demanda Jesse en la dévisageant d'un air interrogateur.

— Quoi ? Euh, rien. Rien du tout, assura-t-elle en secouant la tête.

Elle reprit sa respiration, ordonnant mentalement à son cœur de ralentir ses battements affolés.

— D'accord.

Il ne semblait pas la croire, mais n'insista pas.

— Lucy viendra chercher Brody dans quelques heures.

— Bien sûr. Aucun souci.

Il se tenait si près d'elle qu'elle devinait de minuscules taches d'or dans ses yeux couleur chocolat. Pourquoi ne les avait-elle pas remarquées auparavant ?

— On dirait que les enfants sont nombreux aujourd'hui.

Un sujet anodin. Parfait. Elle balaya du regard les enfants dans la grande pièce lumineuse.

— Je sais. Apparemment, il y a un grand bal au TCC dans quelques jours.

Il hocha la tête.

— Le gala de la cravate noire.

Elle se retourna et le dévisagea.

— C'est ça. Eh bien, certaines mamans sont en train de faire leur shopping et d'autres travaillent ici à l'organisation de l'événement, précisa-t-elle avec un haussement d'épaules. Donc la crèche affiche presque complet. Mais ça ne me dérange pas. J'adore les enfants.

— Ça se voit. La plupart des gens seraient à cran, entourés de tous ces petits surexcités.

Jillian inclina la tête sur le côté, en le dévisageant.

— Ils ne sont pas surexcités, corrigea-t-elle. Ils sont juste excités d'être avec leurs copains.

— Peu importe, répliqua-t-il en secouant la tête. Tu m'as l'air de faire un travail difficile.

— Plus difficile que le dressage de chevaux sauvages ?

Il rit de bon cœur et chaque cellule du corps de Jillian se mit à vibrer. Un tel rire sur un visage aussi enjôleur devrait être déclaré illégal. Ou au moins être fourni avec une notice de mise en garde.

— Sans aucun doute. Je préfère passer la journée avec un seul cheval sauvage qu'avec autant d'enfants à la fois.

— Tu es formidable avec Brody et Mac, lui rappela-t-elle.

Son sourire s'effaça lentement alors qu'il observait les deux petits au milieu des autres.

— Eux, c'est différent.

Avant qu'elle puisse lui demander ce qu'il entendait par là, il se recoiffa de son chapeau et déclara :

— Je dois y aller. Pas mal de choses à faire au ranch.

— D'accord.

Elle le regarda rebrousser chemin vers la porte et se demanda pourquoi son petit rire taquin avait subitement laissé la place à une telle ombre dans son regard.

— Jesse ?

Il s'arrêta et la regarda par-dessus son épaule. Dès que son regard se posait sur elle, Jillian perdait ses moyens. Se sentant bête, elle finit par balbutier :

— Rien. Bonne journée.

— Ouais. Toi aussi.

Cette fois, il sortit et Jillian ne put s'empêcher de le suivre du regard alors qu'il regagnait son pick-up et démarrait en trombe.

Et il n'était probablement pas bon signe que son cœur batte encore la chamade.

Lorsque Lucy vint chercher Brody, Jillian était impatiente de terminer sa journée. Bien qu'elle adorât sa fille chérie et tous les autres enfants de la crèche, elle avait besoin d'une demi-heure de calme et de silence pour elle toute seule. Tout cela, à cause de Jesse. Elle allait très bien jusqu'à ce qu'il débarque avec son chapeau de cow-boy noir, ses bottes éculées et sa mâchoire carrée. Après cela, elle avait dû se concentrer deux fois plus pour s'occuper des enfants dont elle avait la charge, car son esprit la ramenait sans cesse à Jesse.

— Tu m'as l'air épuisée, lui lança Lucy en serrant son fils dans ses bras.

Jillian reconnut que sa journée avait été bien chargée, sans toutefois préciser à Lucy que Jesse était en train de lui faire perdre la tête.

— Les enfants sont géniaux, ne te méprends pas, mais...

— Tu as besoin d'une pause ? compléta Lucy.

— Et comment ! admit Jillian en regardant la pièce autour d'elle.

La plupart des enfants avaient déjà été récupérés par leurs parents. Il n'en restait plus que quatre et le niveau sonore de la salle avait baissé de façon spectaculaire. Pourtant, elle se languissait de se retrouver dans le silence total.

— Je peux arranger ça, déclara Lucy.

— Que veux-tu dire ?

— J'emmène Mac avec moi. J'ai un siège auto supplémentaire dans le pick-up, sourit-elle. Il arrive parfois que les amis de Brody aient besoin d'un chauffeur. Comme aujourd'hui par exemple.

Jillian secoua la tête, refusant machinalement cette généreuse et amicale proposition.

— Tu n'es pas obligée de faire ça.

Lucy sourit.

— Je sais. Mais je viens de profiter d'une pause de trois heures. Le moins que je puisse faire, c'est de te rendre la pareille.

Jillian pouffa de rire.

— Tu n'étais pas en pause. Jesse m'a expliqué que tu avais une réunion.

— Oui, une réunion pour parler de chevaux. Crois-moi, c'est une vraie pause.

Toute la famille Sanders semblait avoir hérité de la passion des chevaux. Ce qui n'avait rien d'étonnant, quand on vivait dans l'un des plus grands ranchs du Texas.

— Tu as pu avancer sur ton projet de centre de reproduction et de rééducation ? demanda Jillian qui, si elle n'y connaissait absolument rien en chevaux, s'intéressait néanmoins à son amie.

— Oui ! s'exclama Lucy. Ça va être magnifique. Plus grand que ce à quoi je m'attendais, mais ça signifie juste que je pourrai sauver plus de chevaux.

— C'est ce qui te motive vraiment, hein ? dit Jillian. J'ai remarqué l'autre jour, quand tu en parlais, que tu semblais plus enthousiasmée par l'idée de sauver des animaux que par le programme de reproduction.

— Je suis si prévisible ? s'esclaffa Lucy. Je suppose que oui. C'est tellement... satisfaisant — même si ce n'est pas le bon mot — d'aider les animaux négligés à retrouver la santé et l'épanouissement. J'ai juste...

— Tu n'as pas à te justifier.

— Tant mieux, parce que je ne pense pas en être capable.

Secouant la tête, Lucy embrassa Brody, qui restait agrippé à sa jambe gauche.

— Brody chéri, va donc chercher Mac et nous rentrons à la maison, reprit-elle simplement.

— Lucy, je...

— Pas de discussion. On pourra boire un verre quand tu viendras la chercher tout à l'heure.

— Pourquoi pas ? finit par concéder Jillian en soupirant.

— Super. Salut, Mac chérie ! lança Lucy alors que Mac et Brody accouraient vers elle. Tu veux venir au ranch avec nous pour un petit moment ?

— Jessiiie ! s'exclama Mac en levant des yeux radieux vers Jillian. Cheuh-vaux !

Elle soupira de nouveau. Manifestement, elle avait beau tout faire pour garder ses distances avec Jesse, le destin le lui mettait constamment sur son chemin.

— On dirait que quelqu'un en pince pour mon frère, s'exclama Lucy, le regard rivé sur Jillian et non sur Mac.

— Il est tellement gentil avec elle...

— Plutôt agréable à regarder aussi, pas vrai ?

— Mouais, ce n'est pas faux, avoua Jillian en lançant un regard noir à son amie.

Lucy paraissait tout à son aise.

— Hé, je voulais juste vérifier que quelqu'un d'autre n'en pinçait pas pour lui. Et là, je crois bien que c'est le cas.

— Pincé ! s'écria Mac alors que Jillian faisait la grimace.

— Je t'aime bien, Lucy, mais tu te trompes.

— Bien sûr, je vois ça.

— Tu es incorrigible.

— Juste curieuse, répliqua son amie en souriant avant de

prendre Mac dans ses bras. Mais je ne compte pas changer non plus. Quand je serai vieille, les gens fuiront en me voyant arriver.

Jillian ne put se retenir de rire.

— Je veux bien te croire.

— Maman, je veux une glace ! demanda Brody en tirant sur l'ourlet de son chemisier noir.

— Quelle bonne idée ! Mac, tu veux une glace aussi ?

— Glace !

— Je pense que c'est un « oui », interpréta Jillian en souriant à sa fille.

— C'est pour ça que j'aime bien traîner avec des enfants. Ils savent ce qui est bon, déclara Lucy. À plus tard, Jillian !

— Je viendrai au ranch dès que j'aurai fini mon service.

— Ça, ce n'est pas une pause, répliqua Lucy. Prends-toi un peu de temps. Détends-toi. Ne fais rien pendant un moment. Tu n'as pas le droit de débarquer au ranch avant 19 heures.

— Je ne sais pas si je me souviens comment ne rien faire, admit Jillian avec un petit rire.

— Eh bien, mets-toi à la page. Les enfants, dites au revoir à Jillian.

— Au revoir, maman, au revoir ! articula Mac en la saluant frénétiquement, imitée par Brody.

Une fois qu'ils furent sortis, elle ressentit un mélange de soulagement et d'excitation.

Pour récupérer sa petite fille, elle devrait revoir Jesse. Or cela lui devenait de plus en plus difficile. Car, chaque fois qu'elle le voyait, son esprit était assailli d'images des plus suggestives. Son corps recouvrant le sien, ses grandes mains calleuses glissant sur sa peau, sa bouche sur la sienne, leurs langues emmêlées dans une danse sauvage et désespérée…

— Jillian ?

Brusquement tirée de son rêve éveillé, elle tressauta et se retourna pour découvrir Ginger.

— Ça va ? demanda la directrice.

— Probablement pas, murmura-t-elle.

— Hein ?

— Oh ! rien, assura-t-elle en soupirant avant de se précipiter pour empêcher le petit Colton Jackson, trois ans, d'avaler un crayon.

Jesse et son contremaître du ranch, Carlos, transpiraient à grosses gouttes. Ils rentraient au ranch à cheval, après avoir vérifié que tout allait bien pour le troupeau dans le pâturage sud. Ce galop de fin de course était une tradition, la fierté et le droit de se vanter étant les seules récompenses. Des journées comme celle-ci rappelaient à Jesse à quel point il avait de la chance de mener la vie qu'il aimait, sur les vastes étendues de terre du ranch. Avec les chevaux. Un nouvel orage s'annonçait : l'électricité dans l'air devenait palpable. Le claquement des sabots contre la terre grondait comme un tambour. Le vent sur son visage avait déjà une odeur de pluie. Le coucher du soleil mouchetait le ciel de rouge, de violet et d'or. Oh ! comme il aimait tout cela...

Il entendit les cow-boys applaudir sur leur passage et il sourit. Aujourd'hui, il était en passe de gagner. Son cheval était plus jeune, plus vigoureux que celui de Carlos — et il aimait gagner. Il n'avait perdu qu'une seule de ces courses au cours des deux derniers mois.

— Bravo, patron, vous l'avez eu !

— Allez, Carlos ! lança quelqu'un d'autre. Ne le laisse pas gagner à nouveau !

Riant, Jesse fit corps avec son cheval, accélérant, sentant le vent sur son visage. Il battit Carlos en arrivant dans la cour du ranch, à un museau près, et il tira sur les rênes pour aider sa monture à ralentir.

— Tu m'as eu, s'esclaffa Carlos. Mais demain, je prends l'étalon et c'est toi qui monteras ce hongre fainéant.

— Ce n'est pas le cheval qui fait la course, Carlos, le tança Jesse en lui tendant une main. C'est le cavalier.

— Demain, ce sera différent, prévint Carlos, hilare.

— L'espoir fait vivre.

Jesse descendit de son cheval et remit les rênes à Carlos qui s'occupait de ramener les chevaux à l'écurie. Le fait d'être dehors avec ses employés, de se concentrer sur l'entretien d'un si grand ranch lui permettait d'avoir les idées claires. Cela lui apportait une certaine sérénité, même temporaire. Il oubliait ses soucis au sujet de Will, sa culpabilité envers Lucy et Brody, et cela effaçait presque Jillian de ses pensées. Maintenant qu'il avait terminé son travail de la journée, il savait qu'elle occuperait de nouveau son esprit et qu'il n'y avait aucun moyen de lutter contre cela. Car, en réalité, il adorait penser à elle.

Fronçant les sourcils, il dit à Carlos :

— Je passerai plus tard pour voir comment va Dancer.

La jument était sur le point de mettre bas et il tenait à s'assurer que tout se passerait au mieux. Il savait que le vétérinaire local, Scarlett McKittrick, pourrait arriver en quinze minutes s'il avait besoin de son aide, mais il y avait de bonnes chances que Dancer gère le travail et la naissance par elle-même, comme le faisaient les chevaux depuis des millénaires.

— Je pense que ce n'est pas pour tout de suite, patron, assura Carlos avant de sourire. Tiens, on dirait que tu as de la compagnie.

Jesse se retourna et crut recevoir un coup de poing dans la poitrine. À quoi bon essayer de chasser Jillian de son esprit quand elle pouvait surgir de nulle part et le prendre de court ? Elle se tenait là, à côté de sa vieille Honda, tenant ce qui ressemblait à un plat recouvert d'aluminium. Dieu qu'il aimait la regarder. Rien que la regarder.

Il avait vu Mac avec Brody tout à l'heure et savait que tôt ou tard la jeune maman viendrait récupérer sa fille. Heureusement qu'il était rentré à temps du pâturage. Sinon, il aurait pu la rater.

De nouveau, il fronça les sourcils. Il n'aimait pas cela, mais oui, revoir Jillian l'emplissait d'une joie presque béate. Et le sentiment était là, que cela lui plaise ou non. Enfin, ce n'était pas le moment de s'inquiéter à ce sujet. Au lieu de cela, il se délecta de la contemplation de la femme qui le rendait fou ces derniers temps.

Ses longs cheveux blonds étaient toujours attachés dans son immuable queue-de-cheval. Oh ! comme il avait envie de libérer sa chevelure et d'y passer les doigts, de regarder ses cheveux tomber en cascade autour de son visage... Il voulait savoir quelle était vraiment leur longueur, et leur couleur contre sa peau nue.

Elle portait un chemisier rouge foncé, un jean bleu et d'élégantes bottes. Avec le vent qui soufflait, les pointes de ses cheveux se soulevaient et ondulaient comme si elles dansaient.

En s'avançant vers elle, il admira ses lèvres qui se retroussaient en un sourire. Le sang bouillonna au creux de ses veines. Il lui fallut consentir un effort surhumain pour ne pas céder à l'envie de s'emparer d'elle et d'enfin goûter à la saveur de ses lèvres.

— Tu as gagné ! lança-t-elle en balayant quelques mèches de cheveux plaquées sur son visage par le vent.

— Ouais.

Il sourit et jeta un regard par-dessus son épaule pour voir Carlos conduire les chevaux vers l'écurie.

— Cette fois, en tout cas. Tu es venue chercher Mac ?

— Oui, mais je voulais te voir d'abord.

Intéressant.

— Pourquoi donc ?

— Je voulais vous remercier, répondit-elle en lui tendant le plat recouvert d'aluminium. Tu as été tellement gentil avec Mac, en la laissant monter les poneys. Et en m'aidant à trouver cet appartement et...

— Ne me remercie pas pour ça, l'interrompit-il en secouant la tête. Je n'arrive toujours pas à croire que tu veuilles rester dans ce petit cagibi sinistre.

Elle rit de bon cœur.

— Cet appartement est correct et je l'apprécie.

— De toute façon, tu n'as pas besoin de me remercier, répéta-t-il, les sourcils froncés.

— Trop tard, répliqua-t-elle en continuant de lui tendre l'assiette.

Il finit par l'accepter.

— C'est lourd.

— C'est un plat à tarte en verre, expliqua-t-elle.

— Un plat à tarte ? répéta-t-il intrigué. Tu as acheté une tarte ?

— Je ne l'ai pas achetée, répondit-elle, visiblement vexée. Je l'ai faite moi-même. Et tu me rendras mon plat quand tu auras terminé.

— Vraiment ?

Il ne se souvenait pas de la dernière fois qu'une femme lui avait offert quoi que ce soit, a fortiori quelque chose qu'elle s'était donné la peine de fabriquer. Jillian avait les yeux pétillants d'une lueur espiègle et il la trouva encore plus belle que de coutume. Puis, chassant cette pensée égarée, il souleva le rebord du papier aluminium et contempla brièvement la croûte dorée avant de recouvrir soigneusement le gâteau.

— C'est quel genre de tarte ?

Elle prit une grande respiration, glissa les mains dans ses poches et répondit :

— C'est ma spécialité : tarte aux cerises épicée.

Il chercha son regard.

— Parce que tu as une spécialité ?

— Bien vu. Et tu vas l'adorer. Ma tarte est mieux que bonne.

En croisant ses yeux noisette et pétillants, il sentit une nouvelle onde de chaleur le traverser de part en part. Ce n'était pas seulement à la tarte de Jillian qu'il avait envie de goûter.

— Allons donc la déguster chez moi, cette friandise.

Comme elle scrutait la maison principale, hésitant visiblement à aller chercher Mac maintenant, il ajouta :

— Mac joue avec Brody. Tu peux prendre quelques minutes pour savoir si ta tarte me plaît. Il se trouve que je suis un fin gourmet. Je saurai te dire si elle est réussie.

— Je ne suis pas inquiète, répliqua-t-elle en relevant légèrement le menton. Ce sera la meilleure tarte que tu aies jamais mangée.

Il inclina le bord de son chapeau.

— Voilà une déclaration audacieuse, vu que ma mère prépare la meilleure tarte aux pommes de la planète.

— J'apprécie vraiment Cora Lee, reprit-elle, mais je suis persuadée que ses tartes ne sont pas à la hauteur des miennes.

— Eh bien, tu n'as plus le choix. Tu dois venir chez moi pour qu'on puisse déterminer ça.

Elle se mordilla la lèvre inférieure.

— D'accord, consentit-elle. Mais quelques minutes seulement. Ensuite, je dois ramener Mac à la maison. Je pensais arriver plus tôt, sauf que je tenais à finir la tarte pour pouvoir te l'apporter.

Les premières gouttes de pluie se mirent à tomber sur la terre sèche alors qu'ils gravissaient les marches du perron en pierre. Jesse ouvrit la porte d'entrée sculptée, puis s'écarta pour permettre à Jillian d'entrer la première.

Il l'observa pendant qu'elle regardait autour d'elle et découvrit la maison à travers son regard : planchers en chêne massif, peintures amérindiennes, photos de famille accrochés aux murs, et tapis navajo ornant les pièces. Après avoir passé l'entrée, elle jeta un coup d'œil dans la pièce principale, et il comprit qu'elle jaugeait là ses habitudes de célibataire endurci. Il vivait seul, donc il n'y avait guère de touches féminines. Les seules femmes qui fréquentaient sa maison étaient sa mère, sa sœur et la femme de ménage, une fois par semaine. Quand il voulait une maîtresse, il se rendait en ville.

Jamais il ne recevait de femmes au ranch. Pas question de laisser une de ses maîtresses prendre ses aises chez lui. Abandonner quelques vêtements, du maquillage ou quoi que ce soit d'autre, sur son territoire.

Mais là, c'était différent. Jillian ne resterait pas longtemps. Même s'il en mourait d'envie, il ne la conduirait pas jusqu'à sa chambre pour l'allonger sur son lit. Serrant les dents, il chassa cette pensée de son esprit et la contempla. Elle continuait d'observer attentivement le séjour.

Les fauteuils et canapés en cuir bordeaux étaient regroupés devant une cheminée de pierre qui permettait d'agréables flambées quand il faisait froid. Grâce à l'employée de maison, la pièce n'était pas envahie de poussière, mais des livres s'accumulaient sur des tables, une tasse de café traînait, et des dossiers et factures étaient éparpillés au sol, autour du fauteuil où il s'asseyait habituellement.

— Cette maison est magnifique, déclara-t-elle en contemplant les larges baies vitrées qui donnaient sur l'enclos et la cour du ranch. Intéressant, ton système de classement, constata-t-elle quand son regard se posa sur les piles de paperasses.

— Mouais, murmura-t-il en ôtant son chapeau pour le déposer sur la table la plus proche. Je faisais mes papiers quand Carlos est venu me demander d'aller au pâturage m'occuper du troupeau. On a des vaches prêtes à vêler et on voulait s'assurer qu'elles avaient assez d'eau à disposition.

— Je croyais que les prairies étaient bordées d'étangs et de lacs.

— C'est le cas. Mais parfois, les bassins de stockage ont tendance à s'assécher.

— Comment gardez-vous la trace de tous ces animaux ?

Il haussa les épaules.

— La plupart du temps, les cow-boys surveillent les prairies à cheval. On compte chaque tête de bétail, donc si un animal disparaît, on sait qu'il faut partir à sa recherche.

— Vous faites le tour du ranch tous les jours ?

— J'aimerais bien, murmura-t-il en baissant les yeux vers ses piles de papiers. Si j'avais mon mot à dire, oui. Mais il y a tellement à faire. De plus, il n'y a pas que les animaux à soigner. Il faut entretenir les étangs de stockage, cultiver les champs nourriciers…

— Ça a l'air très lourd.

Il s'aperçut que c'était la première fois qu'une femme lui posait des questions sur son travail. Et elle paraissait sincèrement s'y intéresser.

— Si on ne suit pas les enseignements des anciens, ça peut l'être. Moi, j'ai été formé par mon père, qui savait tout ce qu'il y avait à savoir sur l'élevage et m'a tout appris.

— D'après ce que Lucy et Cora Lee m'ont raconté sur lui, ce devait être un homme hors du commun.

— Il l'était. Dans tous les sens du terme.

Il admira par la fenêtre le ranch qu'il avait adoré dès l'instant où il avait foulé ses terres.

— Il nous aimait, Lucy et moi, et nous a élevés comme si nous étions ses propres enfants.

Hochant la tête, elle se retourna aussi pour contempler par la fenêtre l'obscurité qui sonnait la fin du crépuscule.

— C'est admirable. Tout le monde n'est pas capable d'accepter un enfant qui n'est pas le sien.

— Oui, c'est vrai, Roy était unique en son genre.

Pour changer de sujet, il retira le papier aluminium de la tarte qu'il huma à pleins poumons.

— Hum, ça sent bon.

— Mais c'est encore meilleur au goût.

Quelques longues secondes s'écoulèrent en silence, puis elle déclara brusquement :

— As-tu toujours voulu être éleveur ?

— Depuis aussi longtemps que je me souvienne.

Il lui prit le bras et l'entraîna dans le long couloir vers l'arrière de la maison.

— Allons à la cuisine chercher une fourchette.

Ils traversèrent la salle à manger, dépassèrent une grande table assez longue pour accueillir confortablement douze personnes et franchirent la porte de la cuisine. À côté de lui, Jillian s'arrêta net, retint son souffle, puis se retourna lentement, en regardant autour d'elle.

— Qu'est-ce qui se passe ?

— Attends, murmura-t-elle.

À voir son visage, elle appréciait la pièce. Les murs étaient d'un bleu tendre, les placards blancs et les comptoirs en granit noir. Devant la baie vitrée se trouvaient une table ronde et des chaises où Jesse mangeait habituellement, car la salle à manger était trop vaste pour lui tout seul. Les appareils étaient tous en inox haut de gamme. Au-dessus de la cuisinière à gaz intégrée se trouvait une hotte en cuivre et au milieu de l'îlot central trônait un deuxième évier ainsi que la partie préférée de la cuisine de Jesse : un barbecue d'intérieur.

— C'est... incroyable, chuchota-t-elle comme si elle était à l'église.

Elle tendit une main et caressa du bout des doigts le granit noir.

— Je suis jalouse de ta cuisine, avoua-t-elle en se tournant vers lui. Ce que je pourrais faire avec… Bref, c'est une cuisine de rêve. De celles qu'on ne voit que dans les magazines.

Il eut un petit rire, passa devant elle pour déposer la tarte sur l'îlot central. Ouvrant un tiroir, il sortit deux fourchettes.

— Content que ça te plaise. Et c'est drôle que tu dises ça à propos des magazines. Parce que c'était exactement le cas.

— Comment ça ?

Il sortit deux assiettes d'un placard, puis une pelle à tarte d'un autre tiroir.

— Quand je construisais cette maison, Lucy m'a montré une photo de cette cuisine, découpée d'un magazine. Je l'ai montrée à l'architecte en lui disant que je voulais la même.

Elle plissa des yeux et ajouta d'un ton moqueur :

— Je ne connais personne qui ferait ou aurait fait une chose pareille.

Il haussa les épaules.

— Ce n'est qu'une cuisine, tempéra-t-il. Je ne l'utilise pas tant que ça, si ce n'est pour préparer mon café ou garder ma bière au frais.

— Oh ! non, quel gâchis !

Il leva les yeux.

— La meilleure partie de toute la cuisine, c'est le barbecue, à mon avis. La plupart du temps, à la fin de la journée, je suis trop fatigué pour cuisiner, mais je peux toujours jeter un steak sur le gril. Ça, c'est à ma portée.

— C'est quasiment criminel, murmura-t-elle.

— Pardon ?

— Avoir cette cuisine fantastique et n'utiliser que le gril ? Oui, c'est criminel, décréta-t-elle en secouant la tête.

— Eh bien, ne me jette pas en prison avant que j'aie goûté ta tarte, implora-t-il en y découpant deux tranches avant de porter les deux assiettes jusqu'à la table. Tiens. Si tu n'en manges pas avec moi, je vais croire que tu cherchais à m'empoisonner.

Elle le suivit et s'assit face à lui. À l'extérieur, le clair de lune scintillait à travers les gouttes de pluie qui fouettaient la fenêtre.

En quelques minutes, l'obscurité était tombée tel un rideau sur le ranch.

— Je ne gâcherais jamais une seule de mes tartes avec du poison.

— C'est bon à savoir, dit-il avec un sourire.

Il se sentait bien, assis là avec elle, dans la pièce à peine éclairée. À bavarder. À la voir sourire. Malgré le désir qui lui enserrait les tripes, il arrivait à apprécier ce moment.

— Bon, reprit-il en soulevant sa fourchette. C'est le moment de vérité.

— Je ne suis pas inquiète.

— Confiante ? Ça me plaît.

Il prit une bouchée de tarte et, à la minute où elle franchit ses lèvres, Jesse poussa un véritable petit gémissement. Une explosion d'épices lui envahit la bouche, se combinant en saveurs comme il n'en avait jamais goûtées auparavant. Il mastiqua doucement, avala, puis reprit une bouchée.

Elle sourit.

— Je t'avais prévenu.

Dès qu'il put articuler, il répliqua :

— Tu es magicienne, ou quelque chose dans le genre, pas vrai ? C'est incroyable ! Génial, même.

Le visage de Jillian s'illumina devant ses compliments, ce qui ne fit qu'attiser le désir qu'elle lui inspirait.

— Merci, dit-elle en savourant à son tour une bouchée de la gourmandise. C'est la recette de ma grand-mère Rhonda.

— Comme je te le disais tout à l'heure, il s'agit d'apprendre ce que les meilleurs ont à nous enseigner.

Le sourire de Jillian s'élargit.

— Grand-mère Rhonda était vraiment la meilleure.

— Tu la voyais beaucoup quand tu étais petite ?

— C'est elle qui m'a élevée, expliqua Jillian d'un ton laissant entendre qu'elle n'accepterait pas d'autres questions.

Il pouvait se contenter de ce qu'il avait.

— Eh bien, elle a fait un sacré bon travail à ce que je peux voir.

— Merci.

— Tu devrais les vendre, suggéra Jesse en avalant une nouvelle bouchée du gâteau.

— C'est ce que je compte faire.

Il se figea.

— C'est vrai ?

— J'adore cuisiner et je suis douée pour ça, reprit-elle en hochant la tête.

— Je peux en témoigner.

— Je projette d'ouvrir un magasin où je vendrais des tartes, des cookies et autres pâtisseries.

Elle se tut, un peu gênée par l'excitation qui transparaissait dans sa propre voix.

— Enfin bon, c'est mon rêve pour l'instant.

— Avec un tel talent, ça devrait être plus qu'un rêve.

Elle sourit et, dans la faible lumière, il crut voir ses yeux s'embuer. Jesse appuya sur l'interrupteur derrière lui pour allumer le plafonnier. Une lueur tamisée éclaira alors la table.

— C'est joli, dit-elle en contemplant le lustre rustique avec ses opalines et ses bras en fer forgé recourbés.

— Ouais. Au petit matin, je n'aime pas être agressé par une lumière vive pendant que je bois mon café.

Elle rit de ce rire qui lui déclenchait des choses étonnantes au plus profond de lui-même.

— Pourquoi travailles-tu à la crèche alors que tu es capable de cuisiner de telles merveilles ?

Elle haussa les épaules.

— J'ai besoin d'un travail. Et surtout, je n'ai pas encore assez de fonds pour ouvrir mon propre commerce.

— De combien disposes-tu ?

Il ignorait pourquoi il avait posé la question, sinon qu'il avait envie de revoir cette lueur excitée dans ses yeux.

Elle parut réticente à répondre. Comment lui en vouloir ? La question était un peu grossière. Mais elle soupira.

— Quand j'ai vendu le mobile-home de ma grand-mère, il y a quelques années, j'ai récupéré quinze mille dollars, mais il me faudra plus que ça. Alors j'ai économisé et, d'ici quelques années, je devrais pouvoir boucler mon budget.

Il prit une autre bouchée de la délicieuse tarte et la savoura en réfléchissant.

— Ma famille possède la moitié de Royal, tu sais.

— Félicitations.

— Ce n'est pas ce que je voulais dire, rétorqua-t-il en agitant sa fourchette. Je crois connaître un magasin placé sur Main Street qui serait idéal pour toi.

Elle poussa un petit cri, visiblement stupéfaite, et il fut satisfait de son petit effet.

— Merci, mais, comme je viens de te le dire, il me faudrait plus de capital pour lancer mon affaire et...

— Cette boutique est déjà équipée de ce dont tu auras besoin. C'était une boulangerie jusqu'à ce que son occupant déménage dans le Michigan pour une raison que j'ai oubliée.

Il tapota ses doigts sur la table, devinant qu'elle réfléchissait, s'interrogeait, s'inquiétait.

— Mais...

— Et si tu as besoin de plus de capital, je te l'avancerai.

— Hors de question !

Elle secoua la tête, redressa ses épaules et se rassit bien droite sur sa chaise.

— La famille Sanders m'a déjà installée dans un appartement. J'ai accepté car Mac en avait besoin. Mais je ne demande pas la charité.

— Tant mieux, répliqua-t-il en gardant sa voix austère et professionnelle. Parce que je ne te propose pas l'aumône. Je te propose de devenir ton associé.

6

Jillian le regarda fixement. Elle n'arrivait pas à croire ce qu'elle venait d'entendre. À l'origine, elle était simplement passée offrir une tarte à Jesse, et voilà qu'il lui proposait de l'aider à établir son futur commerce ? Et pourquoi diable réfléchissait-elle seulement à la question ?

— Un associé silencieux, ajouta-t-il rapidement entre deux bouchées de tarte. Je te financerai et, quand le magasin sera ouvert, tu pourras me rembourser.

Elle s'efforça de tempérer l'excitation qui montait en elle. Non, elle ne pouvait pas accepter une offre pareille. Jesse et elle, associés ? Ne s'était-elle pas promis de le voir le moins possible ? Même s'il se comportait en associé discret, elle serait contrainte de travailler avec lui. Régulièrement.

C'était de la folie. Impossible.

— Cela pourrait me prendre des années avant de te rembourser intégralement, annonça-t-elle en secouant la tête.

— Pas si tu vends des tartes comme celle-ci, assura Jesse en la lui désignant de sa fourchette. Une fois que les gens auront goûté à tes spécialités, tu seras tellement sollicitée que tu devras refuser des commandes. La vérité, c'est que tu fais la meilleure tarte aux fruits de l'univers.

Elle sourit à ces paroles, mais tout en elle se mettait soudain en ébullition. Elle rêvait de sa propre boutique depuis tant d'années… Et, depuis la naissance de Mac, le rêve n'avait fait que se renforcer. Elle voulait avoir sa propre entreprise, établir ses propres règles, vivre sa propre vie et montrer à sa fille que rien n'était impossible quand on était prêt à travailler pour ses rêves.

Quoi qu'il en soit, elle ne s'attendait pas à une telle proposition. Et n'avait pas de réponse toute prête. Peut-être aurait-elle dû dire « non » sur-le-champ. Mais l'idée de faire de son rêve une réalité plusieurs années avant l'échéance qu'elle s'était fixée était trop tentante pour qu'elle la rejette. Il restait tout de même plusieurs points à éclaircir.

— Je ne comprends pas, reprit-elle dans un murmure, tout en cherchant le regard de Jesse. Pourquoi ferais-tu une chose pareille ?

— Ai-je besoin de me justifier ?

Elle eut un petit rire.

— Eh bien… Oui.

— Si tu y tiens, dit-il en se redressant dans son fauteuil pour la dévisager à la lueur dorée du plafonnier. Je me dis que, si tu arrives à fabriquer une tarte comme ça dans la pseudo-cuisine de ton appartement, tu feras des miracles dans un local doté d'un équipement professionnel.

— Mouais…

— Je te propose un partenariat digne de ce nom, assura-t-il, alors qu'elle croisait son regard obscurci. Nous demanderons aux avocats de la famille de rédiger les paperasses nécessaires.

— Je ne sais pas, murmura-t-elle en posant une main contre son ventre, dans une vaine tentative de soulager les papillons qui l'envahissaient.

Tout cela arrivait si vite qu'elle ne savait pas vraiment comment réagir. Mais, très vite, elle se dit que c'était sans doute la chance de sa vie. Certes, Jesse allait de nouveau l'aider… Et alors ? Une fois qu'elle l'aurait remboursé, l'entreprise lui appartiendrait entièrement. N'était-ce pas là le plus important ?

Comme s'il devinait son hésitation, Jesse la regarda droit dans les yeux.

— La boutique de Main Street répond à la majorité de ce dont tu as besoin. Nous pourrons facilement obtenir ce qu'il te manquera. En un mois, ce sera opérationnel et tu pourras t'y installer.

— Un mois...

Son propre magasin... Elle retint son souffle, sautillant d'un pied sur l'autre pour calmer le flux de questions qui l'assaillaient. *Un petit mois !* Tout ce qu'elle avait à faire, c'était de renoncer à sa fierté pour accepter l'offre de Jesse. Mais était-ce vraiment la fierté qui l'empêchait d'accepter cette proposition ? La plupart des entreprises n'avaient-elles pas des investisseurs ? Alors pourquoi pas elle ?

— Ou même plus tôt, insista-t-il.

Mordillant sa lèvre inférieure, elle laissa les pensées se bousculer à son esprit. Il y avait le pour. Et le contre. La tentation... Et le risque de se retrouver trop proche de Jesse Navarro. Et de renoncer ainsi à son autonomie. Comme elle était très jeune lorsque ses parents avaient disparu de sa vie, elle avait appris à ne compter que sur elle-même. Sa grand-mère lui avait enseigné le travail, l'abnégation et à ne jamais s'attendre à ce que quelqu'un d'autre fasse le travail pour elle.

Elle avait travaillé dur. Grâce à ses économies, elle pouvait espérer ouvrir sa propre boutique d'ici un an ou deux. Bien sûr, elle aurait quand même eu besoin de solliciter un prêt, mais elle aurait emprunté le moins possible, car l'idée de s'endetter la terrifiait. Or, en acceptant la proposition de Jesse, elle pourrait réaliser son rêve bien plus tôt qu'elle ne l'avait imaginé. Tout ce qu'elle avait à faire, c'était dépasser les principes qui l'avaient guidée pendant si longtemps.

Vraiment, qu'est-ce qui pourrait clocher dans l'offre de Jesse ? Elle ne renonçait pas vraiment à quoi que ce soit. Elle resterait maître de son travail et ferait grandir son entreprise toute seule. C'était comme si elle obtenait un prêt bancaire. Sauf que la banque en question s'avérait séduisante au point de la tourmenter chaque nuit, dans ses rêves.

En y réfléchissant bien, elle réalisa une chose. Elle avait envie de foncer. Pourquoi attendre des années pour parvenir à ce qu'elle pourrait accomplir dès maintenant ? L'indépendance serait toujours son pilier, car il n'appartiendrait qu'à elle de décider si sa boutique était un succès ou non. Elle ne perdrait rien en acceptant l'offre de Jesse. Au contraire, cela lui permettrait d'avancer plus vite dans la construction de son avenir.

Puis elle pensa à Mac, sa fille adorée. Jillian voulait tout ce qu'il y avait de mieux pour elle. Si elle attendait d'avoir économisé tout l'argent nécessaire, cela pourrait prendre encore deux ou trois ans avant qu'elle soit en capacité d'ouvrir un magasin. Autrement dit, il lui faudrait peut-être des années avant de pouvoir se trouver un logement plus grand — voire une maison —, car elle y tenait, pour Mac. Sa petite fille méritait d'avoir son propre jardin où elle pourrait jouer. Elle avait vu Mac avec Brody, sur le ranch où les enfants avaient de la place pour courir, s'amuser et faire tout le bruit qu'ils voulaient sans s'inquiéter de déranger les voisins de palier.

Si elle acceptait l'aide de Jesse, elle pourrait mettre un coup d'accélérateur à ses rêves, ce qui signifierait une vie meilleure pour Mac. N'était-ce pas précisément ce qui avait motivé sa venue au Texas ?

— Je peux pratiquement lire dans tes pensées, ironisa Jesse.

— Il y a de nombreux paramètres à prendre en compte, admit-elle en le regardant savourer une nouvelle bouchée de tarte.

— Pas tant que cela, rétorqua-t-il. Tu as du talent et un plan. Je peux t'aider à mettre en œuvre ce projet. C'est plutôt simple.

— Quand tu le résumes comme ça, c'est sûr, nota-t-elle.

— Alors, c'est oui ?

Elle le regarda dans les yeux et sut qu'elle allait accepter. Elle avait encore quelques réticences, quoi de plus normal ? Mais il était exclu de se laisser freiner par de telles hésitations. Le temps était peut-être de mettre la prudence de côté et de saisir la chance qui s'offrait à elle. Reprenant son souffle, elle soutint le regard de Jesse.

— Je crois que oui.

— Tant mieux, dit-il avec un sourire radieux avant de lui tendre la main par-dessus la table. Alors, avant que tu ne changes d'avis, marché conclu !

Se redressant, elle glissa sa main dans la sienne en s'efforçant de ne pas remarquer à quel point sa peau la brûlait au contact de Jesse. Une véritable décharge électrique lui remonta le bras alors que son cœur battait la chamade.

— J'appellerai mes avocats dès demain matin, annonça-t-il avec une franche poignée de main.

— D'accord, lâcha-t-elle dans un souffle.

Il la relâcha et, l'espace d'une seconde, elle se languit de la sensation de sa main robuste enroulée autour de la sienne. Ce n'était probablement pas ce qu'elle aurait dû penser de son associé en affaires.

— Tu ne vas pas changer d'avis, n'est-ce pas ?

Elle le regarda en secouant la tête.

— Non. Les décisions sont difficiles, mais une fois que j'ai fait mes choix, je ne reviens pas en arrière.

— C'est bon à savoir, nota-t-il en jetant un coup d'œil au morceau de tarte dans son assiette. Tu ne finis pas ta part ?

Elle rit et sentit les papillons l'envahir de nouveau. Elle lui offrit son assiette en murmurant :

— J'espère que le reste de la population de Royal appréciera mes tartes autant que toi.

— Aucun doute à ce sujet, dit-il d'une voix rauque.

Ils parlaient là du magasin de pâtisseries, mais il y avait comme un sous-entendu. Et pourquoi était-elle de nouveau envahie d'une onde de chaleur ?

— Maman !

Le petit cri enthousiaste résonna dans toute la maison.

Elle poussa un soupir et sourit. La tension entre eux s'évapora subitement, puis une autre voix résonna derrière eux et le charme fut rompu.

— Oncle Jesse ! s'exclama Brody.

— Salut, vous ! lança Lucy quelques instants plus tard. Mac a vu ta voiture ici, Jillian, alors on est venus te chercher.

— J'imagine que notre conversation est finie pour le moment, soupira Jesse à voix basse. C'est une bonne chose que nous soyons déjà parvenus à un accord… Lucy, nous sommes dans la cuisine !

Jillian sourit en entendant les enfants courir dans le couloir.

— Tiens-moi au courant de ce qu'auront dit les avocats.

— Je n'y manquerai pas.

Un instant plus tard, les deux enfants débarquaient joyeusement dans la cuisine en criant à tue-tête, suivis de près par Lucy.

— Waouh ! s'exclama celle-ci avec un sourire. Quelque chose me dit qu'on vous dérange...

— Pas du tout, répliqua Jillian en prenant sa fille dans ses bras. J'étais sur le point de venir chez toi chercher Mac.

— Mouais...

Le sourire de Lucy se prolongea, puis elle haussa les sourcils en observant d'abord Jillian, puis Jesse.

Jillian lança un regard noir à son amie, mais ne fut guère surprise lorsque celle-ci lui adressa un clin d'œil sans gêne.

— Oh ! mais qu'est-ce que c'est ? chantonna-t-elle en voyant la tarte sur le comptoir. Seigneur, j'adore les tartes !

Lucy s'empara d'une fourchette dans le tiroir et goûta avec gourmandise.

— C'est succulent ! constata-t-elle avant de reprendre une autre bouchée. Jillian, c'est toi qui as fait ça ?

— Je tenais à remercier Jesse pour toute son aide, oui. Je l'ai préparée cet après-midi, après mon travail.

— Le jour où tu voudras me remercier de quelque chose, sache que ma préférée est la tarte au citron meringuée, poursuivit Lucy en s'apprêtant à croquer une autre bouchée.

Mais Jesse lui tapota la main.

— Prends-toi ton propre morceau.

— Hum. Une guerre de territoire. Intéressant, ironisa-t-elle en haussant les épaules avant de lécher sa fourchette. Vous savez, je suis vraiment contente que vous soyez tous les deux là parce que j'ai besoin d'une faveur.

Méfiante, Jillian pressentait que son amie manigançait quelque chose.

— Quoi donc ?

— Tu as entendu parler du gala du TCC ? répondit Lucy, en

lissant les cheveux de Brody sur son front. J'ai des entrées pour y aller, mais je ne...

— Lucy...

L'interpellée ignora Jillian et se concentra sur son frère.

— Je veux dire, Jillian est nouvelle en ville et elle travaille énormément : ce serait une excellente façon pour elle de rencontrer des gens et de s'amuser.

Jesse regarda Jillian et comprit qu'elle était déchirée entre son envie d'y aller et son envie de voir sa sœur se taire. Normalement, il n'assistait pas aux soirées mondaines au club. Il était plus à l'aise dans son jean et ses bottes usées, à monter ses chevaux, au grand air. Passer une soirée entière à souffrir, coincé dans un smoking ? Très peu pour lui. Pourtant, il mourait d'envie de voir Jillian en tenue de soirée. À la regarder maintenant, il devinait à quel point la jeune femme était agacée par sa sœur. Pour le coup, il la comprenait. Cependant, Lucy n'avait pas tout à fait tort.

— Je n'ai pas besoin de ces frivolités, objecta Jillian.

— Je t'en prie ! fit sa sœur en la toisant. Tu nous as prouvé combien tu en avais besoin aujourd'hui. Tu étais censée te détendre après le travail et, au lieu de cela, tu as préparé une tarte. Une super tarte, mais bon... Faire la cuisine n'est pas une activité relaxante.

— Ça l'est pour moi, affirma Jillian.

Lucy soupira d'un air théâtral.

— Jillian, tout le monde a besoin de s'amuser de temps en temps. Même notre visage de marbre préféré, n'est-ce pas, Jesse ?

— « Visage de marbre » ? répéta Brody.

— Laisse tomber, fiston, répliqua Jesse en lançant à sa sœur le regard noir qu'il lui réservait à chaque fois qu'elle manigançait quelque chose.

Il n'avait jamais réussi à l'impressionner, mais il continuait d'essayer.

— Je n'ai rien à me mettre, insista Jillian pour tenter de décourager Lucy.

Il aurait pu lui expliquer qu'il était inutile de lutter contre sa sœur.

— Alors, cette année, le *dress code* pour le bal, c'est « noir et blanc ». On va faire du shopping, annonça Lucy en se retournant vers Jesse d'un air défiant.

Il comprit l'allusion et, sans rien y comprendre lui-même, il s'entendit répondre :

— Alors, Jillian, tu veux m'accompagner au bal ?

Jillian embrassa Mac, scruta Lucy, puis se tourna de nouveau vers Jesse. Il sut à son regard qu'elle allait accepter, mais il se réjouit lorsqu'elle répondit :

— J'adorerais.

— Génial ! s'enthousiasma Lucy en se lançant aussitôt dans des projets de shopping, de visite chez le coiffeur et l'esthéticienne pour Jillian.

Pendant que sa sœur parlait, il contemplait la jeune femme — l'excitation dans son regard, ses lèvres esquissant un sourire, la façon dont sa chemise s'accrochait à ses seins — et il regretta amèrement de ne pas être en tête à tête avec elle.

Le lendemain était le jour de congé de Jillian et, comme promis, Lucy vint les chercher à l'appartement, Mac et elle. Elles déposèrent les enfants à la garderie du TCC pour quelques heures et allèrent faire les magasins du Courtyard. La plupart des boutiques se trouvaient dans une immense grange rouge qui avait appartenu à un ranch d'élevage. Mais le terrain avait été vendu et un entrepreneur avait transformé la grange et plusieurs dépendances en un centre commercial.

D'habitude, Jillian tenait son compte en banque avec rigueur. Mais, comme elle ne pouvait vraiment pas assister à ce gala en jean, elle était déterminée à se faire plaisir. La seule tenue un peu habillée qu'elle possédait lui avait servi lors des pseudo-funérailles de Will, mais elle ne serait pas du tout adaptée à une soirée mondaine. Depuis combien de temps n'avait-elle pas eu de rendez-vous ? Enfin, ce n'était pas là un rendez-vous galant, vraiment. Jesse accordait juste une faveur à sa sœur, et Jillian ne se faisait aucune illusion. Toutefois, cela ne signifiait pas pour autant qu'elle ne pouvait pas se faire belle, n'est-ce pas ?

— Cette année, il faut être en noir et blanc, lui rappela Lucy en entrant dans la boutique. Donc pas de robe rouge, ce qui est dommage, si tu veux mon avis, car le rouge doit t'aller comme un gant.

Le magasin se trouvait dans l'une des dépendances, près de la grange elle-même, et la déco était élégante sans être intimidante. De jolies tenues étaient accrochées par rayonnages, en fonction de leur couleur et de leur style. Les murs jaune pâle étaient égayés de plantes vertes et des vases de fleurs ornaient les quatre coins de la pièce.

— Mon uniforme de Valkyrie était rouge, lui expliqua Jillian, alors autant te dire que je suis ravie de me chercher des tenues noires ou blanches.

Lucy secoua la tête et ses épais cheveux bruns se balancèrent autour de son visage.

— J'aurais vraiment voulu le voir, cet uniforme. Mais pour l'instant... Oh ! regarde ça !

Jillian suivit le regard de Lucy et plissa le front en découvrant la première robe que son amie proposait.

— Je ne sais pas, dit-elle perplexe. Elle est quand même très courte.

Lucy poussa un de ses soupirs théâtraux.

— Tu n'as pas quatre-vingts ans, dis-moi ? Tu as une silhouette splendide, pourquoi ne pas la montrer ? Histoire de faire tomber Jesse par terre.

Jillian regarda son amie d'un air suspicieux.

— Ce n'est pas de ça qu'il s'agit.

— Non, bien sûr que non, concéda son amie, en soulevant le cintre pour admirer la minirobe. Mais ça ne ferait pas de mal de lui en mettre plein la vue, non ?

Jillian réfléchit une seconde. Pour être honnête, elle devait admettre qu'il ne lui déplairait pas d'épater Jesse. Jusqu'à présent, il ne l'avait vue qu'en jean, accompagnée de Mac ou des autres enfants à la crèche.

— Tu pourrais au moins l'essayer, après tout le mal que j'ai eu à la dégoter, insista Lucy en agitant la robe comme pour essayer de l'hypnotiser.

Jillian pouffa de rire.

— Ce n'est que la première boutique que nous visitons et la première robe que tu as repérée.

— Arrête d'être aussi rationnelle ! s'esclaffa Lucy en poussant la robe entre les mains de Jillian. Essaye-la pendant que j'en cherche d'autres.

Consciente de l'impossibilité de remporter une dispute avec son amie, Jillian s'enferma dans une cabine d'essayage. Quelques minutes plus tard, elle portait le minuscule bout de tissu en se demandant si elle ne risquait pas d'être arrêtée.

— Alors ? demanda Lucy de l'extérieur de la cabine.

— Mon uniforme de Valkyrie me couvrait plus.

Lucy éclata de rire.

— Allez, laisse-moi voir !

Jillian sortit et s'arrêta devant un miroir de plain-pied. Elle tira l'ourlet de la jupe vers le bas, sans grande conviction. Elle remonta le corsage, mais il ne bougea guère, dévoilant la forme rebondie de ses seins.

Elle se regarda dans le miroir par-dessus son épaule et eut l'impression qu'on pouvait entrevoir le haut de ses fesses, tellement la coupe du dos descendait bas.

— Je ne pense pas que...

— Elle est parfaite, décréta Lucy, en rendant à la vendeuse les trois robes supplémentaires qu'elle avait apportées. Inutile d'essayer les autres.

Jillian se retourna d'un coup.

— Non, attends, je devrais...

— Acheter des escarpins noirs, relâcher tes cheveux et... Oui, tant que nous y sommes, on va t'acheter de la lingerie noire, décréta Lucy. Ça va être super.

— Lucy, je ne suis pas sûre...

Son amie se planta derrière elle et croisa le regard de Jillian dans le miroir.

— Les yeux de mon frère vont probablement tomber par terre.

Jillian pouffa de rire en tirant de nouveau sur l'ourlet.

— Arrête, intima Lucy en lui prenant les mains. Tu es magnifique. Profites-en.

Elle se retourna à moitié devant le miroir, s'examinant sous tous les angles. La robe lui allait bien. Hormis le fait qu'elle était trop courte. Puis elle repensa à ce que Lucy avait dit à propos de Jesse. Jillian n'aurait pas dû se laisser influencer ainsi, mais comment ne pas l'être ?

Bien sûr que la réaction de Jesse lui importait. Elle ne recherchait pas de relation stable — parce que jusqu'à présent les hommes n'avaient jamais été fiables —, mais une relation sans engagement pourrait être ce qu'il lui fallait. Elle avait passé tant de nuits à rêver de Jesse, à le désirer... Ne vaudrait-il pas mieux faire passer cette lubie ? Une fois la tension sexuelle apaisée, elle pourrait passer à autre chose. Se concentrer sur sa vie, sa fille, son avenir.

Ils venaient de s'associer. Mais si cette incroyable tension sexuelle perdurait entre eux, il ne serait pas facile de travailler ensemble. Donc oui, coucher avec Jesse serait sans doute la solution.

Quelle pathétique tentative de justification !

— Alors ? insista Lucy dans son dos. Qu'est-ce que tu décides ?

Jillian regarda son amie dans les yeux.

— Où est-ce qu'on me trouve des escarpins noirs ?

Lucy sourit.

Deux heures plus tard, épuisées, elles firent une pause au café du Courtyard devant une tasse de café et des muffins. Le ciel était d'un bleu vif. Le soleil était déjà chaud, mais à l'ombre la chaleur croissante était encore agréable.

Jillian aurait dû se sentir coupable. Elle avait dépensé beaucoup d'argent aujourd'hui pour de la lingerie, des chaussures et une robe qu'elle ne pouvait pas imaginer porter plus d'une fois. Et puis, il y avait la manucure-pédicure que Lucy l'avait convaincue de faire.

— Je n'arrive pas à croire que j'ai dépensé tout cet argent, chuchota-t-elle, encore un peu choquée.

— C'est un investissement, lui assura Lucy en rompant un morceau de muffin aux myrtilles.

— Un investissement ? pouffa Jillian. Mais dans quoi ?

— Dans toi-même, imbécile ! lança Lucy. Tu vas rencontrer beaucoup de gens au gala. Et, quand ta pâtisserie sera ouverte, ils viendront tous t'acheter de délicieuses friandises.

— À cause de ma robe noire, murmura Jillian, dubitative.

Lucy sourit à nouveau.

— Ça ne peut pas faire de mal. En plus, tu mérites de te faire plaisir de temps en temps, Jill. Ça ne te dérange pas si je t'appelle Jill ?

— Non, répondit-elle en souriant. Ma grand-mère m'appelait ainsi.

— Bien. De toute façon, Jill, tu es fabuleuse et Jesse te présentera à toute la ville. Tu vas tous les conquérir !

— Mouais...

Un instant s'écoula, puis Lucy ajouta :

— Je pensais que la nuit du bal tu pourrais peut-être laisser Mac chez moi pour la nuit ?

— Pourquoi donc ? demanda-t-elle, suspicieuse.

— Eh bien, tu vas rentrer tard, expliqua Lucy en soulevant sa tasse de café pour en prendre une gorgée. Tu ne vas quand même pas la réveiller juste pour la remettre au lit, n'est-ce pas ?

Inclinant la tête, Jillian regarda Lucy feindre l'innocence.

— Je suppose que non, mais... J'ai l'impression de me retrouver piégée.

— C'est parce que tu es une femme très intelligente.

— Lucy...

— Oh ! détends-toi, soupira son amie en prenant une autre bouchée de son muffin. Il n'y a pas de conspiration machiavélique ou quoi que ce soit. Nous sommes amies. Je ne fais que te proposer mon aide.

— Mouais, répliqua Jillian sans conviction. Lucy, c'est vraiment gentil de ta part, mais je ne veux pas d'un homme dans ma vie.

— Et dans ton lit ?

— On parle de ton frère !

— Oui et, crois-le ou non, chuchota Lucy, je sais que mes frères ont une vie sexuelle. Les chanceux... Moi, je n'ai pas fait l'amour depuis des siècles, mais ce n'est pas le sujet pour le moment.

— Et quel est le sujet ?

— J'ai vu la façon dont Jesse et toi vous couviez du regard. L'air entre vous grésille pratiquement.

Jillian reprit son souffle. Lucy avait raison. Elle ressentait cette tension depuis des semaines, alors à quoi bon nier ?

— Ça ne signifie pas pour autant que...

— Ça signifie que vous êtes des adultes. Vous vous appréciez l'un l'autre. De toute évidence, vous êtes attirés l'un par l'autre. Alors, pourquoi pas ?

— Donc, tu ne cherches pas à caser ton frère ?

Lucy porta une main à sa poitrine, l'air faussement outragé.

— Est-ce que, moi, je ferais une chose pareille ?

— Tout à fait ! s'esclaffa Jillian.

— D'accord, admit Lucy. J'en suis capable. Mais je ne le fais pas. Je vous suggère juste une petite aventure d'un soir. Ce n'est pas parce que je vis comme une vestale que tu dois m'imiter.

Jillian réfléchit pendant que Lucy allait chercher deux nouvelles tasses de café. Il ne s'agissait pas d'amour. Elle appréciait Jesse. Beaucoup. Et elle se sentait attirée par lui. Une nuit, ça n'engageait à rien. D'autant que les happy ends ça n'existait pas en dehors des romans. Alors qu'une nuit, une seule, pourrait être une expérience spéciale dont elle se souviendrait toujours.

Quand Lucy revint avec du café frais, elle demanda :

— Alors, Mac viendra dormir chez moi ?

— Oui, consentit Jillian. Mais ne va pas imaginer des choses qui n'arriveront pas.

— Jill, la vérité, c'est que je veux voir mon frère heureux. Et mon amie aussi, reprit Lucy en haussant les épaules. Est-ce que c'est grave ?

— Non, bien sûr. Et j'apprécie vraiment ta sollicitude, Lucy, mais je ne cherche pas l'amour.

Son amie sourit.

— Ma grande, c'est exactement dans ces périodes-là qu'on le trouve en général !

7

Plus Jesse pensait au gala auquel il devait assister avec Jillian, plus il redoutait qu'elle ne nourrisse de faux espoirs. Elle n'était pas le genre de femme à avoir une aventure d'un soir. C'était une mère de famille, bon sang. Et une amie de sa sœur. Sans compter que, désormais, elle serait aussi son associée en affaires.

Il ne pouvait pas se montrer aussi cavalier avec Jillian qu'il ne l'avait fait avec les autres femmes qui avaient croisé son chemin. Or il ne pouvait pas lui offrir une histoire sérieuse, non plus. Alors, qu'était-il censé faire ?

Jesse entra dans la maison principale, avec l'intention de confier ses états d'âme à son frère cadet, histoire de voir ce que Will en penserait. En vérité, il avait besoin d'un avis extérieur. Voilà des semaines que son propre cerveau tentait de démêler ce qu'il ressentait pour Jillian, mais il avait l'impression de s'être pris dans un sac de nœuds.

Mais, arrivé au seuil du salon, il s'arrêta net. Will n'était pas seul. S'il n'avait pas été perdu dans ses pensées, il aurait remarqué la voiture garée devant la maison. Or, en découvrant Megan Phillips Sanders assise sur un canapé à côté de Will, il fut pris au dépourvu.

Son frère et la femme avec qui il était légalement marié étaient en train de regarder un album photo et ne s'étaient pas rendu compte de son arrivée.

— On dirait que c'était un beau mariage, commenta Will en feuilletant les pages.

— C'est ce que je me suis dit ce jour-là, admit Megan. Je trouvais ça romantique que tu désires une cérémonie sur une plage, juste nous deux. Mais, avec le recul, j'ai l'impression d'être une imbécile.

— L'imbécile, c'est moi, reprit Will. C'est moi qui ai fait confiance à Rich, qui l'ai laissé me voler ma vie et te piéger.

Megan eut un petit rire.

— Tu as remarqué qu'on s'en veut beaucoup à nous-mêmes, mais pas du tout à celui que l'on devrait détester ?

Lorsque Will sourit à ces mots, Jesse éprouva un grand soulagement. Il n'avait pas souvent vu son frère sourire depuis qu'il était rentré à la maison. Peut-être que Megan et Will pourraient se soutenir l'un l'autre et surmonter tout le chaos que Rich avait laissé dans son sillage.

— Le premier responsable, c'est Rich, assura Will. Et je vais faire tout ce que je peux pour qu'il soit retrouvé et jeté en prison pour cent ans.

Megan récupéra l'album photo, puis le referma d'un coup.

— Ce serait bien.

Refusant de se comporter comme un voyeur, Jesse finit par entrer dans la pièce en les saluant.

— Jesse ? Bonjour, répondit Megan.

C'était une jolie femme aux yeux bleu vif et aux cheveux brun cuivré, avec une silhouette de mannequin. Ses vêtements, ses chaussures et son sac à main étaient toujours soigneusement assortis.

— Je ne voulais pas vous interrompre, murmura Jesse.

— Tu ne nous interromps pas, répondit Will. On bavardait, c'est tout. Megan me montrait des photos de son mariage avec... avec « moi ».

Megan poussa un soupir.

— Pas « toi ». Je le sais maintenant. Et j'aurais bien aimé le savoir à l'époque.

Jesse hocha la tête.

— Nous ressentons tous la même chose, Megan.

— Tu dis ça pour être aimable.

— Rien de tout ça n'est ta faute, affirma Will.

Jesse trouva Will plus détendu qu'au cours des dernières semaines. À ce titre, la famille Sanders pouvait sans doute remercier la jeune femme.

— J'expliquais simplement à Megan que j'étais obligé de subir cette assignation à résidence et elle, ce faux mariage avec moi, si nous voulons rattraper Rich et le jeter dans la prison la plus impitoyable et la plus isolée qu'un juge puisse trouver.

— Ce ne sont que des mots, pourtant je suis d'accord avec toi, dit Jesse en se déplaçant pour interroger Megan du regard. Je suis désolé pour toi. Ça doit être dur de faire semblant de pleurer un homme qui t'a menti à ce point.

Elle lissa ses paumes sur sa petite jupe noire.

— Non, ça peut aller. Rich a disparu et je ne sais même pas s'il a l'intention de revenir. J'ignore comment il le pourrait, d'ailleurs, puisque tout le monde croit que Will Sanders est mort. Mais quoi qu'il en soit, ajouta-t-elle, en se tournant vers Will, tous mes proches étaient habitués à ce que tu — je veux dire « lui » — partes régulièrement en voyages d'affaires : donc je souris et je fais comme si de rien n'était, quand on me demande des nouvelles de mon mari.

— Tu réagis vraiment super bien à la situation, remarqua Will.

— Si je fais une crise, ça peut t'être utile ?

Il sourit.

— Non.

— Alors, pourquoi se compliquer la vie ? répliqua Megan en se levant et en prenant son sac à main sur la table. Je dois vraiment y aller maintenant. Mais, si vous êtes d'accord, j'aimerais revenir. Bavarder encore avec toi, Will. À propos de Rich et... Bref, de toute cette histoire.

Il se leva et lui prit la main.

— Avec plaisir. On est embarqués dans la même galère. Je pense qu'il est nécessaire qu'on se serre les coudes.

Megan lui sourit. Jesse remarqua une petite lueur au fond de ses yeux et se demanda si Will l'y avait décelée aussi.

— Si c'est d'accord, je reviendrai demain et on pourra parler de la suite du plan.

— Bien sûr. Super, s'enthousiasma Will en la raccompagnant jusqu'à la porte.

— Contente de t'avoir revu, Jesse, lança Megan.

— De même, assura Jesse.

— Je reviens tout de suite, murmura Will à son frère.

Jesse se dirigea vers la cheminée en pierre et attendit. Will et Megan avaient donc tous les deux regardé « leur » album de mariage. Bon sang, cela avait dû flanquer un sacré coup au moral de Will. Difficile d'imaginer ce que cela devait lui faire de regarder les photos du mariage mettant en scène l'homme qui avait tenté de le tuer avant de se faire passer pour lui.

Et que devait ressentir Megan à ce sujet ? Elle avait épousé un homme qui n'était rien qu'une illusion. À croire que Royal était devenu le terrain de jeu de quelque divinité maléfique.

— Bon sang, ce n'était pas facile, lança Will en revenant pour s'affaler dans un fauteuil. Mais j'ai suivi ta suggestion. Ce matin, j'ai appelé Megan, je l'ai invitée au ranch et je l'ai écoutée me raconter son histoire. Elle m'a confié tout ce qu'elle avait vécu depuis le début de ce cauchemar. Je n'aurais pas cru ça possible, mais à présent j'ai encore plus envie de casser la figure à Rich.

Jesse se pencha vers son frère.

— Comment va-t-elle ?

— Super bien, persifla Will. Elle est mariée à un inconnu. Et moi à une inconnue. C'est quoi, cette vieille série télé qu'on regardait à la chaîne ?

— *La Quatrième Dimension* ? suggéra Jesse.

— C'est ça. Eh bien, j'ai l'impression d'avoir été téléporté de l'autre côté de l'écran, expliqua Will en secouant la tête, avant de se frotter les yeux. Comment ça va dans la vraie vie, sinon ?

— Rien n'a jamais été aussi compliqué.

Will haussa les sourcils.

— Ah bon ? Raconte… Fais-moi penser à autre chose qu'à mes soucis.

Poussant un lourd soupir, Jesse se leva de son fauteuil. Avançant vers la cheminée, il posa une main sur le manteau en regrettant les froides journées d'hiver, quand le foyer réchauffait la pièce. Il y avait quelque chose d'apaisant à écouter crépiter les bûches.

— Je ne vais pas seulement soutenir Jillian pour sa boutique de pâtisseries, je l'emmène aussi au gala du TCC.

Will secoua la tête.

— Tu veux bien répéter… En articulant ?

À ce stade, Jesse vida son sac et lui raconta tout. Il se rendit compte à quel point cela lui avait manqué de pouvoir se confier à Will. Pendant tout le temps où Rich usurpait la vie de son frère, il avait coupé les ponts avec la famille. Bien sûr, avec le recul, Jesse comprenait pourquoi. L'imposteur ne pouvait pas prendre le risque de passer trop de temps avec la famille Sanders, qui aurait bien fini par découvrir le pot aux roses. À l'époque, il en avait voulu à Will de s'être éloigné de leur mère et de leur sœur. Mais aujourd'hui, il se contentait de se réjouir d'avoir son frère de retour.

— Alors cette tarte était fameuse. Tu m'en as gardé un morceau au moins ?

— C'est tout ce que tu retiens de ce que je viens de te raconter ?

— J'ai faim, je plaide coupable, répondit Will en souriant et en dévisageant son frère. Je suis content que tu puisses aider Jillian à monter son affaire.

— Vraiment ?

— Vraiment. Rich l'a entraînée dans toute cette histoire, puis il l'a lâchée. Je pense que la famille Sanders lui doit bien un petit coup de main.

— C'est exactement mon impression, confirma Jesse.

— Quant au gala, reprit Will en élargissant son sourire, je ne t'ai jamais vu faire quoi que ce soit contre ton gré. Alors…

— Je n'ai pas envie d'aller à ce foutu bal, s'énerva Jesse. Ce que je veux, c'est elle, mais ce n'est pas correct.

— Pourquoi pas ?

Jesse se redressa, puis se passa les mains sur le visage.

— Parce qu'elle n'est pas le genre de femme à avoir une aventure d'un soir, alors que je ne peux pas lui offrir mieux.

— Encore une fois, je te pose la question, insista Will. Pourquoi pas ?

— Tu plaisantes ? Tu étais là quand le mari de Lucy est mort, Will.

— Qu'est-ce que la mort de Dane a à voir avec...

Soudain, Will se tut et soupira.

— La culpabilité. C'est de ça qu'il s'agit ? Tu as l'impression de ne pas mériter le bonheur sous prétexte que tu n'as pas fini de payer une espèce de dette ?

— Dane est mort à cause de moi, s'entêta Jesse.

Will se renfrogna avant de perdre son sang-froid.

— Il est mort parce qu'un cheval l'a piétiné.

— Il essayait de m'aider.

— Parce qu'il t'avait demandé de le former, rétorqua Will en se levant pour faire face à son frère. Il voulait s'intégrer à la vie du ranch. Et tu l'y as aidé. Ce n'est pas ta faute si cet étalon est devenu fou.

Jesse aurait aimé pouvoir le croire, mais il savait que la réalité était autre. Il n'aurait jamais dû laisser Dane entrer dans l'enclos avec ce cheval-là. L'animal était trop caractériel et Dane, trop inexpérimenté.

— Je n'aurais pas dû le laisser s'approcher de si près.

— Difficile d'apprendre sans se confronter aux réalités du terrain.

— Notre neveu est orphelin à cause des décisions que j'ai prises.

— Crois-le ou non, Jesse, tu n'es pas le centre de l'univers. Le destin, le karma, peu importe comment on l'appelle, ne tourne pas autour de toi.

— Le père de notre petit Brody est mort. Rien de ce que tu diras ne pourra y changer.

Fronçant les sourcils, Will ne se démonta pas.

— Brody a deux oncles, une grand-mère et une mère folle de lui. C'est bien plus que la plupart des gamins de son âge.

Aucune parole n'était en mesure d'apaiser les regrets et la culpabilité qui étouffaient Jesse. Récemment, il avait vu Brody monter son premier poney et s'était dit que Dane aurait dû être là, pour voir son fils grandir. Au lieu de quoi, il était mort, sans même savoir que Lucy portait son enfant.

— Tu es déterminé à te flageller *ad vitam aeternam*, n'est-ce pas ?

Jesse lança un regard assassin à son frère.

— Pendant un instant, j'ai été heureux de pouvoir à nouveau me confier à toi. Je n'en suis plus si sûr, maintenant.

Will sourit.

— Si tu cherches quelqu'un qui soit d'accord avec toi, alors parle-toi à toi-même.

— Merci du conseil.

— Tu voulais de l'aide ? La voilà, grommela Will en retombant dans son fauteuil avant de croiser les jambes. Va donc au bal. Embrasse cette femme. Ne sois pas idiot et mets-la dans ton lit, si elle veut bien de toi. Laisse-toi vivre à nouveau, Jesse. Parce qu'on dirait bien que je ne suis pas le seul à être assigné à résidence.

Le soir du gala, Jillian avait autant le trac qu'une adolescente lors de son premier rendez-vous galant.

— Quelle idiote, marmonna-t-elle en contemplant son reflet dans le miroir de la salle de bains.

C'était à peine si elle se reconnaissait. La dernière fois qu'elle avait consenti un effort de coiffure et de maquillage, ça avait été lorsque Cora Lee avait organisé le service funéraire de « Will », quelques semaines plus tôt. Or il n'y avait alors aucun *dress code* particulier. Alors que ce soir c'était une tout autre histoire. Et Jillian n'avait pas porté de tenue aussi ouvertement féminine depuis qu'elle avait quitté son travail et son uniforme de Valkyrie.

Nerveuse, elle ajusta le devant de sa robe en se demandant encore une fois si un tel achat n'était pas exagéré. Bien sûr, la tenue lui allait à ravir, mais peut-être une telle tenue enverrait-elle un mauvais signal à Jesse ? Ils allaient devenir associés en affaires, les choses devraient rester strictement professionnelles entre eux.

— Bon, cette robe ne dit pas : « Sois mon amie », marmonna-t-elle en fronçant les sourcils. Elle suggère plutôt quelque chose comme : « Prends-moi, je suis à toi. »

Cette seule idée la paralysa. Mac se trouvait chez Lucy, et Jillian la savait entre de bonnes mains. Mac était tellement excitée à l'idée de sa première soirée pyjama avec Brody qu'elle en avait oublié de dire « au revoir » à sa maman.

— Et ce n'est pas plus mal, confia-t-elle à son reflet.

Elle ramena ses cheveux en arrière, le long de son dos. Le fait de les lâcher dissimulait une partie de sa peau dénudée par le profond décolleté arrière.

Quand on frappa à la porte, elle tressauta.

— Allons, ressaisis-toi, Jillian.

Elle ajusta une dernière fois sa minirobe, puis sortit résolument de la salle de bains.

D'une main fébrile, elle ouvrit la porte et... *Jesse*.

Il semblait tout droit sorti d'un rêve. Grand, élancé, cet homme était né pour porter un smoking. Ce n'était peut-être pas sa tenue préférée, mais il était sublime. Dans son costume taillé sur mesure, avec chemise blanche et nœud papillon noir, il ressemblait à un mannequin en couverture de *GQ*. Bien sûr, en cow-boy qui se respectait, il portait des bottes noires lustrées et un chapeau de cow-boy noir qui ne le rendait que plus irrésistible.

— Tu t'es fait beau, articula-t-elle le souffle court.

— Ça, je n'en sais rien, dit-il. Mais, toi, tu es superbe.

Il la dévorait du regard et elle se sentit belle dans ses yeux. Et cela éveilla d'autres idées en elle, auxquelles elle tentait désespérément de ne pas penser. Mais avec un tel regard de braise comment était-elle censée maîtriser ses pensées ? Elle reprit sa respiration pour ne pas tomber à la renverse.

— Merci. Pourquoi tu n'entres pas ? Je vais chercher mon sac à main et mon étole.

En entrant dans l'appartement, Jesse s'arrêta net et balaya la pièce du regard. Elle sourit devant sa stupéfaction.

— Ça a un peu changé, n'est-ce pas ?

Il la dévisagea brièvement et sourit.

— Je n'aurais pas cru une telle métamorphose possible.

Elle contempla l'appartement à son tour et poussa un bref soupir de satisfaction. Les murs étaient maintenant d'un vert tendre. Elle y avait accroché des cadres photo de lieux qu'elle rêvait de visiter un jour. Des tapis aux couleurs vives qu'elle avait dégotés dans le magasin de démarque garnissaient le sol. Elle avait bricolé un paravent à partir de deux vieilles portes trouvées dans un vide-greniers et dont elle se servait pour séparer son lit du reste de la pièce. Certes, le studio demeurait exigu, mais à présent il avait du style. Elle s'y sentait chez elle. C'était leur maison, à Mac et à elle.

— Je n'arrive pas à croire que tu aies pu transformer les lieux à ce point. Tu as beaucoup de goût.

— Merci.

Elle prit son petit sac noir et posa sur ses épaules l'étole de couleur rose que Lucy lui avait prêtée.

Jesse la détailla des pieds à la tête avant de déclarer :

— Tu me surprendras toujours.

— Et c'est une mauvaise chose ? demanda-t-elle en croisant son regard.

— Non. J'aime les surprises.

Sa peau la brûlait à tous les endroits où il avait posé les yeux. Elle reprit son souffle, savourant cette exquise brûlure. Jamais elle n'avait ressenti une telle sensation.

— Moi aussi.

Ses yeux s'illuminèrent.

— C'est bon à savoir.

Oh ! bon sang... Elle se tourna vers la porte. Il lui saisit le bras, la fit pivoter sur ses talons et la serra contre lui.

— Alors... Surprise ! susurra-t-il avant de capturer sa bouche avec fougue.

Au premier contact de ses lèvres, elle eut le souffle coupé, avant d'accrocher ses bras autour de son cou. Il parcourut ses lèvres du bout de la langue, qu'elle accueillit ensuite en une danse langoureuse. Son cœur tambourinait dans sa poitrine, et son sang se mit à bouillonner.

Elle sentit un désir brûlant se réveiller au plus profond de son corps et palpiter au rythme des battements de son cœur. Les mains de Jesse descendirent vers sa taille, puis ses hanches, faufilant des paumes larges et calleuses sous l'ourlet de sa jupe pour suivre la courbe de ses fesses. Elle poussa un soupir lascif, le serrant plus fort contre elle.

D'une main ferme, il lui empoigna les fesses jusqu'à la faire frémir. Elle crut suffoquer. C'était comme dans les rêves les plus fous qui la hantaient ces dernières semaines. Mais en mieux. Beaucoup mieux. Jesse était tellement grand, tellement fort, tellement sensuel qu'elle arrivait à peine à penser.

Quand il arracha sa bouche de la sienne et la regarda dans les yeux, elle sentit son souffle chaud contre sa peau.

— Il fallait que je goûte à tes lèvres, murmura-t-il d'une voix rocailleuse.

— Tu m'en vois ravie, souffla-t-elle en promenant le bout des doigts le long de sa mâchoire.

— Bon, je déteste dire ça, mais on doit se rendre à cette fichue fête, murmura-t-il en plongeant les doigts dans les mèches soyeuses de ses cheveux. Et si on ne part pas tout de suite...

Elle cala le visage contre sa poitrine, le souffle court. Ce baiser lui avait ouvert un nouveau monde de sensations. Elle en tremblait. Et elle était avide d'aller plus loin. Mais Jesse avait raison.

— C'est vrai, concéda-t-elle en levant les yeux. On devrait y aller. En plus, je crois que j'ai besoin d'un verre.

Il eut un sourire furtif.

— Tu n'es pas la seule.

Le Texas Cattlemen's Club était bondé, bruyant et décoré de ballons noirs et blancs et de centaines de petits lampions blancs. Les serveurs se déplaçaient dans la foule des invités tels des danseurs de ballet, jonglant avec leurs plateaux en argent chargés de petits canapés et de flûtes à champagne. Sur une scène à l'autre bout de la vaste salle, un orchestre local composé de cinq musiciens jouait.

Jesse avait l'intuition que cette soirée serait réussie et il savait qu'en un soir les organisateurs recueilleraient des milliers de dollars pour la Royal Health Clinic. Pourtant, quand il regardait la femme magnifique à son bras, il mourait d'envie que les réjouissances arrivent à leur terme pour pouvoir à nouveau se retrouver seul avec Jillian. Ce baiser avait attisé le désir presque douloureux qui irradiait encore chaque cellule de son corps. Toujours en ébullition, il n'avait pas oublié le goût des lèvres de Jillian.

— Tout est beau ici, s'extasia-t-elle en le regardant, les yeux brillants.

— Non, c'est toi qui es magnifique.

Elle le dévisagea, le regard aussi doux que provocant, et il dut baisser les yeux, de crainte de céder à cette envie lancinante de capturer encore une fois ses lèvres.

— Un peu de champagne ?

— Avec plaisir. Merci.

Il héla un serveur, se servit deux verres sur son plateau et en offrit un à Jillian.

— On dirait que la moitié de la ville s'est donné rendez-vous ici, constata-t-elle en se penchant vers lui pour s'assurer qu'il l'entendait par-dessus les conversations et la musique.

— C'est vrai, répondit-il en contemplant la foule, saluant de vieux amis d'un hochement de tête. Tiens donc, je vais te présenter à la femme de Will.

— Sa femme ? Oh ! c'est vrai. Je l'ai aussi croisée à l'office funéraire. Qui est cette autre femme, à côté d'elle ?

— Allison Cartwright.

— Megan, Allison, ravi de vous voir toutes les deux, lança-t-il. Je vous présente ma nouvelle associée, Jillian Norris.

L'intéressée tressauta, visiblement surprise d'être présentée ainsi. Alors il se tourna vers elle et chuchota :

— Toute la ville le saura bientôt.

— C'est vrai, murmura-t-elle en hochant la tête avant de serrer la main des deux jeunes femmes.

— Dans quel genre d'affaires êtes-vous engagés ? demanda Megan.

— Je vais ouvrir une pâtisserie.

— Quelle belle idée ! s'exclama Allison avec un profond soupir. J'adore les tartes artisanales.

— Vous avez un accent adorable, nota Jillian en se concentrant sur la jolie rousse. Irlande ?

Allison sourit.

— Tu as une bonne oreille. La plupart des gens ne devinent pas tout de suite.

— Je viens de Vegas et on y croise des visiteurs du monde entier, alors je suis habituée aux différents accents, précisa Jillian entre deux gorgées de champagne. Tu es installée ici définitivement, Allison ?

— J'aimerais bien, mais malheureusement mon visa arrive bientôt à expiration.

— Je suis désolée.

— Moi aussi, renchérit Megan en passant un bras autour des épaules d'Allison. On va essayer de le prolonger, non ?

— Ça vaut le coup d'essayer, murmura Allison en repoussant ses longs cheveux roux par-dessus son épaule. Je me sens bien dans votre pays. Il y a tant à voir et à faire que je n'ai pas vraiment envie de rentrer chez moi.

— J'espère que tu n'y seras pas obligée, dit Jesse.

Il prit la main de Jillian et elle enroula les doigts autour des siens. Ce simple contact, la sensation de sa main chaude et douce, suffit à réveiller en lui un désir à peine éteint.

Allison sourit en les voyant main dans la main et Jesse se dit qu'il tenterait de parler à Rand Gibson au sujet du visa de la jeune femme. Rand était le directeur adjoint de Will, au sein de Spark Energy Solutions. Will ne pourrait s'en charger, puisqu'il ne devait toujours pas se montrer au grand jour. Donc, même si Jesse détestait se mêler des affaires de l'empire familial, il lui reviendrait de donner lui-même un coup de pouce à Allison.

Mais ce soir, il n'était pas d'humeur à conclure des affaires. Ce soir, il aidait Jillian à s'intégrer. Il avait déjà remarqué que tous les hommes dans la pièce l'avaient regardée entrer dans la salle. Comment leur en vouloir ? Il pouvait à peine la quitter des yeux. Cette robe avait été conçue pour mettre un homme à genoux. Quant aux cheveux d'un blond doré de sa cavalière, longs et ondulés, ils étaient une tentation. Ces talons aiguilles faisaient paraître ses longues jambes encore plus longues qu'elles ne l'étaient, et chaque fois qu'elle respirait ses seins se soulevaient sous son décolleté profond…

Et il n'arrêtait pas de penser à la saveur de ses lèvres. À la sensation de son corps pressé contre le sien. À son souffle tiède contre sa joue. À la façon voluptueuse dont elle avait réagi à son baiser. Son corps se raidit, et il regretta soudain de n'être pas resté dans le petit appartement de Jillian.

Il serra sa main plus fort dans la sienne.

— J'ai promis une danse à Jillian, alors si vous voulez bien nous excuser…

— Mais je vous en prie, dit Megan en levant son verre pour un dernier toast. Amusez-vous bien !

Le sourire de la jeune femme était nostalgique, et il comprenait pourquoi. Il se sentait mal pour Megan qui s'était retrouvée entraînée dans le feuilleton le plus bizarre qui soit. Or c'était une femme de caractère. Elle compatissait avec Will et faisait tout ce qu'elle pouvait pour les aider à retrouver le sale type qui avait chamboulé leurs vies.

Mais pas question de penser à cela non plus ce soir. Il entraîna Jillian parmi la foule et aperçut Rand Gibson, debout dans l'ombre, et assez proche pour avoir entendu sa conversation avec Megan et Allison. Intrigué, il fronça les sourcils. Pourquoi diable Rand les épierait-il ?

Secouant la tête, il prit la flûte à champagne de Jillian et la posa avec la sienne sur une table déserte. Puis, tout en lui tenant fermement la main, il se faufila vers la piste de danse. Il s'arrêta brièvement en cours de route pour présenter Jillian à quelques invités. Tout le monde se montrait enthousiaste à l'idée de l'ouverture d'un magasin de pâtisseries sur Main Street, ce qui était de bon augure. Et, une fois que les gens auraient goûté aux spécialités de Jillian, ils deviendraient des clients fidèles.

— Qui est-ce ? demanda-t-elle en désignant discrètement du doigt un couple entouré de nombreux invités.

Il eut un bref sourire.

— C'est Knox McCoy et Selena Jacobs. Ils viennent juste de se fiancer, donc tout le monde est encore en ébullition.

— Comme c'est mignon, fit Jillian en soupirant.

Pourquoi diable les femmes se transformaient-elles en guimauves, dès que l'on parlait de mariage ?

Sur la piste de danse, il la fit virevolter entre ses bras au rythme de la musique, la guidant délicatement à chaque pas.

— Tu es un bon danseur, constata-t-elle.

— Cela te surprend à ce point ? murmura-t-il en glissant une paume le long de son dos nu. Cora Lee s'est très tôt assurée que ses deux fils n'écraseraient pas les pieds des jeunes filles sur les pistes de danse.

Elle rit, puis pencha la tête en arrière pour le dévisager.

— Je savais que ta mère me plaisait.

Il baissa les yeux vers elle et une nouvelle onde de chaleur s'éleva entre eux. Reprenant son souffle, elle se mordilla les lèvres et Jesse réprima un gémissement. Il était en mauvaise posture et luttait comme un diable pour ne pas perdre son self-control.

Il promena les doigts le long de sa colonne vertébrale. Et elle frissonna alors que ses yeux s'embuaient.

— J'aime vraiment cette robe, lui glissa-t-il à l'oreille.

— En cet instant précis, moi aussi.

— Je ne crois pas t'avoir dit à quel point tu étais belle, ce soir.

— Tu l'as fait. Et tu viens de le refaire.

— Ça mérite d'être répété, susurra-t-il en la serrant plus fort contre lui, contemplant ses longs cheveux soyeux qui virevoltaient autour de ses épaules. Tu m'intrigues, Jillian.

Elle sourit.

— Je prends ça pour un compliment.

— Voilà... Je t'ai encore embarrassée.

— Je suis un livre ouvert, Jesse.

— Les femmes disent toutes ça, s'esclaffa-t-il, sauf que, si un livre est ouvert mais rédigé dans une langue inconnue, cela n'avance à rien.

— Tu m'as l'air de bien te débrouiller.

Il secoua la tête et plongea dans ce regard qui le hantait jour et nuit.

— Non. Il n'existe pas un homme vivant capable de traduire ce livre-là.

Elle sourit, posa la tête contre son épaule et se laissa entraîner par le rythme. L'orchestre enchaînait les morceaux sans temps mort et il continuait à glisser sur la piste, la serrant contre lui.

— Merci de m'avoir emmenée ici ce soir, murmura-t-elle en levant la tête pour le regarder. Je sais que tu n'avais pas envie de venir, mais tu l'as fait quand même.

— Ça valait le coup de te voir dans cette robe, assura-t-il en plantant son regard dans le sien.

— Tu es très beau dans ce smoking.

Il esquissa un bref sourire.

— Porter un smoking est un petit prix à payer pour danser avec la plus belle femme de la ville.

— Tu sais faire preuve de souplesse quand tu en as envie, à ce que je vois.

— C'est toi qui produis cet effet sur moi.

— Seulement depuis ce soir, dit-elle en riant.

— Eh bien, beaucoup de choses ont changé ce soir.

Elle soupira un peu et se mordilla de nouveau la lèvre inférieure. Il avait remarqué qu'elle avait souvent ce tic quand elle était anxieuse. Dieu merci, elle était autant sur les nerfs que lui.

— Je suppose, oui, admit-elle en frissonnant. Ce baiser...

Aussitôt, il sentit son corps se tendre comme un arc. Il promena les doigts le long de son dos, appréciant les étincelles dans ses yeux à mesure qu'il la caressait.

— Oui, j'y pense aussi.

— À quoi penses-tu exactement ?

— Je pense qu'on devrait recommencer dès qu'on aura quitté cet endroit, déclara-t-il avant d'attendre sa réaction.

— Bonne idée, susurra-t-elle en glissant une main autour de son cou avant de plonger les doigts dans ses cheveux.

Serrant les dents, il balaya la foule du regard, avant de baisser les yeux vers elle.

— Alors, dépêchons-nous de te présenter à d'autres personnes et fichons le camp d'ici au plus vite.

Son sourire suffit à l'encourager à passer à l'action. Il l'entraîna hors de la piste de danse, puis s'arrêta avec elle devant plusieurs groupes de convives. Tant pis si ses amis s'étonnaient de le voir prendre à peine le temps de dire bonjour avant de tourner les talons quelques secondes plus tard, cela n'avait pas d'importance. Jillian charmait tous ses interlocuteurs et il la regarda avec un étrange sentiment de fierté. Elle se retrouvait lâchée dans une nouvelle ville, sans connaître personne, pourtant elle gérait tout cela avec beaucoup plus de confiance et de style que n'importe qui. Jillian était plus forte qu'elle ne le pensait, ce qui s'avérait plus attirant que jamais.

Cette femme était créative, gentille et ambitieuse. C'était une mère admirable et elle embrassait comme une déesse. Tout ce qu'il découvrait au sujet de Jillian Norris lui donnait envie d'en apprendre davantage à son sujet.

Ce qui le troublait profondément. Comme il l'avait confié à Will, il n'était pas en mesure d'offrir à Jillian tout ce qu'un homme était censé offrir à une femme comme elle. Il avait déjà une famille dont il devait s'occuper, à cause de sa propre négligence. Comment pouvait-il promettre à une femme une relation stable alors qu'il avait déjà une dette éternelle envers sa sœur et son neveu ?

Une sensation de naufrage lui enserra le ventre alors qu'il regardait Jillian rire d'une blague que le shérif Nathan Battle lui avait racontée. Sa femme, Amanda, tapota tendrement l'avant-bras de son mari, puis se pencha et chuchota quelques mots à Jillian, qu'il ne parvint pas à saisir.

Toujours souriante, elle leva les yeux vers lui et tout s'embrasa. Ses yeux, son sourire, ses cheveux en cascade et le contact de sa main mirent Jesse dans tous ses états. Tout ce qu'il savait, c'était qu'il désirait cette femme plus que son prochain souffle.

8

Vingt minutes plus tard, Jillian et Jesse se dirigeaient vers la sortie. Après avoir récupéré l'étole de Jillian et son propre chapeau, Jesse l'entraîna dans la douceur de cette nuit d'été. Le ciel était constellé d'étoiles qui scintillaient malgré la lueur des lampadaires. Une brise douce soufflait dans la rue, balayant les cheveux de Jillian et l'ourlet de sa jupe.

— Je ne me souviendrai pas de la moitié des gens que je viens de rencontrer, avoua-t-elle en riant.

— Tu auras l'occasion de les croiser de nouveau, répondit-il. Quand ils viendront acheter nos tartes.

— *Nos* tartes ?

Il lui lança un clin d'œil.

— Pour l'instant, on est associés, tu te souviens ?

Pour l'instant.

Elle se dit qu'elle ferait bien de garder ces deux mots en mémoire. Jesse n'essayait-il pas de lui suggérer qu'il n'y avait pas que leur partenariat d'affaires à être valable « pour l'instant » ? Car ce qui se passait quand ils étaient ensemble n'avait rien à voir avec de l'amour. Il s'agissait d'un désir brut et sauvage. Il n'y avait d'ailleurs rien de mal à cela, tant que l'on ne se berçait pas d'illusions en s'imaginant qu'il pouvait y avoir là autre chose.

Un sentiment de regret lui noua l'estomac bien malgré elle, mais, fébrile, elle s'efforça de lâcher prise.

— Tu n'as pas froid, au moins ?

— Non, il fait bon ce soir.

Il la dévisagea dans la faible lueur d'un lampadaire, et elle tenta de lire dans ses pensées. En vain.

— Si jamais tu changes d'avis, dis-le-moi. J'aurai du mal à marcher pendant une semaine, mais je survivrai.

Secouant la tête, elle se tourna vers lui, prit son visage entre ses mains et lui vola un baiser des plus torrides. Désir ou amour, ce n'était plus le moment de se poser toutes ces questions. Elle voulait cet homme, même pour une seule nuit.

Les bras de Jesse s'accrochèrent à elle comme si le sort du monde en dépendait. Il la souleva pour sa plus grande joie. Dans la lueur d'un réverbère, il l'embrassa fougueusement, lui faisant comprendre sans équivoque qu'il la désirait autant qu'elle. Pour ce soir, cela lui suffisait.

Et quand, finalement, il arracha ses lèvres des siennes, il prit une grande respiration :

— J'ai cru mourir, en attendant de pouvoir goûter encore à tes lèvres.

Un couple sortit du bâtiment derrière eux dans un éclat de rire et Jesse la déposa par terre à contrecœur.

— Mais ce n'est pas l'endroit pour ce genre de choses.

Dernière chance, pensa-t-elle. C'était sa dernière chance de changer d'avis avant de se laisser submerger par ses sentiments. Pourtant, elle savait bien qu'il était déjà trop tard pour faire marche arrière. N'était-elle pas conquise depuis le premier jour où elle l'avait rencontré ?

— Mon appartement est tout près, murmura-t-elle en soutenant son regard.

— Pas assez, chuchota-t-il en lui prenant la main pour se précipiter vers son Range Rover noir.

Le trajet n'était pas long, mais jamais elle n'aurait imaginé que trois kilomètres puissent lui sembler aussi interminables. Assise à côté de lui dans la tiédeur de la nuit, elle sentit chacune de ses terminaisons nerveuses s'embraser. Voilà bien longtemps qu'elle n'avait pas eu d'amant et elle n'avait jamais connu un homme comme Jesse. Il était la quintessence du cow-boy. Fort, plutôt taiseux, doté d'une sensibilité contrastant avec son côté costaud qui le rendait irrésistible. Alors à quoi bon continuer d'essayer de résister ?

Il gara la voiture devant son immeuble et en quelques minutes à peine ils s'extirpèrent de l'ascenseur pour franchir sa porte d'entrée. Il la referma derrière eux, avant de plaquer Jillian contre la porte.

— J'ai tellement envie de te toucher… Là, tout de suite.

— Oui, lâcha-t-elle dans un soupir.

— Avec cette robe, tu m'as rendu dingue toute la soirée. Surtout depuis que j'ai pu glisser mes mains sous ta jupe, parce que je sais que tu ne portes pas grand-chose dessous.

Elle souleva le menton et rejeta la tête en arrière pour lui donner accès à sa gorge. Il la couvrit alors de baisers tandis qu'elle s'agrippait fermement à ses épaules.

— Elle est noire.

— Quoi donc ?

— Ma culotte, susurra-t-elle. Elle est noire.

Il étouffa un gémissement, puis lui souleva les jambes pour les accrocher autour de sa taille. Sans un mot, il lui empoigna les fesses, lui arrachant de voluptueux soupirs. Le souffle court, il faufila une main à travers le tissu soyeux de sa culotte, pour caresser son clitoris et la faire trembler de plaisir. Oh ! comme elle aimait ses caresses.

Il enfouit le visage au creux de son cou, descendant lentement les lèvres pour goûter à la vallée entre ses seins.

— Jesse, balbutia-t-elle, pantelante.

Son cœur tambourinait à ses oreilles, puis il fit claquer l'élastique de sa culotte et elle gémit.

Jetant le sous-vêtement à terre, il murmura :

— Désolé…

— Pas grave, pas grave, haleta-t-elle en accrochant un peu plus les jambes autour de lui, ivre de désir.

De sa main experte, il caressa son bouton de chair ultrasensible. Elle ruisselait de désir, d'un désir si brûlant qu'elle sentait le feu se propager à chaque cellule de son corps, menaçant de les consumer tous les deux. Sans un mot de plus, il insinua un doigt, puis deux en elle, et elle cria son nom, instantanément ravagée par un violent orgasme. Son corps tremblait des soubresauts de plaisir qui la traversaient ; alors, sans lui laisser le temps de reprendre ses esprits, il s'attaqua à la braguette de son propre pantalon.

Poussant un soupir lascif, elle le regarda dans les yeux.

— Jesse, c'était...

— Juste le début, promit-il en la pénétrant d'un vigoureux coup de reins.

Elle gémit avec la sensation d'être tellement comblée qu'elle en perdit ses repères. Mais ce n'était pas grave. Tant que Jesse restait en elle. Toujours. Car cet homme lui faisait l'amour comme personne.

Elle sentit le froid de la porte contre son dos, mais ce n'était rien comparé à la chaleur qui bouillonnait en elle. Jesse était si fort. Si dur. Son corps épousait le sien comme s'ils avaient été conçus pour s'assembler. Mais elle n'était toujours pas rassasiée. Elle resserra les jambes autour de lui, ondulant furieusement des hanches, suivant le rythme qu'il lui imposait.

— Regarde-moi et donne-moi tout, susurra-t-il en la fixant du regard.

Elle vit son propre reflet dans ses yeux et fut choquée par le désir brut qu'elle décela sur son visage. Elle n'avait jamais rien expérimenté d'aussi sauvage. Les émotions se mêlaient aux sensations les plus folles. Son corps vibrait, son sang bouillonnait au creux de ses veines et chaque battement de cœur l'irradiait tout entière.

S'agrippant plus fort à ses épaules serrées, elle cria son nom et donna un ultime coup de hanche, submergée par un orgasme plus puissant que tout ce qu'elle aurait pu imaginer. Inlassable, il continua d'aller, de venir en elle, encore et encore, jusqu'à ce qu'elle perde tout contact avec la réalité, jusqu'à ce qu'elle ne puisse plus parler et à peine respirer.

De ses mains expertes, il lui pétrissait les hanches, lui enfonçant les doigts dans la peau. Il soutint la cadence, la regardant dans le blanc des yeux, avant d'exploser en elle avec un cri rauque de libération qui la bouleversa tout autant que son propre orgasme.

Ils demeurèrent accrochés l'un à l'autre, tels les survivants d'un naufrage, hagards, pantelants. Si elle le pouvait, elle le garderait ainsi en elle pour toujours. Il enfouit de nouveau le visage au creux de son cou, cherchant comme elle sa respiration.

— Je ne pouvais pas attendre une minute de plus, articula-t-il d'une voix nouée. Quand je pense qu'on a fait ça contre une porte.

— Et j'ai adoré chaque seconde, murmura-t-elle.

Il leva la tête, soutint son regard et reprit :

— Moi aussi. Mais tout est allé si vite... Maintenant, il faut redescendre sur terre : je n'avais pas de préservatif.

Brusquement elle rouvrit les yeux. Elle était plongée dans un tel état second qu'il lui était difficile de revenir à la réalité. Elle non plus n'avait pas pensé un seul instant à se protéger. Cela ne lui était jamais arrivé auparavant. Même la nuit où elle était tombée enceinte de Mac, elle avait insisté pour que le « faux » Will utilise un préservatif. Ce qui n'avait pas empêché le destin de se jouer d'elle en la faisant malgré tout tomber enceinte. Or ce soir-là...

— Non, ce n'est pas vrai...

— Comme tu dis...

Il l'attira dans ses bras, tout en l'éloignant de la porte et en démêlant son corps du sien.

Elle ne savait pas ce qui la troublait le plus : d'avoir été aussi insouciante ou de détacher son corps de celui de Jesse.

Les jambes chancelantes, elle se passa une main dans les cheveux et réfléchit : où en était-elle de son cycle ? Était-elle ou non en période fertile ?

— Je pense que nous ne risquons rien, finit-elle par bredouiller. Je veux dire, de mon côté, il ne devrait pas y avoir de risque.

Il se frotta le visage, puis la regarda droit dans les yeux.

— Si tu as un souci, je compte sur toi pour me le dire.

Si jamais elle se retrouvait enceinte, elle ne lui cacherait jamais une chose pareille.

— Absolument. Et pour le reste, sache que je suis en bonne santé.

— Moi aussi, répliqua-t-il aussitôt. Voilà qui est plutôt rassurant.

Elle traversa la pièce jusqu'à son lit, les jambes toujours en coton, et s'assit. Les ressorts du lit grincèrent et elle rit.

— Je n'arrive pas à y croire, murmura-t-elle en secouant la tête avant de lever les yeux vers lui.

— Ouais, je n'avais jamais fait une chose pareille avant. Je n'ai pas pour habitude de prendre des risques inutiles, Jillian.

— Je te crois, répliqua-t-elle en soutenant son regard.

— Tout ce que je peux dire, c'est que j'ai perdu le contrôle. Mais je ne regrette rien, précisa-t-il avec ironie.

— Moi non plus, avoua-t-elle alors que le désir refaisait inopinément surface.

— Tant mieux, chuchota-t-il en prenant son portefeuille pour en sortir deux préservatifs. Parce que je n'en ai pas encore fini avec toi.

— Je suis ravie de l'apprendre.

Il ôta ses vêtements pendant qu'elle se glissait hors de sa robe, et en quelques secondes ils se retrouvèrent entièrement nus, roulant sur le matelas dont les ressorts grinçaient.

— J'aurais dû te fournir un lit correct, murmura-t-il en baissant la tête jusqu'à sa poitrine.

Il prit alors son mamelon entre ses lèvres, mordillant longuement, inlassablement son bout de chair rose et tendu jusqu'à ce qu'elle se tortille entre ses bras.

— Si ça grince trop, nous pouvons nous installer par terre, proposa-t-elle, en refermant une main autour de son sexe dur comme un roc.

Sans rien ajouter, elle fit courir sa paume le long de ce membre chaud et palpitant, le tourmentant du bout des doigts, et même des ongles, jusqu'à lui arracher un cri voluptueux.

— Jillian, si tu continues de me toucher comme ça, je ferai tout ce que tu voudras.

Elle sourit.

— Je ne prévois pas d'arrêter.

Elle remonta son pied le long de ses jambes. Elle aimait sentir son corps, ferme et musclé, mais à la peau si lisse. En réalité, tout en Jesse faisait résonner chez elle des choses dont elle ignorait l'existence. Elle refusait de s'interroger sur ce que cela signifiait. Pas question de se mettre à réfléchir dans un instant comme celui-ci. Elle voulait se perdre dans ce que son corps était en train d'expérimenter. Se délecter de ce que Jesse était disposé à lui offrir.

— Tu réfléchis, grommela-t-il d'une voix lascive. Arrête ça tout de suite.

Elle pouffa de rire et il roula sur le dos, l'entraînant sur lui. Ses cheveux tombèrent de part et d'autre de son visage comme un rideau blond, les isolant tous les deux du reste du monde.

— Jillian, tu es belle à couper le souffle, susurra-t-il après l'avoir longuement dévisagée.

Le cœur de Jillian s'emballa alors qu'elle soutenait son regard embué de désir. Elle l'embrassa lentement, se délectant de la saveur de ses lèvres et, tout contre son corps, elle sentit son cœur qui battait la chamade. Cherchant de nouveau son regard, elle chuchota :

— Avec toi, je me sens...

Glissant une main entre ses cuisses, il caressa le centre de son désir et la fit haleter alors qu'une exquise sensation la traversait de part en part.

— Jesse, je...

— Je ne me lasserai jamais de toi, admit-il. Même si j'ai du mal à l'admettre.

Elle sourit. Ces paroles-là étaient tellement typiques de Jesse. Elle se rapprocha de la petite table de chevet, s'empara d'un des préservatifs et déchira son sachet d'aluminium.

Le regard de Jesse se mit à pétiller et elle sourit. Remontant sur ses genoux, elle se réinstalla sur lui, avant de dérouler le préservatif autour de son sexe chaud et dur. Elle opéra en un mouvement lent, délibérément conçu pour prolonger leur torture à tous les deux.

— Tu me tues, soupira-t-il en posant fermement les mains sur ses cuisses.

— Je n'en suis qu'au début, protesta-t-elle avant de s'empaler doucement sur lui.

Rejetant la tête en arrière, elle se remplit de lui autant qu'elle le put. Jesse lui posa des mains tremblantes sur les seins, ses doigts se refermant sur des mamelons durcis par le plaisir. Ses gémissements se mêlèrent aux siens alors qu'elle allait et venait sur lui, menant la cadence qui les propulsait tous les deux vers les cimes du plaisir.

Il descendit alors ses mains sur ses hanches et se cabra sous elle, pour mieux la pénétrer encore. Elle gémissait à chaque rencontre de son corps avec le sien. Les mains de Jesse lui pétrissaient les hanches et il utilisa sa propre force pour maintenir un rythme vigoureux et rapide, si bien qu'ils ne tardèrent pas à être tous deux à court de souffle.

Elle croisa son regard et, sans jamais détourner les yeux, commença à accélérer le tempo. Elle lisait le désir ultime qui brûlait au fond de ses yeux, sentait son ardeur dans sa façon de poser les mains sur elle. Ce déluge de sensations folles la submergea très vite et Jillian se laissa allègrement glisser dans ce gouffre de feu et de lumière, vers une explosion de pur plaisir.

Les ressorts du lit hurlaient au rythme de leurs corps qui, à l'unisson, n'en formaient plus qu'un. Il ne manquait plus grand-chose avant qu'ils n'atteignent tous deux l'étape ultime, inéluctable de leur étreinte. Et, quand elle jouit, Jillian cria de surprise devant la force du plaisir qui l'envahissait. Elle se balança sauvagement contre Jesse, faisant durer le plus longtemps possible ces instants sublimes et, pendant que son corps tremblait encore des soubresauts du plaisir, Jesse la rejoignit dans la jouissance. Ivres de plaisir, ils s'agrippèrent l'un à l'autre pour amortir leur chute.

En regardant la femme allongée à côté de lui sur le lit grinçant et inconfortable, Jesse comprit qu'il était dans le pétrin. Il avait cru qu'en couchant avec elle il se délivrerait de ce désir qui l'accablait depuis des semaines. Au lieu de quoi, il ne pensait plus qu'à une chose : lui faire de nouveau l'amour.

Avant Jillian, les femmes passaient dans sa vie comme des fantômes : elles apparaissaient et disparaissaient sans laisser de traces. Jillian, cependant, passait son temps à le marquer au fer-blanc depuis qu'ils s'étaient rencontrés.

— Bon, murmura-t-elle, c'est à mon tour de t'annoncer que je t'entends réfléchir.

Il se pinça les lèvres en roulant sur le côté, avant de s'appuyer sur un coude pour baisser les yeux vers elle. Bon sang, elle était magnifique !

— D'accord, j'avoue. Je réfléchis.

Elle posa sa joue dans sa paume.

— Tu n'es pas obligé de faire ça, tu sais.

— Quoi ?

— Me tenir ce discours.

Elle esquissa un sourire et ses beaux yeux se réchauffèrent d'une lueur envoûtante.

Il n'y avait qu'une seule lampe dans l'appartement et cette douce lueur dorée éclairait son corps nu comme la lumière du soleil au petit matin.

— Quel discours ?

Souriante, elle rejeta ses cheveux en arrière, puis posa un bras sur son ventre.

— Tu sais… Ça commence par : « C'était génial, bébé. Mais tu sais, je ne suis pas du style à m'engager. » Et ça se termine toujours par : « Je te téléphone ! »

Il n'avait pas grand-chose à répondre à ce sujet, lui qui avait livré tant de versions différentes de ce fameux discours au cours de sa vie. Pour la première fois, ces mots-là ne lui venaient pas. Ils sonnaient faux. Alors même que c'était la seule fois où ces mots auraient vraiment pu le protéger.

— Jillian…

— Détends-toi, Jesse, reprit-elle avec un autre sourire. Je n'attends pas de promesses de ta part. Nous avons tous les deux franchi le pas en sachant que ce n'était pas pour un happy end. Je ne vais pas te supplier de rester.

Et pourquoi pas, bon sang ?

Et pourquoi cela l'irritait-il autant de la voir aussi raisonnable et compréhensive ?

Elle rit et secoua la tête.

— Je t'ai vexé...

— Quoi ? Non, assura-t-il en se renfrognant. Bon, d'accord, peut-être un peu.

— Nous sommes associés, n'est-ce pas ? reprit Jillian en sortant du lit, marchant nue jusqu'au placard.

Il contempla ses fesses vraiment sublimes et fut déçu de la voir sortir du placard un court peignoir bleu pâle dans laquelle elle se glissa.

Elle attacha la ceinture à sa taille, arrangea ses cheveux et haussa les épaules.

— C'est mieux pour nos affaires si on oublie ce qui vient de se passer ce soir.

— Oublier ? répéta-t-il, incrédule.

Il était certain que leurs étreintes de ce soir resteraient gravées dans son cerveau. Il avait autant de chances d'oublier ce qui venait de se passer ici que de retenir son souffle pour les cinquante prochaines années.

— Eh bien, oui, confirma-t-elle en venant s'asseoir sur le bord du lit pour l'embrasser. C'était génial. Je veux dire, vraiment génial. Mais je n'attends pas de toi que tu te jettes à mes pieds en me promettant l'amour éternel.

— Ah bon ?

— Parfaitement, assura-t-elle en inclinant la tête pour le dévisager d'un air interrogateur. Est-ce que la plupart des femmes qui passent la nuit avec toi se mettent à rêver de mariage ?

— Non, mais d'habitude elles ne montrent pas un tel empressement à me mettre dehors, non plus.

Il était capable d'encaisser le fait d'être éconduit. Soudain, il éprouvait un vague sentiment de culpabilité envers les femmes qu'il avait repoussées aussi légèrement, et beaucoup de respect pour la femme qui lui avait ouvert les yeux sur ce qu'avaient pu ressentir ses anciennes conquêtes.

Avec un sourire indulgent, Jillian lui donna un baiser furtif.

— C'est mieux comme ça, Jesse. On ne s'est fait aucune promesse, donc aucune ne sera rompue. Restons associés — « pour l'instant », ajouta-t-elle en reprenant à son compte ses propres paroles.

— Et ensuite ?

Elle se leva.

— On pourra être amis.

Mâchoire crispée, il parvint tant bien que mal à articuler :

— En temps normal, je n'ai pas envie de plaquer mes « amies » contre une porte pour leur faire…

Elle soupira bruyamment et lui coupa la parole :

— Tu ne m'aides pas, là…

— Je ne cherche pas à t'aider.

— Pourquoi pas ? demanda-t-elle. Si je n'avais pas pris l'initiative en premier, tu ne me l'aurais pas servi, ce fameux discours ?

— Un homme ne peut pas poursuivre une conversation de ce genre tout nu, marmonna-t-il en se hissant hors du lit pour récupérer son pantalon.

Il enfila son vêtement et boutonna sa braguette avant de reprendre la parole.

— Une fois que j'ai tenu ce discours, je ne reste pas « ami » avec la femme à qui je l'ai servi.

— Il y a une première fois à tout, remarqua-t-elle.

— Je n'ai pas envie d'être ton « ami », Jillian.

Elle agita le bras et secoua la tête.

— Alors de quoi as-tu envie ?

Il plongea dans ce grand regard noisette et comprit alors que, ce qu'il voulait vraiment, c'était elle. Le sexe n'avait pas apaisé ce désir, il n'avait fait que l'attiser. Ainsi, non, il ne serait pas son ami. Il ne serait pas son amant non plus. Ou quoi que ce soit d'autre. Une fois leur partenariat terminé, il ne resterait plus rien entre eux.

Et il n'aimait pas la sensation de vide qui s'emparait soudain de lui.

— De toi. Bon sang, Jillian, j'ai envie de toi.

— Alors, reste encore un peu, murmura-t-elle en détachant son peignoir.

Il ne se fit pas prier.

9

Deux heures plus tard, en se rhabillant pour rentrer chez lui, Jesse comprit qu'il n'avait jamais rien fait de plus difficile que de laisser cette femme, alors même qu'elle se trouvait nue dans son lit, un sourire lascif éclairant son visage. Or c'était la raison principale pour laquelle il devait partir.

Il avait pensé que coucher avec Jillian l'effacerait de ses fantasmes une bonne fois pour toutes. Malheureusement, la réalité était tout autre : il l'avait dans la peau, plus que jamais.

— Je dois retourner au ranch, déclara-t-il. Je me lève à l'aube pour préparer le retour de deux chevaux dans leur famille.

Elle hocha la tête, remontant le drap jusqu'à ses seins, puis se redressa pour s'asseoir. En repoussant sa masse de cheveux blonds, elle murmura :

— Tu ne me dois aucune explication, Jesse. Tu ne me dois rien.

Il se frotta le visage.

— Je ne veux pas te faire souffrir.

— Je le sais bien. Et ça n'arrivera pas.

Si, il allait la faire souffrir. Parce que, tôt ou tard, Jillian commencerait à attendre de lui plus qu'il ne pouvait lui offrir. Elle considérerait qu'il y avait entre eux une sorte de relation. Elle avait beau être forte et intelligente, c'était une femme et toutes les femmes qu'il avait connues finissaient par attendre des promesses. Or il n'en était pas capable.

Car, lorsqu'il faisait une promesse, il la tenait. Il devait donc être attentif à ce qu'il lui disait. Il ne pouvait pas offrir à Jillian et à Mac ce qu'il devait déjà au fils de sa sœur.

Cette pensée à l'esprit, il s'empara de son chapeau.

— Je suppose qu'on sera bientôt amenés à se revoir.

— En effet. Dès demain, dit-elle en souriant. Ne sois pas si paniqué, Jesse. Je ne viendrai pas au ranch pour te traquer. Juste pour récupérer Mac.

Quel imbécile.

— Bien sûr. À demain, alors, murmura-t-il en se dirigeant vers la porte. Pense à fermer à clé derrière moi.

Elle lui adressa un dernier sourire et il se promit de tout faire pour s'éloigner du ranch quand elle viendrait chercher sa fille.

Deux jours plus tard, Lucy et Jillian se trouvaient devant la boutique déserte qui allait bientôt s'emplir de l'odeur des pâtisseries cuites au four. Jillian se dit qu'elle aurait dû effectuer cette visite avec Jesse. Il était son associé, après tout. Mais elle ne lui avait pas reparlé depuis leur folle nuit.

S'il cherchait à l'éviter, il se débrouillait très bien.

— Je suis tellement contente que Jesse t'ait aidée à lancer ce projet, murmura Lucy alors que Jillian ouvrait la porte avec la clé que lui avait fournie l'agent immobilier. Un peu surprise, mais contente.

— Surprise ? Mais pourquoi ? demanda Jillian en regardant son amie par-dessus son épaule.

— Ben, mon frère est plutôt du genre à se tenir en retrait, à observer. À ma connaissance, c'est la première fois qu'il fait un truc pareil.

Jillian réfléchit un instant, mais s'interdit d'y voir là quoi que ce soit de particulier. Jesse avait fait preuve de mansuétude, point final. Une fois qu'elle lui aurait remboursé son investissement, elle serait seule propriétaire de la boutique et ce serait probablement la fin de son partenariat avec Jesse.

D'ailleurs, comme elle n'avait pas eu de ses nouvelles depuis deux jours, ses relations avec lui n'évolueraient probablement plus. Il n'y avait aucun moyen d'en avoir le cœur net et cela avait le don de la perturber, même si elle savait que cela n'aurait pas dû l'affecter ainsi.

Elle repensait à cette nuit avec Jesse et à tout ce qu'elle lui avait dit. Cela lui avait coûté de prononcer ces mots-là, malgré le nœud qui lui enserrait la gorge. Elle lui avait assuré qu'il serait plus sage qu'ils oublient tous les deux, alors même que son cœur lui hurlait qu'elle ne l'oublierait jamais. Ce qu'elle avait éprouvé dans ses bras, elle n'aurait jamais pensé le vivre. Et cela avait été un déchirement pour elle de prétendre que rien de tout cela ne l'affectait.

Il était hors de question pour elle de tomber amoureuse de cet homme, c'était inenvisageable. N'avait-elle pas suffisamment appris à ses dépens que les hommes finissaient toujours par se défausser ? Que les happy ends, on n'en trouvait que dans les livres ou les films, rarement dans la vraie vie ? Elle devait se consacrer à Mac à présent, et non à l'homme qui lui tourmentait le cœur et l'esprit.

Se mordillant la lèvre inférieure, elle se rendit compte qu'elle n'avait pas non plus contacté Jesse au cours de ces deux derniers jours. Peut-être aurait-elle dû prendre les devants plutôt que d'attendre ? Était-ce de la lâcheté que de rester en retrait sans rien dire ? Or il fallait bien préserver sa fierté à un moment donné, non ? Pourquoi serait-ce à elle d'aller le voir ? De lui téléphoner ? Il aurait pu venir la voir, lui. Pour lui parler. Mais il n'en avait rien fait. Alors, qu'était-elle censée comprendre ?

— Qu'est-ce que tu en penses ?

— Il aurait pu m'appeler, grommela-t-elle. Au minimum.

À ces mots, Lucy haussa un sourcil intrigué.

— Eh bien, j'ai toujours trouvé les lapsus intéressants, mais je te demandais ce que tu pensais de la boutique ?

Oh ! non... Jillian leva les yeux, puis bredouilla :

— Bien sûr. J'avais compris.

Elle parcourut du regard l'intérieur de la boutique et sourit. Le local était propre et suffisamment spacieux pour y installer quelques tables et chaises. Il comprenait une vitrine réfrigérée, une caisse enregistreuse à l'ancienne. La cuisine devait se trouver au-delà de la porte battante. Elle passa derrière le comptoir, histoire d'avoir une vue d'ensemble sur le lieu.

Depuis la caisse, elle avait une vue privilégiée sur Main Street et pouvait regarder les gens se hâter sur chaque trottoir. Dans quelques semaines, ils viendraient ici. Dans sa boutique. Reprenant son souffle, elle s'efforça de se concentrer sur le moment présent.

— Je trouve que tout est parfait, déclara-t-elle, plus pour elle-même qu'à l'intention de Lucy. Bien sûr, il me faudra passer un coup de peinture, histoire d'égayer ces murs, et je vois bien quelques tables et chaises à placer devant la vitrine extérieure. Peut-être dans le style bistrot ?

— D'accord. C'est le moment de tout me déballer, Jillian.

Elle interrogea Lucy du regard.

— Déballer quoi ?

— Allons ! ricana Lucy. Les enfants ne sont pas là. Jesse n'est pas là. Alors tu peux tout me dire.

Oh non, elle n'avait aucune envie de parler. Si elle commençait, elle ne saurait pas s'arrêter et puis, en vérité, qu'y avait-il à raconter ? Que Jesse et elle avaient passé une nuit ensemble qui l'avait complètement bouleversée et que, maintenant, la page était tournée ? N'était-ce pas pathétique ?

— Je n'ai rien à dire, Lucy. Honnêtement.

Son amie la dévisagea. Plusieurs secondes s'écoulèrent. Lucy continuait à la dévisager sans ciller ni proférer un mot. Et Jillian ne tarda pas à craquer.

— Très bien. Arrête de me torturer, dit-elle en soupirant. Je n'ai pas vu Jesse depuis deux jours et je me dis qu'il aurait pu m'appeler ou quelque chose comme ça. J'ai l'impression d'être une collégienne et ça me gêne terriblement.

— Il est à Houston.

— Quoi ! s'exclama-t-elle en fixant Lucy du regard.

— Jesse a dû ramener un cheval à son propriétaire. La plupart de nos gars étaient occupés dans les prairies et Carlos ne pouvait pas s'occuper de la livraison parce que sa femme est sur le point d'accoucher, expliqua Lucy avec un haussement d'épaules. Bref, Jesse est en déplacement. Je croyais que tu étais au courant.

— Pas du tout, répliqua-t-elle en promenant sa main sur le comptoir de marbre blanc et gris d'une propreté étincelante. Il ne m'a rien dit.

Mais bon, pourquoi l'aurait-il tenue informée ?

À bien y réfléchir, elle s'apercevait qu'à sa façon Jesse lui faisait passer ainsi un message. En s'abstenant de la contacter, il lui signifiait qu'il n'y avait aucun lien réel entre eux. Ce qu'ils avaient partagé, c'était une attirance, une expérience sexuelle, au-delà de quoi ils ne se devaient rien l'un à l'autre.

— D'accord. Très bien, vraiment, bafouilla Jillian assez niaisement. Je veux dire, on ne forme pas un couple ou quoi que ce soit. Je n'ai même pas besoin de lui faire un rapport sur le magasin. On est partenaires en affaires. C'est tout. Voilà. Et ça me convient.

Quand elle se tut, à bout de souffle, le silence dans la boutique était accablant. Soutenant le regard de Lucy, elle reprit :

— Tu ne me crois pas, c'est ça ?

— Pas une seconde.

— Alors j'ai l'air d'une idiote.

— Exact.

Elle pouffa de rire en secouant la tête.

— Tu as raison. Je me comporte comme une idiote. Je change d'avis toutes les deux minutes, je ne sais plus ce que je ressens. Je savais qu'avec Jesse je n'avais pas d'avenir, tu vois ? Que rien de sérieux ne pouvait se passer entre nous et pourtant...

— Tu l'espérais malgré tout.

Elle soupira.

— Je suppose que oui, même si c'est ridicule parce que je ne veux pas...

Lucy renifla et agita une main.

— Ne te donne même pas la peine de me dire que tu ne veux pas ou que tu n'as pas besoin d'amour dans ta vie, murmura-t-elle en secouant la tête. C'est la même ritournelle que nous rabâchons tous quand nous avons trop souffert pour vouloir prendre à nouveau le risque. Mais la vérité, c'est que tout le monde a besoin d'amour.

— Tu es philosophe maintenant ?

— Je suis une femme aux multiples talents, assura Lucy en souriant. Par exemple, je pressens que tu as couché avec mon frère et que c'était super.

Jillian poussa un nouveau soupir.

— Tous les détails sont les bienvenus, reprit Lucy en traversant la pièce pour pousser la porte de la cuisine. Non attends... Tout bien réfléchi, je ne veux aucun détail. On parle quand même de mon frère, là. Et je ne voudrais pas salir ta toute nouvelle boutique en vomissant partout.

Jillian lui emboîta aussitôt le pas.

— Ça me va. Pas de détails.

— Très bien. Mais il n'empêche que Lucy l'Extralucide constate que tu es amoureuse de mon frère.

— Pas du tout ! s'empressa-t-elle de nier, tout en prenant bien soin de fuir le regard de son amie. Écoute, Lucy, bien sûr que je suis sous le charme de Jesse. Qui ne le serait pas ? Ton frère est gentil et bourru, drôle, avec du caractère. Il est adorable avec Mac et tellement patient aussi.

— Waouh. Merci, à présent, j'entends bien à quel point tu n'es pas amoureuse de lui, déclara Lucy en ouvrant l'un des fours pour en inspecter l'intérieur. Ça va, c'est propre.

Bon sang, et si Lucy avait raison ? S'il était déjà trop tard pour elle ? Jillian reprit son souffle et demanda :

— Pourquoi es-tu si déterminée à me pousser dans les bras de Jesse ?

— Parce qu'il mérite d'être aimé, répondit Lucy en refermant le four avant de se retourner vers elle. Parce qu'il te mérite. Et Mac avec toi. Je ne l'ai jamais vu aussi captivé par une femme. Et il adore ta fille. Il a trouvé cette boutique pour t'aider à réaliser ton rêve. C'est un type bien, Jill.

— Je le sais.

— Et tu le mérites, assura Lucy en posant les deux mains sur ses hanches. Franchement, tes yeux s'illuminent dès que tu le vois, tu te mets pratiquement à baver quand il entre dans une pièce...

— Je ne bave pas.

Enfin, elle ne s'en était pas aperçue.

— C'est une métaphore... Quoique...

Même si elle éprouvait plus de sentiments pour Jesse qu'elle n'était encline à l'admettre, elle restait sur ses positions.

— Je ne peux pas prendre de risque, Lucy. Je dois penser à Mac.

Surprise, son amie insista :

— Tu crois mon frère capable de faire souffrir cette petite ?

— Bien sûr que non, répondit Jillian en traversant la cuisine, trop remontée pour rester immobile.

Effrayée par ses sentiments, elle n'avait pas vraiment le courage de les exprimer ni de les regarder en face.

— Il ne ferait jamais rien pour la blesser délibérément. Mais...

— Ça va, j'ai compris, reprit Lucy. Je suis maman, moi aussi, et je sais ce que c'est de s'inquiéter pour quelqu'un plus que pour soi-même. Mais si tu privais Mac d'un père génial ?

La question de Lucy résonna à son esprit. Poussant un soupir, elle soupira, vérifia les placards, les grilles de refroidissement et la petite salle d'eau au fond du magasin. C'était parfait. Et Jesse avait tout arrangé pour elle. Il avait fait venir une agence de nettoyage pour récurer l'endroit de fond en comble afin qu'elle n'ait pas à s'en charger. Il était devenu son partenaire pour lui éviter d'attendre des années avant de réaliser ses rêves.

Et il lui avait dit une fois que, quand il faisait une promesse, il la tenait. Cela signifiait-il pour autant qu'elle pouvait lui faire confiance ?

— Tu réfléchis trop.

Elle dévisagea Lucy.

— On dirait que je suis incapable de m'arrêter, ironisa-t-elle.

— Eh bien, reprit son amie, laisse-moi t'aider. Jesse est à Houston, tu ne peux rien faire avant son retour. Pas vrai ?

— Oui...

— Alors, occupons-nous un peu. On va acheter de la peinture et commencer à décorer l'atelier.

— Je ne sais pas.

Honnêtement, elle avait tant de choses en tête qu'elle se sentait à peine capable de manier un pinceau.

— Fais-moi confiance, murmura Lucy en la serrant tout contre elle. Les enfants sont à la crèche. On peut sans doute refaire toute la façade du magasin en quelques heures.

— C'est envisageable, en effet.

— Parfait, répliqua Lucy en souriant. Tu sais combien j'adore le shopping.

Le cœur léger, Jillian suivit son amie hors de la boutique, qu'elle ferma à clé derrière elle. Si remettre à plus tard ses soucis avec Jesse faisait d'elle une lâche, elle était prête à accepter le qualificatif.

Le lendemain, de retour de Houston, Jesse était fourbu. En plus du long trajet aller-retour, il n'avait pas réussi à s'accorder une véritable heure de sommeil depuis la nuit où il avait quitté Jillian. Quoi qu'il fasse, elle était là, dans ses pensées, encore et toujours.

Il avait cru pouvoir s'éloigner d'elle. Mais il était clair que cela prendrait plus de temps qu'il ne l'avait imaginé. Ce qu'il devait faire, c'était s'occuper. Se réfugier au ranch, dans le travail.

— Bien sûr, comme si c'était efficace, maugréa-t-il en traversant la cour vers la maison principale.

Il consentait un effort surhumain pour ne pas s'emparer de son portable et appeler Jillian. Il essayait de se convaincre que ce serait juste pour vérifier que tout allait bien, mais en vérité il avait simplement envie d'entendre sa voix.

Il marmonnait encore quand il franchit la porte d'entrée. Presque aussitôt, sa sœur s'écria :

— Jesse ? C'est toi ?

— Oui.

— Ah, Dieu merci !

Lucy semblait agacée et impatiente, fidèle à elle-même.

— Jessiiie !

La voix de Mac, faible et plaintive, le poussa à se précipiter vers le grand séjour.

— Que se passe-t-il ?

— Salut, oncle Jesse !

— Salut, mon grand, lança-t-il en souriant à son neveu qui jouait par terre avec ses camions, auprès de sa mère.

Assise sur le canapé, Lucy tenait Mac sur ses genoux. La petite avait mauvaise mine. Et Lucy paraissait épuisée.

— Que se passe-t-il ?

— Mac est malade, expliqua Brody sans même lever les yeux de ses trains.

— Malade ? répéta Jesse.

— Ma-la-de, marmonna Mac.

— Viens et prends-la avec toi, ordonna Lucy, alors même que Mac lui tendait les bras en criant de nouveau son nom.

— Qu'est-ce qui lui arrive ? Où est Jillian ?

Il prit la fillette dans ses bras tout en balayant la pièce du regard, s'attendant bêtement à ce que Jillian surgisse de quelque part.

— Jill avait du travail aujourd'hui, répondit Lucy en se passant les mains dans les cheveux. Comme elle démissionne si peu de temps après avoir été embauchée, elle s'en voulait de rester à la maison avec Mac alors qu'ils étaient à court de personnel à la crèche aujourd'hui. Donc elle a dû y aller, même si Mac est malade.

— Quel genre de maladie ? demanda-t-il en observant la fillette dans ses bras.

— Ma-la-de, Jessiiie, se plaignit Mac en posant sa petite tête contre son épaule.

En la détaillant attentivement, il s'aperçut qu'elle avait les yeux brillants et les joues toutes rouges. Soudain, une vive angoisse le submergea.

— Qu'est-ce qu'elle a ? Tu l'as emmenée chez le médecin ?

Lucy sourit.

— Du calme, monsieur Rationnel. Ça va aller. Elle a juste un peu de fièvre et se sent légèrement patraque.

— Pa-tra-que, répéta Mac en écho.

— Bref, reprit Lucy avec une grimace, j'ai expliqué à Mac

que c'est moi qui la garderais ici, mais elle ne fait que s'agiter et passe son temps à te réclamer.

Une onde de satisfaction mêlée à de la panique le traversa en une fraction de seconde. Il était heureux que la fillette le réclame ainsi, même s'il ne s'était jamais occupé d'un enfant malade. Tapotant doucement le dos de Mac, il sentit son cœur se serrer quand elle poussa un soupir fatigué et se blottit contre lui.

— Tu paniques et ce n'est pas très attirant, nota Lucy.

Il ignora la pique.

— Que suis-je censé faire pour qu'elle aille mieux ?

— Garde-la dans tes bras et rassure-la.

— Bon...

Ça ne devait pas être si difficile. Bon sang, il regrettait de n'avoir quasiment pas dormi, ces derniers jours.

— OK, je l'emmène chez moi. Il faut que j'aille prendre une douche et...

Il se tut. Comment pourrait-il se doucher alors qu'il devait veiller sur Mac ?

Lucy sembla lire dans ses pensées.

— Vas-y donc. Je vais demander à l'un des gars de porter le lit de bébé chez toi. Tu la mettras au lit pendant que tu es dans la salle de bains. Peut-être qu'elle s'endormira. Elle devrait être fatiguée.

— Fa-ti-guée, gémit Mac en se frottant les yeux de sa petite main.

— D'accord, ma chérie, chuchota-t-il, on va se reposer.

Lucy lui sourit.

— Voilà que tu parles comme un papa...

Il la fusilla du regard.

— Ne te fais pas d'idées, Lucy. C'est ridicule.

— Oh ! tu te fâches tout rouge ! ironisa-t-elle en agitant ses deux mains. Je suis terrifiée. Allez, vas-y donc. Rentre chez toi. Je t'envoie un gars là-bas tout de suite avec le lit de bébé.

Jesse quitta la maison avec l'enfant malade sur son épaule et un bloc de glace au creux de l'estomac. Il se retrouvait de plus en plus impliqué dans la vie de Jillian et de Mac. Et maintenant, une fillette cherchait du réconfort auprès de lui. Comment arriverait-il à conserver de la distance avec tout ça ?

Surtout, comment réagirait-il quand il arriverait enfin à le faire ?

Quand Jillian arriva au ranch, elle était fatiguée, sur les nerfs et inquiète pour Mac. Lucy l'avait appelée au travail pour lui annoncer que Jesse était rentré et qu'il s'occupait de sa fille. Elle était soulagée de savoir Jesse auprès de Mac, sachant à quel point sa fille adorait cet homme. Mais, en même temps, elle se sentait embarrassée, car les choses entre Jesse et elle demeuraient ambiguës.

Elle ne savait pas à quoi s'attendre en entrant chez lui. En cette fin d'après-midi, la lumière du soleil se répandit par la porte d'entrée et s'engouffra sur le parquet en bois comme un chemin que le destin lui intimait de suivre.

— Jesse ?

— Par ici, répondit-il de sa voix douce.

Elle entra dans le vaste séjour et posa son sac à main sur la première chaise qu'elle trouva. La pièce était sombre, mais il y avait assez de lumière pour que Jillian aperçoive Jesse allongé sur l'un des canapés, avec Mac endormie contre la poitrine. Il se tourna vers elle et posa un doigt sur les lèvres pour lui demander de garder le silence.

Ses mèches de cheveux lui retombaient sur le front, il avait un bras autour de sa fille pour la caler bien contre lui. Il lui sourit et elle sentit son cœur chavirer. Juste comme ça. Cette fois, le point de non-retour était atteint.

Elle était amoureuse.

Peut-être l'était-elle depuis le début ? Quelle femme pourrait résister à un homme qui non seulement lui faisait bouillonner le sang au creux des veines, mais s'avérait assez doué pour faire preuve de douceur envers un enfant ? Tout cela ne laissait rien présager de bon, et elle en était consciente. Elle n'avait pas cherché l'amour et elle savait que Jesse n'était pas intéressé par quoi que ce soit s'en approchant : bref, tout cela ne pourrait lui apporter que chagrin et souffrance.

Pourtant, impossible pour elle de regretter ce sentiment. Elle aurait largement le temps d'avoir des regrets à l'avenir. Pour ce qui était de ce seul moment, elle allait savourer la sensation de s'être fait voler son cœur. Toutes ces années qu'elle avait passées à protéger son cœur, elle avait désormais l'impression de les avoir passées à attendre… Jesse.

— Elle s'est endormie, chuchota-t-il en caressant le dos de Mac.

— Je devrais la ramener à la maison.

Et s'éloigner ainsi de Jesse avant de n'en révéler trop sur ses sentiments.

— On a fait venir un lit de bébé ici. Laisse-la donc dormir.

Elle soutint son regard et comprit qu'il désirait la voir rester. Elle en avait envie, elle aussi, mais comment arriverait-elle à lui cacher ce qu'elle ressentait ?

Tandis qu'elle restait plantée là, figée dans l'indécision, il se leva prudemment, en gardant Mac contre lui. En le voyant aussi précautionneux, elle sentit s'évanouir le peu de détermination qui lui restait. Elle n'avait pas envie de partir. Depuis plusieurs jours, elle se languissait de Jesse. Elle *aimait* cet homme. Elle voulait rester ici. Avec lui. Aussi longtemps qu'elle le pourrait.

— Tu as envie de rester ? demanda-t-il comme s'il avait lu dans ses pensées.

En plongeant dans ses yeux brun chocolat, elle sut qu'il n'y avait qu'une seule réponse possible.

— Oui.

Une fois Mac déposée dans son petit lit, ils passèrent tout naturellement dans sa chambre à lui, juste en face.

— Peut-on l'entendre si elle pleure ? chuchota-t-elle alors qu'il lui déboutonnait sa chemise d'une main fébrile.

— Les deux portes sont ouvertes, répondit-il à voix basse. Nous l'entendrons.

La chambre de Jesse avait tout d'une garçonnière, à dominantes marron, beige et vert végétal. Le lit était large et couvert d'un duvet brun foncé. Deux chaises encadraient une petite cheminée, des bibliothèques se dressaient de chaque côté de la pièce et une série de photos du ranch étaient accrochées aux murs. Les lampes de chevet étaient en laiton et des portes-fenêtres menaient à la terrasse en pierre.

Surtout, il y avait... Jesse. Elle le regarda dans les yeux et se demanda comment elle avait pu envisager de se convaincre qu'elle n'était pas amoureuse. Elle enfouit les doigts dans ses cheveux pendant qu'il l'entraînait vers le lit. Sans un mot, il l'allongea sur les draps, puis s'étendit à côté d'elle.

— Comment s'est-on déshabillés aussi vite ? s'esclaffa-t-elle.

— C'est un don que nous avons, répondit-il en inclinant la tête pour l'embrasser.

La première fois qu'ils avaient fait l'amour, ils avaient connu un moment de fièvre et de fougue, chacun cédant à la tension qui s'était accumulée entre eux pendant des semaines. Or, ce soir, il n'y avait aucune fébrilité, juste un désir suffocant qu'elle pouvait lire au fond de ses yeux, même si elle aurait aimé y lire plus encore qu'un simple désir.

— Tu réfléchis, dit-il en soutenant son regard.

— Fais-moi arrêter, répliqua-t-elle en prenant son visage entre ses paumes.

Il l'embrassa de nouveau et toute pensée rationnelle quitta l'esprit de Jillian. Comment pourrait-elle formuler la moindre pensée, la moindre inquiétude alors que la bouche de Jesse recouvrait la sienne, alors que ses mains puissantes et assurées glissaient le long de son corps ?

Il la caressa partout, comme pour mémoriser chaque pore de son corps. Elle posa les mains sur son torse, s'émerveillant de sa peau musclée et bronzée et de la sensation de chaleur qui se dégageait sous ses paumes.

Elle le scruta, soucieuse de se souvenir de chaque instant de cette nouvelle nuit qui s'annonçait. Si les choses devaient en rester là avec lui, au moins elle garderait ce souvenir. Le désir montait peu à peu en elle alors qu'ils s'enlaçaient, peau contre peau, en se découvrant de nouveau du bout des doigts, du bout des lèvres. Elle respira plus fort, plus vite, alors qu'il s'installait au-dessus d'elle. Et, lorsqu'elle l'accueillit enfin en elle, Jillian retint son souffle, se cambra et ondula en suivant son rythme dans une voluptueuse danse.

Dehors, le soleil déclinait et le crépuscule s'invitait dans la chambre, les plongeant tous deux dans un silence profond, rempli d'ombres. Ils allaient et venaient, chacun poussant l'autre dans ses retranchements. Ivre de plaisir, Jillian s'agrippa à lui, enroulant les bras autour de son cou, les jambes autour de ses hanches. Ainsi, quand son corps fut irradié par le plus puissant des orgasmes, elle s'accrocha à Jesse comme si le sort du monde en dépendait. Tremblante, elle le serra plus fort encore contre elle lorsqu'il la rejoignit dans le plaisir ultime.

Quelques instants plus tard, Jesse s'allongea sur le dos et l'attira à ses côtés.

— Tu m'as manqué.

Il ne semblait guère enclin à l'admettre. Pourtant, elle inclina la tête en arrière pour chercher son regard.

— Je me suis demandé où tu étais passé.

— Je comptais t'appeler, mais...

— Non, l'interrompit-elle en soutenant son regard, tu n'en avais pas l'intention.

Cette fois, il la dévisagea en fronçant les sourcils.

— Ah bon ?

— Non, reprit-elle en promenant les doigts sur son torse, sentant son cœur se mettre à battre plus vite. Tu n'avais pas envie que je te manque, Jesse. Tu ne voulais pas m'appeler. Tu essayais de me faire comprendre qu'après ce qui s'était passé entre nous l'autre soir on en resterait là.

Il fronça les sourcils.

— Et qu'est-ce que ça m'a fait quand tu es restée ici, ce soir ?

Il était agacé et, sans trop savoir pourquoi, elle trouvait cela quelque peu amusant, malgré les circonstances.

— Tu me voulais dans ton lit, mais sans que je m'y sente trop à l'aise.

— À t'entendre, je suis un vrai crétin, c'est ça ?

Jillian se surprit à rire.

— Non, pas du tout. C'est juste que tu ne veux pas m'aimer.

Il se redressa sur son coude et la regarda de haut. Jillian lui caressa doucement la joue.

— Je sais ce que tu ressens. Je ne voulais pas t'aimer non plus, Jesse… Mais c'est pourtant le cas.

Il se figea. C'était le seul mot qui lui était venu pour décrire ce qu'elle ressentait vraiment. On aurait dit qu'elle lui avait coupé le souffle. Les yeux de Jesse se mirent à briller de cette lueur chaude et dorée dans l'obscurité.

— Non, tu te trompes.

— Tu n'as pas à me dire ce que je ressens, rétorqua Jillian.

— Pourquoi pas ? demanda-t-il. Toi, tu viens de me dire ce que je pensais et ressentais.

— Oui, admit-elle tristement, mais j'avais raison et toi, tu te trompes. Je t'aime vraiment, Jesse.

— Ne dis pas ça.

— Me taire n'y changera rien. Même si je ne répète plus ces mots, tu sauras toujours que je les pense.

Elle avait toujours su que ça se terminerait ainsi, mais elle ne pouvait pas se taire. L'amour, quand il vous tombait enfin dessus, ne pouvait pas être mis de côté.

— Ne fais pas ça, Jillian, souffla-t-il en s'asseyant et en l'attirant contre lui. Il n'y a pas d'avenir pour nous, tu sais.

— Je ne t'ai pas demandé un avenir, Jesse, le corrigea-t-elle. Je ne t'ai rien demandé. Ce que je ressens…

— Non…

— C'est un cadeau, poursuivit-elle en souriant malgré tout. Moi aussi, j'avais peur d'aimer. Tous les hommes que j'ai connus m'ont lâchée…

— Jill…

— Je t'ai expliqué que ma grand-mère m'avait élevée, le coupa-t-elle en prenant une de ses mains dans la sienne.

Elle caressa les callosités et les cicatrices qui témoignaient de sa vie de dur labeur. Jesse n'était pas un lâcheur. Quand il donnait sa parole, il la tenait. Jesse était le genre d'homme sur qui on pouvait compter.

Elle aurait aimé qu'il soit son homme à elle. En le regardant dans les yeux, elle ajouta :

— Mes parents ont décidé qu'avoir un enfant ne les amusait pas tant que ça, alors ils m'ont abandonnée.

— Jillian...

— D'abord mon père. J'étais très jeune et, deux ans plus tard, ma mère est partie à son tour. Grand-mère Rhonda était mon seul point de repère à l'époque.

— Je suis désolé.

— Je n'ai pas besoin que tu sois désolé. Je veux juste que tu comprennes. J'ai été fiancée une fois, mais lui aussi, il est parti. Et puis j'ai rencontré Rich, qui se faisait passer pour Will... J'avais tellement faim de vivre une belle histoire, d'aimer quelqu'un que je me suis laissé séduire comme une naïve. Bien sûr, il a disparu, lui aussi.

Jesse serra les dents, mais il ne l'interrompit plus.

— Quand je t'ai rencontré, je me suis dit que tu étais comme tous les hommes du monde, murmura-t-elle avec un sourire triste. Mais non. Tu es différent. Et Mac a su le déceler en toi, avant moi. Mac t'a aimé en premier. Mais moi, je ne pouvais pas. Je ne me faisais pas confiance. Mais Jesse...

Elle tendit une main qu'elle posa sur sa joue, même s'il demeurait de marbre. Poussant un soupir, elle laissa retomber sa main.

— Jesse, c'est toi.

— Je ne peux pas, Jill...

— J'aime que tu m'appelles comme ça, dit-elle. Quant à moi, c'est trop tard, je suis amoureuse. C'est aussi simple que ça. Mon amour ne dépend pas du fait que tu m'aimes en retour, ou même que nous soyons ensemble. Il est juste là.

Il se leva, se dirigea vers la cheminée et fixa le foyer froid et vide.

— Je ne peux pas, Jillian. Je ne suis pas ce à quoi tu aspires.

— Tu es ce à quoi j'aspire.

Il lui lança un regard noir par-dessus son épaule.

— J'ai une dette à payer. Envers Lucy. Envers Brody. Je ne

peux pas construire une vie pour moi alors que leur vie est brisée à cause de moi.

Elle se leva du lit, se rapprocha de lui et demanda :

— Tu parles de l'accident ? Lucy m'a raconté.

— Elle t'a expliqué que c'était ma faute ? Que Dane est mort parce que je n'ai pas été assez prudent ?

— Non, bien sûr que non, répondit Jillian en posant une main sur son épaule crispée. Ce n'est pas ce qu'elle pense, Jesse.

— Qu'elle le pense ou non, je sais que c'est la vérité et ça me suffit.

— Jesse, c'est dingue de s'en vouloir à cause d'un horrible accident.

— Ah ouais ? Et si quelque chose était arrivé à Mac ? Serais-tu prête à pardonner et à oublier ? Et si jamais elle se blessait à cause de moi ?

Il était tellement persuadé de sa propre culpabilité qu'il n'y avait aucun moyen de le raisonner ni de le convaincre que ce qui était arrivé à Dane n'était pas sa faute. Il était trop déterminé à se punir pour cela.

Et pourtant, elle s'y essaya.

— Je me dirais, reprit-elle, que tu as toujours fait tout ce qui était en ton pouvoir pour protéger ceux que tu aimes. Tu n'es pas Dieu, Jesse. Tu ne maîtrises pas tout. La vie a ses propres aléas. Des gens se blessent. D'autres meurent...

— Pas à cause de moi, murmura-t-il. Une fois aura suffi.

Le cœur de Jillian était en miettes, son sang se glaça. Elle avait froid, de la tête aux pieds, et pressentait qu'elle n'aurait plus jamais vraiment chaud. Parce qu'aimer Jesse ne suffisait pas. Elle voulait qu'il l'aime en retour. Elle voulait vivre son rêve jusqu'au bout.

Or cela ne serait pas possible.

— C'est fini entre nous, Jillian, déclara-t-il d'une voix si serrée, si profonde qu'elle sembla résonner autour d'eux. Mieux vaut qu'on ne se voie plus.

Elle se balança sur ses talons, choquée de constater à quelle vitesse cette soirée était passée du rêve au cauchemar.

— Et notre partenariat ?

Il hocha la tête.

— Cela ne change rien. Je t'aiderai à acquérir ta boutique et je te souhaite bonne chance.

— Waouh... Merci.

Son visage se durcit soudain.

— Mais qu'est-ce que tu attends de moi ?

— Tu connais déjà la réponse.

— Et je t'ai expliqué pourquoi ça n'arriverait pas.

— Tu m'as donné des excuses, Jesse. Pas une raison valable.

Malgré l'obscurité, elle voyait ses yeux briller.

— Je t'ai donné tout ce que je pouvais.

— Non, c'est faux, répliqua-t-elle en secouant la tête. Mais c'est ta décision et nous devrons tous les deux vivre avec, n'est-ce pas ? Bref, si tu es d'accord, je vais passer la nuit dans la chambre d'amis avec Mac. Je préfère ne pas la réveiller, précisa-t-elle.

Elle recula, mettant de la distance entre eux, alors qu'il fuyait son regard. Il finit par hocher la tête.

— Pas de problème.

Sans un mot, elle ramassa ses vêtements et quitta la pièce. Mais une fois sur le seuil de la porte, elle s'arrêta pour le regarder encore une fois. Il était debout, sans broncher. Seul dans le noir.

— J'avais tort, Jesse, murmura-t-elle alors. Je suppose que tu es comme tous les hommes que j'ai connus. Toi aussi, tu me lâches.

10

Les deux jours suivants, Jillian se réfugia dans un tourbillon d'activités. Le cœur meurtri, elle avait enfoui son chagrin au plus profond d'elle-même, se concentrant sur Mac et sur le magasin qu'elle s'apprêtait à ouvrir. Dès que ses pensées s'égaraient du côté de Jesse, elle les refoulait, autant qu'elle le pouvait.

Pendant la journée, elle y parvenait assez bien. En revanche, elle ne contrôlait pas ses rêves, la nuit : là, il la tenait dans ses bras, tout sourires, et l'embrassait passionnément. Elle se réveillait chaque matin avec le goût de ses lèvres sur sa bouche et devait alors ravaler sa peine.

Et sa fille ne l'aidait pas vraiment, en continuant de réclamer Jesse. Mac ne comprenait pas pourquoi son idole avait disparu de sa vie. Or essayer d'expliquer une telle chose à une enfant d'à peine deux ans, c'était peine perdue.

Pas plus tard que ce matin-là, Jillian était en train de préparer Mac quand la fillette avait posé ses petites mains sur les joues de sa mère.

— Va voir Jessiiie ?

Un poignard planté en plein cœur ne lui aurait pas fait plus mal.

— Non, ma chérie. On va à la crèche. Pour jouer avec tes copains.

— Va voir Jessiiie ! Cheuhvaux ! insista la petite avec une moue mutine.

— On ne peut pas, chérie.

— Maman, Jessiiie !

— Jesse ne peut pas jouer avec toi aujourd'hui, bébé, alors toi et moi, on va juste aller à la crèche, d'accord ?

S'il te plaît, sois d'accord ! supplia Jillian en silence. Elle espérait tant que Mac cesse enfin de chercher Jesse, car elle détestait l'idée que sa fille soit aussi malheureuse qu'elle.

Une larme roula sur la joue de Mac, et elle la serra dans ses bras pour la consoler, autant que pour se réconforter elle-même. En vain, évidemment. Comment se consoler alors qu'elles se languissaient toutes les deux du même homme ?

Poussant un soupir, elle recommença à empiler les plats à tarte qui lui avaient été livrés le matin même. Pour l'instant, elle optait pour des plats à tarte standard en aluminium. Mais un jour, elle investirait dans des moules à tarte personnalisés, gravés au nom de la boutique. Elle pourrait alors offrir à ses clients un rabais sur leur prochaine tarte quand ils rapporteraient les plats usagés.

Elle aimait se projeter dans le fonctionnement de la boutique et pourtant elle manquait un peu d'entrain. Elle couvait ce projet depuis des années ; or, maintenant qu'il était sur le point d'aboutir, sa rupture avec Jesse assombrissait le tableau.

— Ça suffit ! marmonna-t-elle d'une voix sévère. Arrête donc de réfléchir et passe enfin à l'action.

Gardant cela à l'esprit, elle continua à empiler les plats en hiérarchisant tout ce qu'il lui restait à faire. Elle avait ses meubles — dégotés dans un vide-greniers. Les tables à la structure en fer forgé supportaient des plateaux de verre et offraient deux ou trois places confortables, sur des chaises parfaitement assorties. Les installer à l'avant de la boutique lui donna l'impression d'atteindre la dernière ligne droite avant l'ouverture. Les murs étaient peints d'un jaune clair et gai, et elle avait suspendu des paniers de fleurs au plafond, à chaque coin de la pièce.

Toutes les fournitures étaient commandées, ainsi que les ustensiles de cuisine dont elle avait besoin pour finaliser ce rêve. Sans l'aide de Jesse, elle n'aurait pu y arriver, elle en était consciente. Si seulement il pouvait être à ses côtés pour voir cet aboutissement. Mais de toute évidence, on ne pouvait pas réaliser tous ses rêves en même temps.

Elle établissait liste sur liste pour s'assurer que tout était en ordre. Elle enregistrait chaque centime dépensé sur son ordinateur portable, ainsi que les projections des actions restant à mener à l'avenir. Il y avait tant à acheter, sans parler des employés qu'elle devrait embaucher. Mais chaque chose en son temps. Pour l'instant, elle devait finaliser l'installation de la cuisine selon son goût.

Comme elle travaillait encore une demi-journée à la crèche — du moins jusqu'à ce que sa remplaçante soit recrutée —, elle put y laisser Mac pendant qu'elle travaillait à la boutique.

— Dieu merci, murmura-t-elle, car il aurait été impossible d'essayer tout ce matériel sans compromettre la sécurité de Mac.

Elle venait à peine de finir de ranger les derniers plats à tarte qu'elle entendit la porte s'ouvrir.

— Hé, Jill, tu es là ?

Aussitôt, elle reconnut la voix de Lucy. Une sensation de naufrage lui enserra le cœur. Elle n'avait pas reparlé à son amie depuis sa rupture avec Jesse. Éviter son amie n'avait pas été chose facile, mais elle refusait de mêler Lucy à cette histoire. Or, maintenant, elle n'avait aucune idée de ce qu'elle allait lui dire. En tout cas, pas moyen de lui échapper.

— Dans la cuisine.

Lucy débarqua, portant un plateau en carton avec deux tasses de café et un sachet acheté dans l'établissement du bout de la rue. Elle portait un jean, des bottes et un haut rouge foncé. Ses cheveux bruns et touffus étaient ébouriffés par le vent de la rue et ses yeux transpercèrent Jillian.

— Salut, étrangère ! Je me suis dit qu'une pause te ferait le plus grand bien. J'ai apporté des donuts.

— Mon Dieu, quelle bonne idée ! approuva-t-elle.

Depuis une semaine, elle n'avait guère d'appétit, mais un donut, ça se mangeait sans faim.

— Bien. Allons essayer ces nouvelles chaises et cette table, lança Lucy. Elles me plaisent bien, au fait. Je suis chagrinée de ne pas avoir été associée à ta virée shopping, mais je peux te pardonner, à condition que tu m'appelles pour ta prochaine excursion.

— Je sais que j'aurais dû te téléphoner, confessa Jillian. C'est juste que...

Lucy déposa les cafés et quelques serviettes sur la table, avant d'ouvrir les sachets de donuts.

— Pas de problème. Enfin, bien sûr qu'il y a un problème, même si je sais que ce n'est pas moi, mais plutôt mon frangin. En plus, ajouta Lucy en mordant dans un morceau de donut au glaçage arc-en-ciel, ledit frangin a passé les deux derniers jours à se comporter comme un ours avec une épine coincée dans la patte. Il énerve tellement tout le monde que tous les cow-boys l'évitent. Carlos menace de partir si Jesse ne se tient pas à l'écart des écuries.

Jillian sourit.

— Ça t'amuse ? constata Lucy en hochant la tête. Normal, vu que c'est probablement lui qui est à l'origine de ce je-ne-sais-quoi qui s'est passé entre vous. Comme ça fait des lustres que tu ne me donnes plus de nouvelles, j'ai apporté des donuts pour que tu me racontes enfin ce qui se passe. Alors, vas-y : crache le morceau !

Jillian s'affala sur la chaise en face de son amie.

Elle pouvait toujours nier, mais à quoi bon ? Depuis deux jours maintenant, son cœur saignait, et elle était anéantie par le chagrin. Alors pourquoi ne pas partager ses états d'âme avec la seule personne au monde susceptible de la comprendre ?

— C'est un tel bazar, Lucy, cette histoire...

Son amie lui tapota la main, de l'autre côté de la table.

— Goûte un donut. Le sucre est un remède universel. Et ensuite, raconte-moi tout !

Après avoir bu une gorgée de café, Jillian prit une bouchée du beignet et sentit aussitôt le sucre la réchauffer de l'intérieur. Lucy avait peut-être raison.

— C'est ma faute.

— Alors ça, j'en doute.

Souriant tristement, Jillian reprit :

— Si, c'est ma faute. Je lui ai dit que je l'aimais et tout a commencé à aller de travers.

Lucy soupira et prit une gorgée de café.

— C'est tellement décevant d'apprendre que mon frère est un crétin, marmonna-t-elle d'un ton de dépit. Allez, continue.

Cette fois, Jillian ne se fit plus prier. Elle raconta toute l'histoire à son amie. Et pendant son récit, elle eut l'impression d'une révélation. Soudain, elle se sentit plus légère qu'elle ne l'avait été depuis une semaine.

— Il m'a dit qu'il ne pouvait pas être avec Mac et moi parce qu'il devait veiller sur toi et Brody.

— Quoi ? s'écria Lucy visiblement abasourdie. Mais qu'est-ce que ça veut dire ?

— Il s'en veut de la mort de ton mari.

— Évidemment, murmura Lucy en secouant la tête. Tu sais, quand notre père est mort, Jesse avait seize ans. En tant qu'aîné, il s'est tout de suite autoproclamé « homme de la maison » et a commencé à vouloir nous gérer. Maman a finalement mis un terme à son entreprise, mais elle n'a pas réussi à lui faire comprendre que la famille et le ranch ne relevaient pas de sa seule responsabilité.

Elle émietta un morceau de donut dont elle dissémina les miettes un peu partout, puis elle contempla son désastre.

Finalement, elle releva les yeux vers Jillian.

— Quand Dane est mort, c'est moi qui me suis sentie coupable. Si je ne l'avais pas encouragé à s'intégrer au ranch, il serait encore en vie. Si j'avais déménagé avec lui à Houston, il ne serait pas mort. Je me suis rendue folle pendant un moment, jusqu'à ce que maman s'en mêle et me fasse admettre que c'était juste un accident. Si on avait vécu ailleurs, c'est peut-être un accident de voiture qui aurait emporté Dane. On ne le saura jamais.

— Jesse pense qu'il aurait pu éviter le drame.

— C'est parce que Jesse croit toujours qu'il est le grand manitou de l'univers. Je lui ai dit et redit que la mort de Dane n'était pas sa faute, mais il ne veut rien entendre, ajouta Lucy. Et pourtant, je n'aurais jamais pensé que c'était à ce point ancré en lui.

À présent, Jillian sentit la culpabilité l'envahir à son tour.

— Lucy, je ne voulais pas te faire culpabiliser. Ce n'est pas ta faute.

— Oh ! pas de soucis, reprit rapidement son amie. Je sais exactement qui est à l'origine de tout ce bazar. Jesse se flagelle pour un crime dont il s'accuse tout seul. Quel idiot !

Jillian rit un peu et se sentit soudain mieux. Elle aurait dû appeler Lucy beaucoup plus tôt. Et faire confiance à son amie pour l'aider à traverser cette passe difficile.

— Tu l'aimes vraiment, n'est-ce pas ?

La question de Lucy lui parut un brin nostalgique.

— Vraiment. Ce serait bien plus facile si je pouvais maîtriser ce que je ressens.

— Mais à quoi sert la facilité ? interrogea Lucy en secouant la tête. Maman me disait qu'on n'obtient rien de bien par la facilité. Moi, je suis prête à m'en prendre plein la figure si on me promettait d'obtenir quelque chose de bien à la fin.

Jillian réfléchit une seconde.

— Je suppose que moi aussi.

— Tant mieux, s'esclaffa Lucy. Parce que je te garantis que la vie avec Jesse sera difficile. Ce type a un caractère de chien.

— Lucy, Jesse a été très clair. Il n'est pas intéressé.

Et elle n'allait pas attendre, espérer qu'il change d'avis. Pas question d'avoir le cœur à nouveau brisé. Elle ne se remettrait pas d'un tel dépit.

— Bien sûr qu'il est intéressé ! Sinon, il ne se comporterait pas comme un ours en cage en ce moment. Alors ne laisse pas tomber, affirma Lucy en ramassant ses miettes de donut pour se les fourrer dans la bouche. Ce n'est pas l'homme le plus facile de la planète, mais je pense que tu l'aimes assez pour passer outre ses défauts.

— Ce n'est pas ça, le souci.

— Jill, l'amour, c'est la seule chose qui compte.

Jesse frappa son coup de marteau si fort que toute la clôture trembla. Reprenant son souffle, il relâcha doucement l'outil, tentant de contrôler la frustration qui couvait en lui depuis plus d'une semaine. Mais rien à faire. Depuis sa dernière nuit avec Jillian, il n'avait pas eu un instant de répit. Il n'arrêtait pas de voir son visage. Et de l'entendre lui dire qu'il était comme tous les hommes qu'elle avait eus dans sa vie et qui l'avaient laissée tomber.

— Bon sang, elle ne voyait donc pas que je ne voulais pas qu'elle s'en aille ?

Il sortit un autre clou de la boîte posée au sol, se redressa et remit un coup de marteau. Ce travail difficile, manuel, aurait dû lui apporter un sentiment de satisfaction. Au moins, en réparant les planches qui se détachaient de la clôture de l'enclos, pouvait-il se passer les nerfs sur d'innocents outils.

Sauf qu'en réalité cela ne l'aidait en rien.

Il arracha son chapeau de cow-boy pour s'essuyer le front d'un revers de bras. L'été s'installait peu à peu, promettant d'être chaud. Il se remit le chapeau sur la tête, puis s'accouda au rail supérieur de la clôture. Il fixa la cour du ranch et laissa son regard errer jusqu'à sa maison. Pour la première fois depuis qu'il s'y était installé, Jesse n'y trouvait plus la paix.

Parce que Jillian était là. Son image. Son odeur s'accrochait encore à l'oreiller à côté du sien. Mac était là aussi, car il se souvenait d'avoir tenu la petite fille dans ses bras pour apaiser ses pleurs, avant qu'elle ne s'endorme. Le lit de bébé était toujours dans la chambre d'amis et son cœur se serrait chaque fois qu'il passait à côté, dans le couloir.

À présent, il se demandait comment elles allaient, toutes les deux. Jillian s'occupait-elle de l'ouverture de sa boutique ? Mac était-elle guérie ? Allait-il passer le reste de sa vie à se demander ce que devenaient les deux personnes qu'il aimait le plus au monde, parce qu'il ne pouvait être à leur côté pour les protéger ?

Fronçant les sourcils, il se remit au travail. Lucy était partie il y avait plus de deux heures et il savait que sa sœur était allée en ville afin de voir Jillian. Il aurait donné cher pour savoir de quoi elles parlaient en ce moment.

— Ça craint vraiment, d'être jaloux comme ça de sa sœur, marmonna-t-il en faisant de nouveau claquer son marteau.

Il entendit la voiture remonter l'allée avant de la voir. Le pick-up de Lucy fonçait vers le ranch à vive allure. Aussitôt, la panique s'empara de lui. Était-il arrivé quelque chose à Jillian ? À Mac ?

Il lâcha tout et se précipita devant la maison. Lucy sauta hors du véhicule, courut vers lui, mais n'eut guère le temps de proférer le moindre mot, car il demanda :

— Est-ce que Jillian va bien ? Et Mac ?

À ces mots, le visage de Lucy se métamorphosa. Ses épaules se décrispèrent et un sourire lui égaya la bouche.

— Eh bien... Voilà qui répond à ma question !

— Qu'est-ce que tu racontes ? s'agaça-t-il. Quelle question ? Tu n'étais pas avec Jill ? Est-ce qu'elle va bien ?

— Jill va bien. Mac aussi, ajouta-t-elle. Mais bien sûr, tu n'es pas au courant puisque tu n'as pas pris la peine de l'appeler. Ni d'aller la voir.

— Bon sang, Lucy ! s'exclama-t-il alors que le rythme de son cœur se calmait un peu. Tu es en train de me faire comprendre que...

— Qu'elles avaient besoin de toi et que tu n'étais pas là pour elles ? compléta Lucy. Eh bien, habitue-toi à ce sentiment parce que, si tu n'y fais pas attention, tu vas vivre avec tout le reste de ta vie.

— Pourquoi es-tu venue ici pour me harceler ? Tu essaies de saboter tout ce que j'ai essayé de construire dans ma vie ?

Elle s'adossa contre la portière de son pick-up bleu, croisa les bras et le fixa du regard.

— J'étais presque sûre que tu étais amoureux de Jillian, mais je voulais en avoir le cœur net. Et, vu la manière dont tu as paniqué, tu m'as convaincue.

— Tant mieux pour toi, grogna-t-il en pivotant sur ses talons.

Mais elle le rattrapa par le bras.

— Pourquoi ignores-tu ainsi ta famille, Jesse ?

— Mais qu'est-ce que tu racontes ? maugréa-t-il en faisant des moulinets avec ses bras. J'étais là, toute la semaine, à passer du temps auprès de ma famille.

— Je ne parle pas de notre famille, précisa-t-elle en haussant la voix, de plus en plus exaspérée. Je parle de la famille que tu as construite avec Jillian.

— Maintenant, fiche-moi le camp, petite sœur !

L'avertissement franchit ses lèvres sans vraiment impressionner Lucy.

— Aucune chance. Tu aimes Jill et tu aimes Mac, affirma-t-elle en secouant la tête. Et elles t'aiment aussi, alors qu'est-ce que tu fabriques ?

— Je ne peux pas faire ça. Je ne peux pas parler de ces choses-là avec toi.

— Et pourquoi pas ? insista Lucy en soutenant son regard. Tu te sers de moi et de Brody comme excuse pour ne pas construire ta vie à toi, alors j'estime que, justement, tu peux en discuter avec moi.

Cela lui coûtait de l'admettre, mais sa petite sœur était devenue un sacré bout de femme. Avec un fichu caractère.

— Mais je ne suis pas...

— Dane est mort.

Ces trois mots les secouèrent tous les deux. Il avait perçu un léger tremblement dans sa voix, bientôt couvert par la fureur alors qu'elle poursuivait :

— Ce n'était pas ta faute. Ce n'était pas sa faute à lui. Ni celle de ce foutu cheval, non plus. C'est arrivé comme ça. C'est ce qui s'appelle un « accident ». Ça ne se prévoit pas. On ne peut pas s'en prémunir. C'est juste la vie, Jesse.

— Je n'aurais pas dû le laisser approcher aussi près.

Lucy étouffa un petit rire.

— Tu crois vraiment que Dane t'aurait permis de le retenir ? C'était un citadin, certes, mais pas un lâche.

— Je n'ai pas dit une chose pareille.

— C'était un homme bon, gentil et solide, et qui savait ce qu'il voulait, articula Lucy la gorge nouée. Il est mort en essayant de t'aider à maîtriser ce cheval, mais c'était important pour lui et il ne t'aurait pas écouté si tu lui avais demandé d'arrêter.

Il repensa à son beau-frère. Lucy avait raison. Dane était aussi têtu que les autres membres de la famille, il était déterminé à construire sa vie sur le ranch. Il avait lutté contre les tentatives de Jesse et de Will pour le protéger, n'hésitant pas à leur lancer des défis dans son désir d'obtenir ce qu'il désirait le plus.

— Est-ce que je dois en vouloir à Dane, Jesse ? murmura-t-elle en cherchant son regard. Je le pourrais. Je pourrais dire que c'est sa faute, parce qu'il en faisait toujours trop. Il n'aurait pas dû se précipiter comme il l'a fait, mais il était tellement volontaire...

— Je suis désolé pour Dane, Lucy. Vraiment désolé, bredouilla-t-il avant de la prendre dans ses bras.

Sa petite sœur se blottit contre lui.

— Je sais que tu es désolé. Moi aussi je le suis. Mais la vie continue, Jesse, dit-elle en levant les yeux vers lui. Et, si tu ne te réveilles pas à temps, tu vas passer à côté de ta vie.

Il reprit son souffle et se sentit soudain plus léger.

— Mais il y a Brody, qu'il faut élever et aussi...

— Tu prévois de quitter le ranch ?

— Non, assura-t-il un peu surpris par la question.

— Alors tu seras présent pour Brody. Tout comme tu l'es déjà. Et tu peux être aussi présent pour Mac. Et Jillian. Et bon sang, Jesse, sois présent pour toi aussi, conclut-elle en fronçant les sourcils.

Jesse lui déposa un baiser sur le front.

— Depuis quand es-tu si autoritaire ?

— Depuis toujours, et tu le sais très bien, s'esclaffa-t-elle.

— C'est vrai, admit-il. Mais tu n'avais pas raison.

— J'ai toujours raison, le taquina Lucy. C'est juste que tu n'es pas prêt à le reconnaître.

Il l'enlaça de nouveau, puis la relâcha. La culpabilité resterait probablement toujours présente en lui, mais peut-être que, pour la première fois depuis la mort de Dane, Jesse osait la regarder en face. Tout ce que Lucy venait de dire résonnait en lui et peut-être que, s'il avait vraiment pris la peine d'y réfléchir depuis toutes ces années, il serait arrivé à cette conclusion plus tôt.

Dane avait vécu sa vie exactement comme il l'avait voulu. Il était temps pour Jesse d'aller chercher ce que lui voulait.

— Je suppose que tu n'es pas la pire sœur du monde...

— Merci du compliment, s'amusa-t-elle en lui glissant un bras autour de la taille alors qu'il se tournait vers la maison principale. Alors, tu as besoin d'un coup de main pour choisir la bague ?

Il plongea les mains dans ses cheveux qu'il s'amusa à ébouriffer.

— Encore une fois, fiche-moi le camp, petite sœur !

En fin d'après-midi, Jillian devait admettre qu'elle se sentait un peu mieux. Elle aurait dû se confier à Lucy plus tôt. Cette conversation avec la sœur de Jesse l'avait vraiment aidée à surmonter sa peine, sa colère. Peut-être que le simple fait de pouvoir parler de l'homme qu'elle aimait suffirait à l'aider à accepter qu'il soit sorti de sa vie.

Parce que, quoi qu'en dise Lucy, elle ne pouvait pas se permettre de passer sa vie à espérer un signe, à attendre que Jesse se manifeste.

— Jessiiie !

Jillian soupira en se tournant vers sa fille, assise sur le trottoir à côté d'elle. Devant la pâtisserie, Jillian peignait au pochoir sur la vitrine, essayant de trouver les motifs qui lui convenaient le mieux. Une fois ses essais terminés, elle contacterait un peintre d'enseignes professionnel pour les fixer de manière permanente.

— Pas aujourd'hui, ma chérie, murmura-t-elle machinalement, en levant les yeux vers la fenêtre. Les Gourmandises de Miss Mac. Voilà ton nom, Mackenzie. Tu es sur la vitrine et peut-être qu'on pourrait y ajouter un petit portrait de toi aussi. Et s'en servir comme logo, qu'en penses-tu ?

— Jessiiie !

Poussant un nouveau soupir, elle jeta un coup d'œil du côté de Mac. Sa petite fille scrutait le trottoir et, quand elle leva les yeux, elle vit Jesse qui se dirigeait vers elles.

Aussitôt, son cœur se mit à tambouriner dans sa poitrine. Elle respirait à peine. Il était tellement beau. Jean bleu, chemise blanche, veste en denim et... ce fameux chapeau noir qui ne manquait jamais de la faire chavirer.

Oh ! ce n'est pas vrai...

— Jessiiie !

Cette fois, Mac cria les deux syllabes en dévalant le trottoir en direction de son héros.

— Mac ! s'écria Jillian en ayant le réflexe de la suivre.

Mais elle n'avait pas à s'inquiéter. Jesse prit très vite la fillette dans ses bras et lui offrit un cheval en peluche.

— Maman ! Jessiiie ! Cheuh-veaux !

— Je vois ça, murmura-t-elle, devant les joues rosies de Mac qui couvait Jesse du regard.

Évidemment, elle sentit son cœur se serrer. Jesse ne faisait que compliquer les choses pour Mac. Il lui avait tellement manqué. Or il lui serait d'autant plus difficile de lui dire « au revoir » quand il disparaîtrait à nouveau.

— Jill, murmura-t-il en la déshabillant du regard, tu es magnifique.

— Non, pas du tout. Je suis un désastre.

Pourquoi diable avait-il fallu qu'il débarque maintenant ? Elle était en vieux jean et T-shirt, avec de la peinture blanche sur la joue et les cheveux en queue-de-cheval enfilés dans l'ouverture de sa casquette de base-ball.

— Que fais-tu ici, Jesse ?

Lucy lui aurait-elle parlé ? Lui avait-elle fait comprendre que sacrifier sa propre vie pour payer un drame dont il se pensait responsable était une ineptie ? Elle voulut espérer, mais elle avait trop peur. Elle avait trop souvent été déçue.

Il hocha la tête, fit une œillade à la petite fille dans ses bras, puis se retourna vers Jillian.

— Écoute, je comprends que tu ne sois peut-être pas contente de me voir en ce moment, mais j'ai quelque chose à te dire. Ensuite, si tel est ton désir, je m'en irai et je ne t'embêterai plus.

— Jesse, je crois qu'on s'est tout dit.

— Pas du tout, répliqua-t-il en faisant un pas vers elle. Quand tu m'as avoué que tu m'aimais, il y avait quelque chose que je ne pouvais pas me résoudre à te dire. Je suis décidé à le faire maintenant… Je t'aime, Jillian. Je t'aime tellement que je n'en reviens toujours pas.

Elle se balança sur place alors que ces quelques mots lui faisaient l'effet d'une gifle.

— Jesse…

— Et j'aime Mac comme si c'était ma propre fille.

— Jessiiie ! ronronna Mac en embrassant sa peluche, avant de caler sa tête contre l'épaule de Jesse, pour lui caresser la joue de sa petite main.

Elle se sentit un peu plus chavirer. Sa fille était heureuse. Comment pourrait-elle ne pas l'être, elle aussi ?

— Sans toi, je n'arrive plus à manger. Je n'arrive pas à dormir. Ma maison est vide et mon cœur l'est plus encore. Jill, jusqu'à ce que je te rencontre, je vivais une vie de zombie. Je te jure, il n'y avait que le travail et ma famille qui comptaient à mes yeux, assura-t-il d'une voix chevrotante. Et puis, je t'ai rencontrée et alors ma vie s'est remplie de couleurs, et de rires, Jillian. Tu sèmes la vie partout où tu passes et c'est cette vie-là que je veux, murmura-t-il en glissant une mèche de ses cheveux derrière son oreille. Avec toi. Et Mac. Et tous les bébés qu'on pourra faire ensemble.

— Des bébés ? répéta-t-elle ébahie.

— Bébés ! chantonna Mac en frappant dans ses petites mains.

Alors, Jesse sourit à la fillette en glissant une main dans la poche de son jean, dont il sortit un écrin de velours rouge foncé.

Jillian sursauta alors que des larmes lui embuaient les yeux. Bouche bée, elle retint son souffle.

— S'il te plaît, Jill, ouvre ce cadeau, car je ne veux pas poser notre fille…

« Notre fille. » Ces deux mots lui transpercèrent le cœur, et elle sentit un amour profond, immuable, monter en elle et l'entourer de la plus belle, de la plus naturelle des façons. Hésitante, elle ouvrit le petit écrin, jeta un coup d'œil à l'intérieur et sursauta de nouveau.

— Jesse…

— Je voulais t'offrir quelque chose de différent, chuchota-t-il. Quelque chose d'aussi rare que toi.

Elle fixa la bague sans sourciller. Un saphir étoilé, serti de diamants, étincelant de mille feux dans la lumière du jour. Finalement, elle leva les yeux vers lui et y trouva enfin ce qu'elle désirait y voir.

De l'amour.

— Je suis passé à la bijouterie en venant ici. Je ne voulais pas arriver les mains vides. Je t'aime, Jill, lâcha-t-il simplement. J'aime Mac. Je veux l'adopter officiellement, si tu veux bien me…

— Jesse, susurra-t-elle en posant une main sur sa bouche.

— Mon père voulait nous adopter, Lucy et moi, mais maman trouvait ça injuste par rapport à notre père biologique. Donc, si tu préfères que Mac garde…

— Je pense que Mackenzie Navarro sonne parfaitement bien.

Le sourire de Jesse s'élargit.

— Moi aussi. Et je veux que tu deviennes ma femme et que tu restes à mes côtés pour toujours. Aide-moi à construire ma vie, Jillian. Et laisse-moi t'aider à construire l'avenir dont tu as toujours rêvé.

D'un geste lent, elle sortit l'anneau de son lit de velours, puis le glissa à son doigt. Jesse la regarda droit dans les yeux avant de chuchoter :

— Je ne te laisserai jamais tomber, Jillian. Je serai avec toi. Toujours.

Des larmes lui picotèrent à nouveau les yeux, et son cœur se mit à battre si fort dans sa poitrine qu'elle crut tomber à la renverse.

Puis il lui prit la main et déposa un baiser sur la bague pour sceller une promesse entre eux.

— Je t'aime, Jesse, déclara-t-elle enfin. Je crois que je t'aime depuis le début. Et je sais que je t'aimerai toujours.

Elle contempla sa petite fille, pelotonnée si confiante dans les bras de cet homme, un sourire béat sur son petit visage.

— Et Mac t'aime aussi. Tu es exactement le père qu'elle mérite.

— Donc c'est oui ? demanda-t-il.

— C'est oui sans la moindre hésitation ! confirma Jillian en se lovant au creux de ses bras. Je deviendrai ton épouse, Jesse. Et Mac et moi t'aimerons pour toujours.

— Grâce au ciel, soupira Jesse.

— Grassossiel ! répéta Mac de sa petite voix.

— Mac, s'esclaffa Jillian.

Jesse s'accrocha à elles en riant. Cette fois, ils formaient une vraie famille. Il déposa un baiser sur le front de Mac et, quand Jillian pencha son visage vers le sien, il captura ses lèvres, s'attardant juste assez longtemps pour lui faire comprendre combien elle lui avait manqué.

— Je t'aime, répéta-t-il, soutenant son regard pour lui permettre de mesurer à quel point il était sincère.

Ivre de bonheur, elle lui prit la joue dans la paume de sa main et chuchota :

— Moi aussi, je t'aime, Jesse.

Tandis que Royal s'agitait sur les trottoirs autour d'eux, tous trois s'enlacèrent devant la pâtisserie où le rêve avait pris sa source.

Sans la quitter du regard, Jesse promit :

— Je vous ai retrouvées, mes princesses, et je vous jure que je ne vous laisserai jamais tomber.

ANDREA LAURENCE

Sous le charme d'une intrigante

Traduction française de
ADELINE EVENS

PASSIONS

HARLEQUIN

Titre original :
RAGS TO RICHES BABY

Ce roman a déjà été publié en 2019.

1

— « Et à Lucy Campbell, mon assistante et amie, je lègue le reste de ma fortune, qui comprend le solde de mes comptes, mes avoirs financiers, ainsi que la totalité de mes effets personnels, ma collection d'objets d'art et mon appartement de la Cinquième Avenue. »

Quand le notaire eut terminé la lecture du testament d'Alice Drake, un silence de plomb tomba sur l'assistance. À tel point que Lucy se demanda si les membres de la famille Drake n'étaient pas tous morts, foudroyés par la nouvelle. Elle s'attendait presque à ce que le notaire se mette à sourire avant d'annoncer à l'assemblée qu'il s'agissait d'une vaste plaisanterie.

Mais, non, apparemment le notaire était très sérieux.

Pour autant, Lucy n'en croyait pas ses oreilles. Sans être experte en immobilier, elle pouvait facilement estimer que l'appartement d'Alice valait au moins vingt millions de dollars. Situé en face du Metropolitan Museum of Art, il comportait quatre chambres et, surtout, il abritait une magnifique collection d'une douzaine de toiles de maîtres, dont un Monet. Lucy n'avait absolument pas les moyens de vivre dans un endroit aussi luxueux. Elle n'osait imaginer les charges d'un tel appartement.

Une voix glaciale brisa enfin le silence pour exprimer tout haut ce que tout le monde pensait tout bas.

— Vous voulez rire, j'imagine ?

Lucy dirigea son regard vers la personne qui avait parlé. C'était Oliver, le frère de son amie Harper Drake. Harper, grâce à qui elle avait trouvé ce travail d'aide à domicile auprès d'Alice Drake, sa grand-tante. Mais bien qu'elle ait travaillé cinq ans pour Alice, jamais Lucy n'avait encore rencontré Oliver.

Dommage, songea-t-elle : Oliver était vraiment un très bel homme. Même si les circonstances ne s'y prêtaient pas tellement, elle ne put s'empêcher de l'admirer. Assise en face de lui, elle l'avait remarqué dès qu'il était entré dans la pièce. Harper, sa sœur, était une jolie jeune femme, mais chez Oliver les mêmes traits aristocratiques prenaient une autre dimension. Tous deux avaient de beaux cheveux bruns ondulés, des pommettes saillantes et un menton bien marqué, mais Oliver avait en plus hérité des yeux bleu-gris et du grand front de son père. Ses lèvres étaient plus minces que celles de sa sœur, à moins que cet effet soit à mettre sur le compte de la tension imputable aux circonstances.

Il posa son regard sur elle, et un agréable frisson la parcourut tout entière. Troublée, elle sentit ses joues s'empourprer et se tortilla sur sa chaise pour dissiper son malaise. Était-ce le choc de la nouvelle, ou bien l'attirance qu'elle ressentait pour cet homme, toujours est-il qu'elle trouva soudain qu'il faisait très chaud dans la pièce. Elle déboutonna discrètement le haut de son chemisier et prit une longue inspiration.

Grand mal lui en prit, car une odeur poivrée d'eau de toilette masculine gagna ses narines, accroissant plus encore son trouble.

Ces dernières années, elle avait passé presque tout son temps au chevet d'une vieille dame de plus de quatre-vingt-dix ans, et voilà que le premier homme qu'elle croisait lui faisait perdre tous ses moyens. Il fallait qu'elle se reprenne : elle était ridicule. Le moment était mal choisi pour se laisser aller à ce genre de divagations, d'autant plus que l'homme en question était loin de lui vouloir du bien. Elle ferma les yeux un instant et quand elle les rouvrit, elle fut soulagée de constater qu'Oliver avait reporté son attention sur le notaire.

Oui, elle se serait souvenue de lui s'il était passé chez sa grand-tante. Elle ne l'avait jamais vu. Pas plus que toutes les personnes rassemblées aujourd'hui, apparues comme par magie au moment du décès d'Alice, envahissant soudain son appartement. Elle reconnut certains d'entre eux d'après les photos posées sur la cheminée. Autant qu'elle sache, jamais aucun d'eux n'avait rendu visite à la vieille dame de son vivant. Elle avait vécu jusqu'à quatre-vingt-treize ans et, jusqu'au bout, avait gardé un esprit vif et libre, même si elle ne sortait plus depuis de nombreuses années. Vieille dame excentrique, elle pouvait se montrer dérangeante. Lucy elle-même ne la suivait pas toujours dans ses idées, et elle pouvait comprendre que sa famille se soit un peu éloignée d'elle.

Mais à voir leurs mines abattues et perplexes, ils devaient être loin d'imaginer que Lucy avait pris autant d'importance dans la vie de leur vieille tante.

— Sérieusement, Phillip, c'est une plaisanterie, n'est-ce pas ?

Thomas Drake, le père de Harper et d'Oliver, neveu d'Alice, avait pris le relais. Il ressemblait comme deux gouttes d'eau à son fils ou, plutôt, c'était l'inverse. Mêmes traits taillés à la serpe, même barbe distinguée, qui ne dissimulait en rien l'expression de colère sur son visage. La seule différence était la couleur des cheveux, poivre et sel chez le père.

Phillip Glass, notaire et exécuteur testamentaire d'Alice, secoua la tête, l'air sombre. Il n'avait pas du tout l'air d'un homme qui plaisantait.

— Non, Thomas, je suis désolé, mais je suis très sérieux. J'ai longuement discuté avec Alice quand elle a décidé de modifier son testament il y a quelques mois. J'espérais qu'elle en parlerait avec vous, mais je constate qu'elle ne l'a pas fait. Chacun d'entre vous recevra la somme de cinquante mille dollars, mais tout le reste reviendra à Lucy. Alice a été très claire là-dessus.

— Elle n'avait plus toute sa tête, dit une femme à l'air revêche à l'autre bout de la table.

— C'est faux, elle n'a jamais perdu la tête ! protesta Lucy.

Elle ne supportait pas qu'on attaque la vieille dame. Celle-ci avait le cœur fatigué, adorait le vin et la bonne chère, mais elle était restée lucide jusqu'au bout. Elle était même plutôt en forme, vu son grand âge.

— De qui vous moquez-vous ? dit la femme. Il est évident

qu'elle avait complètement perdu le sens commun quand elle a refait son testament.

— Qu'en savez-vous ? répliqua Lucy. Vous ne veniez jamais la voir. Je me suis occupée d'elle pendant cinq ans et, toutes ces années, je n'ai jamais vu aucun d'entre vous lui rendre visite ! Vous ne preniez jamais de ses nouvelles. J'estime que je la connaissais beaucoup mieux que vous. Et c'est seulement maintenant que vous vous manifestez, pour réclamer votre part du gâteau.

Harper posa la main sur l'avant-bras de son amie.

— Calme-toi, Lucy. On est tous pris de court par la nouvelle. Une fois la surprise passée, tout le monde se ressaisira, j'en suis sûre.

— Il est hors de question d'accepter ! vitupéra la femme. Je ne comprends pas comment tu peux prendre sa défense, Harper. Cette domestique nous vole littéralement notre héritage sous nos yeux, et tu comptes la laisser faire ?

— Domestique ? répéta Harper avant que Lucy puisse répondre.

La colère de Harper était montée d'un cran, le ton n'était plus à l'apaisement.

— Tu vas t'excuser tout de suite, Wanda. Je ne t'autorise pas à traiter mon amie de domestique. De toute évidence, elle était beaucoup plus qu'une employée pour Alice. Je te demande de la traiter avec respect, comme n'importe quelle personne présente ici.

Lucy, qui ne savait plus où se mettre, baissa les yeux. Elle était extrêmement gênée de se trouver au cœur de cette dispute familiale. Ces derniers jours avaient été très éprouvants. C'était elle qui avait trouvé le corps sans vie d'Alice et qui s'était occupée d'organiser les obsèques. Et aujourd'hui elle n'avait plus rien. C'était le risque de ce métier : en perdant son employeur, elle perdait non seulement son travail, son logement, mais aussi une amie.

Comment aurait-elle pu imaginer en venant ici ce matin qu'elle serait l'héritière principale d'Alice et qu'elle s'attirerait les foudres de toute une famille ? Elle pensait qu'Alice lui aurait laissé une petite somme d'argent pour lui permettre de survivre en attendant de trouver un nouveau travail et un nouveau logement. Elle n'avait aucune idée de la fortune d'Alice mais, à voir la réaction de la famille, ses biens devaient se compter en millions.

Pour la petite fille de milieu modeste qu'elle était, étudiante boursière, c'était trop d'un coup. Surtout quand elle devait soutenir le regard bleu acier d'Oliver. Elle avait l'impression qu'il voyait à travers elle, jusqu'à son âme. Elle frissonnait de se sentir ainsi mise à nue par un inconnu — tout en étant fière d'être l'objet d'une telle attention. Mais elle réprima très vite ce sentiment. S'il la fixait ainsi, c'était uniquement pour mieux trouver la faille en elle et l'attaquer. Ce n'était pas parce qu'il était le frère de Harper qu'il était son ami. Loin de là.

Le charme fut définitivement rompu quand Oliver se tourna vers sa sœur.

— Je sais que c'est ton amie, Harper, mais reconnais qu'il y a quelque chose de louche dans cette histoire.

La voix grave d'Oliver ramena Lucy à la réalité. Il la regardait avec insistance.

— Louche, comment ça ? dit-elle.

— Je ne peux vous blâmer d'avoir cherché à influencer ma tante pour qu'elle vous laisse quelque chose. C'est de bonne guerre. Vous étiez seule avec elle toute la journée. Vous aviez tout loisir de la manipuler en lui faisant croire que c'était elle qui prenait la décision.

Oliver ne la lâchait pas du regard tandis qu'il formulait ses accusations. C'était comme s'il la clouait sur le dossier de son fauteuil en cuir.

— Comment pouvez-vous dire une chose pareille ? s'exclama-t-elle. Je n'avais aucune idée de sa fortune. Jamais nous n'avons parlé d'argent. Pas une seule fois en cinq ans. Je ne savais même pas pourquoi le notaire m'avait demandé de venir aujourd'hui.

— Permettez-moi d'en douter, intervint Wanda.

— S'il vous plaît, tempéra Phillip. Je comprends que ces dispositions soient un choc pour vous. J'aimerais pouvoir arranger les choses, croyez-moi, mais les faits sont là, et la volonté d'Alice est claire. Vous êtes libres de prendre un avocat si vous voulez porter l'affaire devant les tribunaux, mais en ce qui me concerne, nous en resterons là. Lucy est bien la principale héritière de la fortune d'Alice.

Wanda repoussa son siège et saisit son sac Hermès d'un geste plein d'emphase.

— Il va sans dire que je vais appeler mon avocat, dit-elle en se dirigeant vers la porte. Toute cette fortune ! Quel gâchis !

Le reste de la famille lui emboîta le pas, et bientôt il ne resta plus dans la pièce que Harper, Lucy et Phillip.

— Je suis désolé de la tournure des événements, Lucy, dit le notaire. Alice aurait dû préparer sa famille ; il est assez compréhensible qu'ils soient choqués. Elle a sans doute préféré ne rien leur dire pour éviter qu'ils fassent pression sur elle afin qu'elle renonce à son idée. Mais avec autant d'argent en jeu, je m'attendais à cette réaction. Ils vont faire appel. Ce qui signifie que vous ne pourrez pas vendre l'appartement et que tous les comptes seront bloqués jusqu'à ce qu'un jugement soit prononcé. Mais Alice a stipulé dans ses dernières volontés que les charges de l'appartement continueraient à être payées par l'argent de ses comptes courants, ainsi que votre salaire et celui de la femme de ménage. Donc vous n'avez pas de souci à vous faire. Je ferai en sorte de mettre l'argent nécessaire à disposition pour régler ces frais, mais en attendant le procès, ne soyez pas trop dépensière.

En son for intérieur, Lucy songea qu'il n'y avait pas trop de risques de ce côté-là. À l'université de Yale, parmi ses très riches amies, elle avait toujours été le petit écureuil du groupe, celle qui devait surveiller chacune de ses dépenses. Grâce à Dieu, ses compagnes de chambre, Violet, Emma et Harper l'avaient toujours considérée comme leur égale.

— Je doute que Wanda donne suite, dit Harper. Elle fait beaucoup de bruit, mais quand il s'agira de payer un avocat, elle laissera tomber. Comme tous les autres d'ailleurs. Je suis sûre qu'ils vont laisser faire Oliver.

Lucy se rembrunit.

— Ton frère avait l'air vraiment contrarié. Tu n'as pas peur qu'il s'en prenne à toi ?

Harper secoua la tête.

— Non, il ne va pas se casser la tête. Il va mettre l'affaire entre les mains d'un avocat. Mais attends-toi à le voir débarquer à tout moment dans l'appartement, histoire de t'impressionner. C'est un homme d'affaires redoutable, il saura exploiter la moindre faille.

La première réaction de Lucy fut de se dire qu'elle se moquait complètement d'une éventuelle visite d'Oliver. Puis, en y réfléchissant, elle songea qu'elle ferait bien de rester sur ses gardes. Oliver était très séduisant, certes, mais ses intentions à son égard étaient loin d'être bienveillantes. Il était déterminé à passer outre les dernières volontés d'Alice et il allait tout mettre en œuvre pour y parvenir. De son côté, quand bien même elle engagerait jusqu'à son dernier centime dans la bataille, elle ne pèserait pas bien lourd face à un homme de son acabit. Ce serait une perte de temps et d'argent. Elle était pauvre et resterait à sa place de pauvre. Et les riches à leur place de riches. Comme toujours depuis que le monde est monde.

Ses pensées la ramenèrent à la question qu'elle n'avait pas osé poser devant toute la famille.

— Phillip, Alice et moi ne parlions jamais d'argent. À combien exactement s'élève sa fortune ?

Phillip farfouilla dans ses documents, et déglutit avant de répondre.

— Eh bien, il semble qu'entre l'appartement, ses investissements divers, les comptes courants et les biens personnels, votre héritage se monte à environ cinq cents millions de dollars.

Lucy regarda le notaire d'un air incrédule.

— Je… Excusez-moi, mais… Je crois que j'ai mal entendu. Pouvez-vous répéter ?

Harper prit la main de Lucy et la serra très fort.

— Tu as bien entendu, Lucy. La fortune de tante Alice s'élève à un demi-milliard de dollars, et elle te l'a léguée presque entièrement. Je sais que c'est difficile à croire pour toi, mais toutes mes félicitations. Tout cet argent n'aurait pas pu tomber en de meilleures mains.

La gorge serrée, Lucy fut incapable d'articuler le moindre

mot. Elle n'en croyait pas ses oreilles. La chance n'avait jamais été de son côté. C'était un rêve, et elle allait se réveiller. Un demi-milliard ? Pas étonnant que la famille d'Alice l'ait mal pris.

La petite aide à domicile était devenue multimillionnaire.

C'était donc elle, la fameuse Lucy Campbell.

Oliver avait entendu parler d'elle depuis des années par sa sœur, et aussi par sa tante, dans ses mails. Pour quelque obscure raison, il s'attendait à ce qu'elle soit plus jolie. La jeune femme qu'il avait vue avait des cheveux d'un châtain banal, ses ongles n'étaient pas manucurés et ses yeux trop grands lui mangeaient le visage. Et il était certain que les jolis vêtements qu'elle portait lui avaient été donnés par Harper.

Finalement, elle était très ordinaire et n'était pas à la hauteur de sa réputation. Tante Alice, qui était quelqu'un qui ne se laissait pas facilement impressionner, ne tarissait pas d'éloges à propos de Lucy. À une époque, il avait envisagé de rendre visite à sa tante pour rencontrer la jeune femme, par curiosité. Finalement, il ne l'avait pas fait. Peut-être aurait-il été déçu.

Elle avait des taches de rousseur. Des vraies. Il n'avait jamais vu quelqu'un qui en avait autant. Chez le notaire, il avait même réussi à se calmer en essayant de compter les petits points sur son nez et ses joues. Il n'était pas arrivé au bout. Combien pouvait-elle en avoir ? En avait-elle aussi sur les épaules. Sur la poitrine ? Il s'était arrêté à trente-deux.

Ensuite, il avait essayé de se concentrer sur la conversation. Quand il avait reposé les yeux sur elle, l'intensité de son regard l'avait mis mal à l'aise. Mais, fasciné et gêné, il n'avait pu détacher ses yeux de son visage. Ces grands yeux de biche qui le fixaient avec innocence, implorants, avaient provoqué en lui une réaction de rejet, et il s'était adressé à elle sur un ton qui l'avait surpris lui-même.

Après tout, il lui prêtait plus d'attention qu'elle le méritait. Elle n'était qu'une petite employée sournoise et menteuse qui n'avait agi que par intérêt, exactement comme sa belle-mère, il en était certain. Harper n'y avait vu que du feu, tout comme Alice. Mais lui avait compris son manège. Comme quand son père était tombé amoureux de Candace, attiré par sa beauté flamboyante comme un papillon par la lumière. Lui avait su voir derrière les apparences.

Oui, Lucy était plutôt mignonne dans son genre. Seulement mignonne, rien d'extraordinaire. Elle n'arrivait pas à la cheville des jeunes femmes élégantes avec qui il sortait dans les soirées branchées de Manhattan. Elle ressemblait plutôt à la petite serveuse du café du coin à qui il laissait des pourboires parce qu'elle lui servait son café avec un peu plus de mousse.

C'était ça. Lucy était jolie, sans plus.

Il l'imaginait mal fréquenter le gratin de New York. Il y avait les riches, ceux de toujours, et puis ceux qui l'étaient devenus par hasard et qui n'étaient pas faits pour ça. Comme les gagnants de la loterie. Sur un coup de chance, ils se retrouvaient à la tête d'une fortune, mais cela ne changeait rien à ce qu'ils étaient, ni à leurs origines. Oliver était certain que Lucy, malgré ses millions, ne serait jamais acceptée par la haute société new-yorkaise.

Sa belle-mère, Candace, était différente. Elle était jeune et belle, avait le maintien d'une danseuse. Avec son sourire lumineux et sa grâce naturelle, elle s'était parfaitement intégrée à l'élite que fréquentait son père. Elle en connaissait tous les codes, et son père n'avait pas résisté.

Levant les yeux, Oliver s'aperçut que son chauffeur se garait devant l'immeuble de son bureau. Il avait dû interrompre sa journée de travail pour ce rendez-vous chez le notaire, et il en sortait avec à peine cinquante mille dollars. Il avait l'impression d'avoir perdu son temps.

— Merci Harrison.

Il descendit de la berline noire devant le siège d'Orion. Ses yeux s'arrêtèrent un instant sur la plaque en cuivre sur laquelle figurait la raison sociale de l'entreprise fondée par son père dans les années 1980. Tom Drake avait été un pionnier des ordinateurs personnels. Quelques années plus tard, au tournant du millénaire, un ordinateur sur cinq acheté dans le monde était un Orion.

Puis Candace était arrivée, et tout s'était écroulé.

Poussant les portes tournantes, Oliver traversa le hall en marbre et se dirigea vers son ascenseur privé. Le siège de la société Orion occupait les trois derniers étages de l'immeuble de quarante étages qu'il avait acheté six ans plus tôt. Il passa son badge dans la fente, et l'ascenseur s'éleva silencieusement, effaçant en un éclair les trente-neuf étages jusqu'aux bureaux de la direction.

La production et l'expédition étaient installées dans des entrepôts situés à environ vingt-cinq kilomètres de New York, dans le New Jersey. Là, ordinateurs de toutes tailles, tablettes et smartphones produits par sa société étaient assemblés puis expédiés dans les magasins à travers tout le pays.

Dans le milieu, tout le monde leur avait dit que produire aux États-Unis au lieu de délocaliser en Asie ou au Mexique était une folie. Qu'ils baisseraient leurs coûts de fabrication et augmenteraient considérablement leur marge en s'installant à l'autre bout du monde. Et qu'ils devraient déplacer leurs centres d'appel en Inde, comme tous leurs concurrents.

Oliver n'avait pas écouté ces conseils et, heureusement, il avait été soutenu par ses collaborateurs et son conseil d'administration. Cela avait été du quitte ou double. Soit il réussissait, soit son père reprenait les rênes de l'entreprise. Mais avec beaucoup d'innovation, de travail et aussi un peu de chance, il avait réussi.

Les portes de l'ascenseur s'ouvrirent, et Oliver traversa le couloir feutré jusqu'à son bureau qu'il occupait depuis six ans. Il avait remplacé son père quand Candace avait quitté Tom Drake et que celui-ci avait décidé de se retirer pour s'occuper de leur fils qui n'avait que deux ans à l'époque.

Oliver était consterné de voir son père brisé par le chagrin et la honte, mais jamais il n'avait osé lui dire que dès qu'il avait vu Candace il avait su que leur histoire finirait mal. Dès les premiers instants, il avait compris qu'elle ne lui apporterait que des problèmes.

Lucy était faite de la même pâte, c'était évident, sauf qu'au lieu de séduire un veuf elle s'était attaquée à une vieille dame riche sans héritiers directs.

Sa tante Alice avait toujours été une personnalité originale ; il appréciait sa compagnie depuis son enfance. Quand elle avait décidé de ne plus sortir de son appartement new-yorkais, Oliver lui avait offert un ordinateur portable et lui avait configuré une adresse électronique pour qu'ils puissent communiquer facilement. Ainsi, il respectait son choix de vivre dans la solitude, tout en gardant le contact.

Aujourd'hui, il le regrettait. Il s'en était remis à l'avis de Harper. Il s'était laissé aveugler par la confiance totale qu'elle avait en son amie. S'il était passé voir sa tante de temps en temps, s'il s'était rendu compte des relations qu'entretenaient Lucy et Alice, il aurait peut-être pu arrêter les choses à temps.

Contrarié, Oliver ouvrit la porte du secrétariat d'un coup sec et tomba sur son assistante.

— Tout va bien, monsieur Drake ? demanda Monica en ouvrant de grands yeux étonnés.

Oliver se ressaisit. Il ne devrait pas perdre ainsi son sang-froid devant ses collaborateurs. Ce n'était pas bon, les émotions étaient mauvaises conseillères. Son père en avait fait les frais : il avait failli couler l'entreprise.

— Ça va, Monica, excusez-moi.

— Je suis désolée pour votre tante. J'ai lu un article sur elle dans le journal. Ils disent qu'elle était enfermée dans son appartement depuis plus de vingt ans. C'est vrai ?

Oliver soupira. Sa tante avait toujours suscité beaucoup d'intérêt de son vivant. Même morte, cela continuait.

— Non, depuis dix-sept ans seulement.

Monica semblait tout de même impressionnée.

— J'imagine mal qu'on puisse rester enfermé si longtemps.

— Elle avait un très bel appartement, expliqua Oliver. Elle ne souffrait pas de cet enfermement. C'était un choix.

— Allez-vous hériter ? Je sais que vous étiez très proche d'elle. Et dans l'article, ils disent qu'elle n'avait pas d'enfants.

En toute logique, c'était ce qui aurait dû se passer. Mais depuis cet après-midi, tout avait changé. Tante Alice ne s'était jamais mariée et n'avait jamais eu d'enfants. Tout le monde dans leur entourage pensait que Harper et lui hériteraient du plus gros de la fortune d'Alice. Oliver n'avait pas besoin de son argent ni de son appartement, dont le style était un peu trop solennel à son goût. Mais il ne supportait pas qu'une jeune inconnue se soit immiscée dans la famille et leur vole un héritage qui leur revenait.

Surtout une jeune femme avec de grands yeux de biche et des taches de rousseur, qu'il n'arrivait plus à chasser de son esprit depuis tout à l'heure.

— Je pense, oui, mais on ne sait jamais. Ne me passez personne, entendu Monica ?

Monica acquiesça de la tête tandis qu'il refermait la porte de son bureau derrière lui. Il n'était pas d'humeur à parler. Il avait annulé tous ses rendez-vous de l'après-midi, pensant qu'il aurait besoin de temps pour discuter avec sa famille après l'ouverture du testament. Au lieu de ça, après le coup de tonnerre provoqué par Lucy, tout le monde était parti précipitamment.

Il avait suivi le mouvement et il avait bien fait. Plus il restait en compagnie de la charmante Mlle Campbell, plus il était intrigué. C'était ridicule. S'il l'avait croisée dans la rue, il ne l'aurait même pas regardée. Mais la voir assise en face de lui, de l'autre côté de la table, à le regarder comme s'il tenait son destin entre ses mains…

Il devait se ressaisir avant de faire une bêtise.

Il prit son téléphone dans sa poche et vérifia l'écran avant de le jeter d'un geste brusque sur son bureau. Harper avait essayé deux fois de le joindre, mais il avait coupé la sonnerie. Elle voulait sans doute essayer de le dissuader de contester le testament. Le moins que l'on puisse dire, c'est qu'ils n'étaient pas du tout sur la même longueur d'onde au sujet de Lucy et de l'héritage.

Oliver s'installa dans son fauteuil, le fit pivoter côté baie vitrée et se plongea dans la contemplation de la vue imprenable sur la ville. Son bureau donnait sur l'ouest et le nord. Dans une petite heure, il pourrait admirer le coucher de soleil sur l'Hudson. Il en prenait rarement le temps, toujours plongé dans des dossiers ou occupé à griffonner de nouvelles idées sur un *paperboard*. Son esprit était sans cesse sollicité, ce qui lui convenait très bien. S'il était occupé, cela signifiait que l'entreprise avançait et prospérait.

Le temps libre, il ne connaissait pas vraiment et, quand il en avait, il ne savait pas comment l'occuper. Il avait une seule passion, le jardinage, qui lui permettait d'évacuer son stress. Il avait parfois des rendez-vous amoureux, souvent par l'entremise de Harper, mais jamais rien de sérieux.

Il ne pouvait s'empêcher de voir l'ombre de Candace dans chaque femme qui lui souriait en battant des cils. Il savait qu'il avait tort, que le monde était rempli de jeunes femmes qui gagnaient très bien leur vie et qui s'intéressaient à lui pour autre chose que son argent et son prestige. Mais il ne savait pas comment leur parler.

Pourtant, aujourd'hui, il avait remarqué une chose : Lucy ne lui avait pas souri et n'avait pas non plus essayé de le charmer en battant des cils. Il avait même noté une lueur de défiance dans ses grands yeux bruns au moment où elle l'avait regardé pour la première fois. Son nez mutin s'était légèrement tordu. À la vérité, aucune femme ne l'avait regardé comme elle l'avait fait en cet instant. Comme si elle avait senti autre chose, au-delà de son eau de toilette de grand parfumeur.

Au début, son attitude l'avait amusé. En tout cas, jusqu'à la lecture du testament. Quand il avait réalisé qui elle était et ce qu'elle avait fait, il avait eu beaucoup moins envie de rire.

Harper croyait à cent pour cent à l'innocence de Lucy. Elles étaient très amies depuis l'université. Harper était sans doute la personne qui la connaissait le mieux, et d'habitude il écoutait ce qu'elle disait comme parole d'évangile. Mais justement, n'était-elle pas trop proche de Lucy ? Et donc aveuglée par leur amitié, comme son père avait été aveuglé par son amour pour Candace ? Et dans les deux cas, des sommes considérables étaient en jeu.

Même la plus honnête des personnes pouvait être tentée de piocher dans la caisse. Alice avait quatre-vingt-treize ans. Lucy avait dû la regarder avec ses grands yeux tristes et lui raconter son histoire de petite fille pauvre, ou lui dire qu'elle avait besoin d'argent. Et la vieille dame s'était laissé amadouer. Lucy avait peut-être pris la place de l'enfant qu'elle n'avait jamais eu. Elle avait peut-être eu l'intention de ramasser juste un peu d'argent au passage, mais son plan avait tellement bien marché qu'Alice lui avait finalement tout légué.

Quoi qu'il en soit, peu importait la manière dont les choses s'étaient passées. Lucy avait manipulé sa tante, et il avait bien l'intention de confondre cette intrigante. Il était quand même question d'un demi-milliard de dollars, pas juste de quelques petites cuillères en argent ou de vases de Chine. Il allait se battre pour récupérer cet héritage. Ne serait-ce que pour la mémoire de sa tante.

Avec un soupir, il décrocha son téléphone et composa le numéro de son avocat. Maudite soit Lucy Campbell et ses taches de rousseur. Elle ne ferait pas le poids face à son armée de redoutables avocats.

2

Le lendemain, Lucy se réveilla avec une sensation désagréable, comme si un poids lui appuyait sur la poitrine. C'était comme ça depuis qu'elle avait retrouvé Alice morte dans son lit et que toute sa vie en avait été bouleversée. Découvrir qu'elle était sur le point de devenir millionnaire et que toute la famille d'Alice la détestait n'avait pas arrangé les choses. Et c'était même pire depuis qu'elle avait parlé avec Phillip.

La famille ne manquerait pas de contester le testament, et la succession risquait de rester bloquée jusqu'à ce qu'un accord entre les parties soit trouvé. D'après Phillip, cela pouvait prendre plusieurs semaines, voire plusieurs mois. Les avocats d'Oliver allaient essayer par tous les moyens de faire annuler le testament. Quitte à traîner dans la boue la mémoire de sa « chère tante » s'il le fallait. Quitte à la salir elle aussi. Soit Alice n'avait plus toute sa tête au moment où elle avait rédigé ses dernières volontés — et d'aucuns diraient même qu'elle n'avait jamais eu les idées bien claires —, soit Lucy l'avait manipulée.

L'idée qu'elle pouvait refuser l'héritage traversa l'esprit de Lucy. Était-ce envisageable ? Évidemment, tout cet argent était plus que tentant, mais si elle devait pour cela être broyée par la famille d'Alice, elle se sentait prête à renoncer. Elle n'avait pas manipulé la vieille dame, et celle-ci n'était pas folle. Elle avait simplement décidé que sa famille avait assez d'argent et n'avait pas besoin de sa fortune en plus. Elle n'en avait parlé à personne, sauf à Phillip. Lui avait-elle donné les raisons de son choix ? On ne le saurait jamais.

Alice était une personne hors norme. Elle ne quittait plus son appartement mais avait plein d'histoires incroyables à raconter. Elle aimait parler de sa jeunesse, et du plaisir d'être à contre-courant — surtout vis-à-vis de sa famille. Si elle pouvait les voir depuis là où elle était, elle devait être sûrement ravie de la panique qu'elle avait provoquée, et la réaction de Wanda, en particulier, avait dû beaucoup l'amuser.

En attendant que la situation se tasse, Lucy se sentait perdue. Qu'allait-elle faire de son temps, désormais ? Elle continuerait de recevoir son salaire, était logée et nourrie gratuitement. Après les obsèques, elle avait essayé de réfléchir à la façon dont elle pourrait reprendre le cours de sa vie là où il s'était arrêté. Il lui restait un an d'études à Yale pour terminer son cursus d'histoire de l'art et obtenir son diplôme. Si elle arrêtait maintenant, les quatre années passées à l'université seraient perdues.

Comme elle était logée chez Alice, elle avait pu mettre de côté tout son salaire et avait économisé assez d'argent pour envisager de repartir dans le Connecticut et de terminer ses études. Ensuite, avec les contacts qu'elle avait établis dans le milieu de l'art pendant ses années d'études, et aussi grâce à Alice, elle espérait trouver un travail dans un grand musée.

L'amour de l'art avait beaucoup contribué à rapprocher Alice et Lucy. Pour être honnête, quand Lucy avait été embauchée, elle n'avait aucune expérience dans l'aide à la personne, mais ce n'était pas vraiment ce que cherchait Alice. Elle avait besoin d'une compagne, de quelqu'un avec qui parler, qui l'aide à maintenir le contact avec l'extérieur. Et entre autres choses quelqu'un qui aille voir les expositions, qui assiste aux vernissages et aux ventes aux enchères. C'est dans ces occasions que Lucy, grâce à la réputation d'Alice, avait pu rencontrer de nombreux acteurs importants du monde de l'art. Et elle avait bien l'intention de mettre à profit ce réseau lorsqu'elle chercherait du travail.

Installée devant son ordinateur, Lucy s'était attelée à son dossier de réinscription à Yale, mais elle n'arrivait pas à se concentrer. Son regard se promenait dans la pièce, se posait sur tous les objets qui décoraient l'appartement et qui allaient bientôt être à elle. Jamais elle n'aurait imaginé être un jour propriétaire d'un appartement aux plafonds ornés de magnifiques moulages faits à la main, incrustés de motifs floraux. Ni d'une galerie de tableaux qui aurait pu remplir une aile du Met ou du MoMA. Tout cela était très beau, mais cela ne la concernait pas.

Aujourd'hui, tout était différent. Cela la concernait. Tout comme son dossier d'inscription. On était en septembre. Si l'affaire de l'héritage allait devant les tribunaux, elle serait obligée de reporter son inscription au semestre suivant. Phillip lui avait demandé de rester à New York pour l'instant, même si elle ne voulait pas garder l'appartement. Il craignait que des membres de la famille viennent l'occuper et lui compliquent la tâche pour le vendre.

Cela voulait dire que les quelques cartons qu'elle avait commencé à empiler dans un coin allaient rester là un bon moment et qu'elle ne serait pas à Yale en janvier.

Tout cela parce que la famille d'Alice était vent debout contre elle.

Soudain, la sonnette de la porte d'entrée retentit, tirant Lucy de ses pensées. Elle enregistra son dossier, éteignit l'ordinateur et gagna la porte. Ce devait être une personne qui figurait sur la liste des visiteurs, sinon le portier ne l'aurait pas laissée entrer. Elle espérait que c'était Harper, mais un coup d'œil dans le judas la détrompa.

C'était son frère, Oliver Drake.

Machinalement, Lucy se lissa les cheveux puis ouvrit la porte. Oliver portait un costume de grand couturier, comme il devait en posséder des dizaines. Celui-ci était bleu marine. C'était plus seyant que le noir qu'il portait la veille chez le notaire. Le bleu rappelait la couleur de ses yeux et rehaussait élégamment les mèches dorées qui striaient sa chevelure brune.

Elle stoppa là ses observations, se concentrant sur son sourire qu'elle trouva mitigé. Ce n'était visiblement pas une visite amicale, aussi prit-elle les devants.

— Oliver, ravie de voir que vous avez trouvé le chemin de l'appartement. Entrez, je vous en prie.

Elle recula pour le laisser passer, et Oliver entra sans la quitter des yeux.

— Je suis déjà venu ici, vous savez. À de nombreuses reprises.

— Mais il y a eu beaucoup de changements depuis les années 1990, vous savez. Allez-y, regardez, prenez le temps de vous refamiliariser avec l'endroit.

Lucy referma la porte et, en se retournant, vit qu'Oliver n'avait pas bougé et qu'il la regardait avec insistance.

— Je n'arrive pas à savoir si vous êtes insolente par nature, ou si votre agressivité dissimule autre chose. Qu'est-ce qui vous rend si nerveuse ?

La voix était calme et posée ; il ne semblait pas perturbé par les piques qu'elle lui avait envoyées.

Lucy croisa les bras sur sa poitrine et recula, comme pour se protéger du regard bleu acier qui semblait lire en elle.

— Je ne suis pas nerveuse. Je n'ai aucune raison de l'être.

Il s'avança tout près, beaucoup trop près à son goût. Elle recula encore contre la porte et sentit la poignée s'enfoncer dans son dos. Oliver mesurait plus d'un mètre quatre-vingt et la toisait de toute sa hauteur. Avec son mètre soixante, Lucy se sentait toute petite. Il se pencha vers elle. Il était si près qu'elle pouvait l'entendre respirer.

Le regard d'Oliver s'attarda un instant sur sa bouche. Lucy ne savait plus quoi penser. Il était impensable que le grand frère arrogant de Harper l'embrasse sur la bouche mais, depuis quelque temps, il se passait tellement de choses bizarres dans sa vie... Cependant il n'en fit rien et se contenta de planter son regard dans ses yeux, la clouant contre la porte sans même la toucher. À cet instant, son cœur battait si fort qu'elle n'entendait plus rien autour d'elle.

— C'est ce que nous allons voir, dit-il, brisant enfin le silence.

Quand il s'éloigna enfin, elle reprit son souffle. Il y avait quelque chose d'intense dans le regard de cet homme, quelque chose de dérangeant qu'elle ne pouvait définir.

Puis, comme si rien ne s'était passé, Oliver, les mains dans les poches, se mit à déambuler au hasard dans la grande pièce où étaient accrochés la plupart des tableaux. Lucy le suivit, interloquée. Elle ne comprenait pas ce qu'il était venu chercher. Voulait-il juste l'impressionner ? Voulait-il vérifier qu'elle n'avait rien vendu des possessions d'Alice ? Mais comment aurait-il pu savoir après toutes ces années ?

— Je suis venu pour vous informer que mon avocat a lancé ce matin la procédure de contestation du testament d'Alice. Je suis sûr que Phillip vous a expliqué que tous les comptes de ma tante seront bloqués tant qu'un jugement ne sera pas prononcé.

Lucy s'était arrêtée à l'entrée de la galerie, les bras toujours croisés. Harper l'avait avertie, son frère serait probablement le premier à lancer les hostilités.

— Oui, je suis au courant, répondit-elle.

Oliver regarda brièvement les toiles et les riches tapisseries suspendues aux murs puis se tourna vers elle.

— Très bien, très bien, dit-il en hochant la tête. Je voulais m'assurer qu'il n'y a pas de malentendu au cas où vous voudriez vendre quelque chose. Je suppose que c'est la première fois que vous héritez, et que vous ne savez pas forcément ce qu'il faut ou ne faut pas faire.

— C'est certain. Je me demandais justement si j'allais jeter ce tableau de Léger un peu trop voyant, dit-elle sur un ton sarcastique. Je trouve qu'il jure avec le Cézanne à côté. Alice et moi n'avons jamais réussi à nous mettre d'accord sur la question.

Qualifier Léger de voyant lui aurait valu à coup sûr un renvoi de la faculté d'art de Yale.

— Lequel de ces tableaux est un Léger ? demanda Oliver en la regardant de travers.

Elle réprima un sourire. Lui qui se croyait tellement intelligent et supérieur à elle était totalement ignare en matière d'art.

— C'est le tableau cubiste très coloré, avec les bicyclettes, dit-elle. Mais je plaisantais, bien sûr. Même si je gagne au procès, je pense que je ne vendrai jamais aucun tableau de la collection d'Alice.

Il jeta un coup d'œil rapide au tableau en question, avant de s'asseoir sur un des élégants sofas couleur crème qui faisaient face aux toiles de maîtres. Il s'installa, jambes écartées, conquérant et sûr de lui, ce qui choqua Lucy. Il semblait très à l'aise, comme chez lui, alors qu'il n'avait pas mis les pieds dans cet appartement depuis des années. Comme s'il voulait marquer son territoire. C'était elle, pourtant, qui vivait là depuis cinq ans.

— Et pourquoi donc ? demanda-t-il. N'importe qui à votre place se précipiterait pour vendre toutes ces toiles qui valent des millions.

Elle soupira. Elle n'avait pas vraiment envie de s'expliquer, mais elle s'y résolut tout de même.

— Tout simplement parce que Alice tenait beaucoup à sa collection de tableaux. Vous étiez sans doute trop occupé à bâtir votre empire informatique pour vous en apercevoir, mais ces œuvres étaient comme ses enfants. Chaque pièce de la collection, aussi bien les tableaux que les sculptures, ont été soigneusement choisie. Elle tenait à les rassembler chez elle car elle ne pouvait aller les voir dans les musées. Elle pouvait en parler pendant des heures. Elle avait une anecdote sur chacune d'elles. Et si elle a décidé de me les léguer, c'est qu'elle me faisait confiance et savait que je ne les vendrai pas. Je ne peux pas lui faire ça.

— Qu'allez-vous en faire alors ?

Elle s'adossa à la colonne qui séparait le salon de l'espace galerie.

— Je pense que je les prêterai à des musées. Le Guggenheim harcelait Alice depuis des années pour son Richter. Elle avait toujours refusé, car elle ne supportait pas de voir un espace vide sur le mur à l'endroit où une œuvre était accrochée.

— Donc, vous allez tout prêter ? répéta-t-il en levant les sourcils, l'air sincèrement étonné.

Elle secoua la tête.

— Non, pas tout. Pas le Monet par exemple.

— Lequel est-ce ?

Réprimant son agacement, elle désigna la toile accrochée dans la bibliothèque qui jouxtait la galerie.

— *Le jardin de Monet aux iris*, dit-elle. Vous avez fait des études, non ? N'avez-vous pas suivi des cours d'art, au moins de culture générale pour compléter votre cursus ? Avez-vous déjà visité un musée dans votre vie ?

Sa remarque le fit rire ; un rire rauque, guttural qui la troubla. Comme à chaque fois en sa présence, son pouls s'accéléra, et sa bouche devint sèche, la laissant incapable de lancer une autre remarque bien sentie.

Jusque-là, aucun homme ne lui avait fait cet effet. Surtout pas ces cinq dernières années passées presque exclusivement au chevet d'une vieille dame de quatre-vingt-dix ans. Elle était sans doute en manque d'homme, elle avait à peine trente ans et, à cet âge, on a des besoins impérieux. Mais Oliver n'était certainement pas l'homme qu'il lui fallait. Elle avait bien l'intention de garder ses distances avec lui.

— Qu'en savez-vous ? dit Oliver en s'enfonçant un peu plus sur le canapé. Vous pourriez être surprise.

Il avait l'impression d'être lui aussi une pièce de musée exposée dans la galerie, et qu'elle l'observait depuis l'entrée d'un œil expert.

— J'ai visité de nombreux musées dans ma jeunesse, et pas seulement pendant d'ennuyeux voyages scolaires. La plupart avec tante Alice d'ailleurs, à l'époque où elle sortait encore de chez elle. Personnellement, je ne me suis jamais vraiment intéressé à l'art, mais vous avez raison, pour Alice, c'était une passion. Et j'aimais l'écouter en parler.

Il se leva et se dirigea à grands pas vers la bibliothèque. Là, suspendue juste au-dessus de la table de travail, se trouvait une peinture un peu floue d'environ soixante-quinze sur quatre-vingt-dix centimètres. Pour les connaisseurs, c'était sans doute un chef-d'œuvre d'une grande valeur, mais pour lui, ce n'étaient que quelques taches de couleur posées au hasard sur une toile.

Mais il savait très bien qui était Monet. Et Van Gogh, et Picasso. Il y avait même dans le hall du siège de sa société un tableau de Jackson Pollock. Une acquisition de son père, probablement sur les conseils de tante Alice. Certes, il n'avait pas reconnu toutes les œuvres mentionnées par Lucy, mais il n'était pas totalement inculte. Quoi qu'il en soit, cela l'amusait de faire croire à Lucy qu'il ne comprenait rien à ce qu'elle racontait.

Quand elle rougissait, les taches de rousseur semblaient s'effacer, et son joli teint pâle se brouillait légèrement. Et quand elle était fâchée même le bord de ses oreilles et la pointe de son menton rosissaient.

Elle avait toujours les bras croisés sur sa poitrine, ce qui avait pour effet de creuser légèrement son décolleté, et qui ne manqua pas d'attirer son regard. De ce côté, elle ressemblait un peu à la serveuse du bar. Car pour le reste, elle était plutôt du genre mince, avec des formes discrètes. Elle avait presque des hanches de garçon. Mais dans cette position, avec son pull moulant et son décolleté en V, son principal atout était parfaitement mis en valeur. Et, ma foi, très attirant.

— Les iris sont les fleurs préférées de ma mère, dit-elle en le suivant dans la pièce, sans se douter de la tournure que prenaient les pensées de son interlocuteur.

Quoique. Elle s'arrêta prudemment à quelques mètres de lui, ce qui le fit sourire. Elle était si facile à déstabiliser. Ce petit jeu l'amusait. Il eut envie de trouver d'autres moyens de la pousser dans ses retranchements. Une idée lui passa par la tête. Et s'il posait ses mains sur elle ? S'il l'embrassait sur la bouche ? Comment réagirait-elle ?

— Ce tableau a une valeur sentimentale pour moi, poursuivit-elle.

Elle était totalement absorbée par la contemplation et ne remarqua pas le regard pénétrant d'Oliver posé sur elle. Il eut un peu honte d'avoir de telles pensées alors qu'elle parlait de sa mère.

Un peu seulement.

Mais il devait rester prudent. Son avocat ne verrait pas d'un bon œil qu'il séduise la femme qu'il avait décidé de poursuivre devant les tribunaux.

Pourtant, il avait envie de mieux la connaître. Découvrir qui elle était vraiment. À son sujet, il n'avait que le son de cloche de Harper et de tante Alice. Mais il était sûr qu'elle cachait quelque chose, et il voulait découvrir quoi.

Cette jeune femme à l'allure modeste qui rougissait facilement et qui avait l'air de bien s'y connaître en matière d'art était une manipulatrice, il en était certain. Et il la démasquerait, comme il aurait dû le faire avec Candace avant que son père ne se retrouve ruiné, seul avec un enfant en bas âge. Il était trop tard pour sortir tante Alice des griffes de Lucy, mais il fallait que la vérité éclate au grand jour.

Lorsqu'il sortit de ses pensées, il s'aperçut que Lucy avait maintenant les yeux posés sur lui et le regardait avec curiosité.

— Oui ? demanda-t-il.

— Je vous demandais ce que vous pensiez de cette œuvre.

Se retournant vers le tableau, il haussa les épaules.

— Elle semble un peu bâclée. Combien vaut-elle ?

— Votre tante l'avait achetée à un prix assez bas il y a plusieurs années. Aujourd'hui, aux enchères, elle vaut sans doute autant que l'appartement.

Oliver eut une expression de surprise. Il regarda une nouvelle fois le mur, se demandant pourquoi une petite toile aussi insignifiante avait autant de valeur.

— C'est ridicule de mettre autant d'argent dans de simples tableaux, dit-il.

Il réfléchit quelques instants avant de continuer.

— Mais je comprends maintenant pourquoi ma cousine Wanda a fait tant de foin quand elle a appris que vous héritiez aussi des biens personnels de tante Alice. Il y a une fortune accrochée aux murs de cet appartement.

Elle ne chercha pas à le contredire.

— L'art était la passion d'Alice. Et c'est la mienne aussi. Cela nous a beaucoup rapprochées. Et c'est sans doute pour cela qu'elle a décidé de tout me laisser. Elle savait que j'apprécierais les œuvres, au lieu de les liquider sans état d'âme. Ce que vous auriez probablement fait.

Il grimaça. C'était une chose de laisser une petite somme, ou quelques objets en souvenir d'une amitié. Il pouvait comprendre. Mais de là à léguer une fortune s'élevant à un demi-milliard, il y avait un pas.

— Vous pensez que c'est la seule raison de son choix ?

Elle se tourna vers lui, le visage fermé.

— Que voulez-vous dire ?

— Honnêtement, à qui voulez-vous faire croire qu'Alice a décidé de tout vous léguer — et de déshériter sa famille — uniquement parce que vous partagiez son goût pour l'art ? Ça me paraît un peu léger, comme explication.

Elle le fixa de ses yeux sombres.

— Oui, j'espère que tout le monde me croira, parce que c'est la vérité, tout simplement. Vous êtes quelqu'un de cynique, je vois, mais figurez-vous qu'il existe dans le monde des gens différents qui pensent à autre chose qu'à tirer profit des autres. En tout cas, moi, je ne suis pas comme ça.

Cette fois, sa pique fit mouche. Oui, il voyait toujours le mal partout, mais la vie s'était bien chargée de le lui enseigner. Et cela ne signifiait pas pour autant qu'il se trompait au sujet de Lucy.

— Je ne suis pas cynique, Lucy, juste lucide. Je garde les yeux bien ouverts, c'est tout. Je ne rentre pas dans votre petit jeu, comme ma sœur et ma tante. Et je vois une jeune femme que rien ne destinait à devenir millionnaire. Ma tante n'a rien laissé à sa femme de ménage. Alors pourquoi vous ? Qu'avez-vous de si particulier ?

Le visage de Lucy sembla se décomposer, et l'espace de quelques secondes, il éprouva quelques regrets. À moins qu'elle essaie simplement de l'amadouer, comme elle faisait avec tout le monde.

— Je n'ai rien de particulier, dit-elle en secouant la tête. Je ne crois pas, en tout cas. Au contraire, je suis quelqu'un de très ordinaire. J'aurais bien aimé qu'Alice m'explique ce qu'elle allait faire, ainsi qu'à sa famille. Mais elle avait décidé de garder le secret jusqu'au bout. Je n'y peux rien. Vous pouvez m'attaquer en justice et essayer de faire annuler ce testament. Vous allez peut-être réussir. Je n'ai aucun pouvoir là-dessus. Mais sachez que je ne suis pour rien dans ce qui est arrivé. Même si vous ne me croyez pas, c'est la stricte vérité.

Elle se défendait bien. Il avait presque envie de la croire. Avec ses grands yeux innocents, il émanait d'elle une sincérité et une simplicité déconcertantes. Il n'était pas étonné que tout le monde s'y laisse prendre. Au départ, il avait cru qu'elle n'était pas aussi habile et rusée que Candace, mais il s'était trompé. Elle avait simplement choisi une proie différente, une vieille dame riche et solitaire au lieu d'un homme riche et vulnérable.

Tout bien considéré, c'était même un choix plus pertinent. Elle n'avait pas eu besoin de faire semblant de tomber amoureuse.

— Vous êtes très habile, dit-il, exprimant sa pensée à voix haute.

Il fit un pas vers elle.

— Quand je vous ai vue pour la première fois chez Phillip, avec votre air de jeune femme modeste à qui on donnerait le bon Dieu sans confession, j'ai cru que vous n'étiez qu'une novice et qu'on vous désarçonnerait facilement. Mais je vois que ce n'est pas le cas. Vous êtes une véritable professionnelle de l'escroquerie.

Il s'approcha encore plus près.

— Mais cela ne signifie pas que vous allez gagner.

Cette fois, elle ne recula pas et lui tint tête.

— Vous faites erreur en croyant me blesser avec vos insultes, Oliver. Ce que vous dites ne m'atteint pas. Toute cette histoire m'est complètement égale.

— Vous êtes en train de me dire que ça vous est égal d'hériter ou non de l'appartement, du Monet et de tout le reste ?

— Tout à fait, répliqua-t-elle, le défiant du menton, ses yeux sombres plongés dans les siens. La différence entre vous et moi, c'est que je n'ai jamais rien eu à perdre. Si je franchis cette porte avec rien de plus que lorsque je suis entrée, ma vie ne s'arrêtera pas. J'ai l'habitude de me débrouiller avec peu. Et j'espère que c'est ce qui se passera. Pour être honnête, je n'ai pas envie d'avoir tout cet argent. C'est trop pour moi. Tout cela ressemble à un rêve, et je vais bientôt me réveiller et redevenir la Lucy fauchée que j'ai toujours été, qui ne peut pas se payer de voyages ni de vêtements de luxe comme ses amies. Des choses comme ça n'arrivent pas à des gens comme moi. Et les gens comme vous, qui ont l'argent et le pouvoir, ne tiennent pas à ce que cela change.

— Vous dites que c'est ma faute si vous n'obtenez pas ce que vous voulez ?

— Pas ce que je veux moi, ce qu'Alice voulait. Et oui, c'est votre faute, puisque vous êtes le seul de la famille à me traîner en justice.

Parce qu'il était le seul à prendre les choses en mains et que tout le monde comptait sur lui.

— Il faut bien que quelqu'un le fasse.

— Très bien, vous avez fait votre choix, Oliver. Et moi le mien. Je pense que nous n'avons plus rien à nous dire. Il est temps pour vous de partir.

Il la regarda longuement avec un petit sourire suffisant. Elle ne pouvait pas l'obliger à partir. Elle n'était pas plus chez elle dans cet appartement que lui. Mais il était encore trop tôt pour tenter de la séduire. Pourtant, plus il passait du temps avec elle, moins il avait envie de lui faire du mal. Plus il s'approchait d'elle, plus il prenait plaisir à respirer son parfum, et plus il avait envie de lui prendre la main, tant sa peau lui semblait douce.

Mais la prudence le rappela à l'ordre. Ce n'était pas le moment de succomber. Il pourrait le regretter.

— Vous avez raison, dit-il en s'éloignant d'elle, avant de faire une bêtise — la prendre dans ses bras par exemple, l'embrasser...

Il traversa la galerie et le hall d'entrée, puis appela l'ascenseur.

— À très bientôt, Lucy Campbell.

3

— Je ne sais pas pourquoi tu as absolument tenu à ce que je porte cette robe, Harper. C'est juste une *baby shower*, pas un cocktail.

Tandis qu'elle remontait l'allée majestueuse de la propriété des Dempsey avec son amie, Lucy baissait les yeux sur la robe blanche sans manches que Harper lui avait pratiquement fait enfiler de force. Pendant les deux heures de trajet jusque chez Emma, elle s'était demandé si cette robe était une bonne idée. Elle était un peu désespérée. Elle ne comprenait pas pourquoi les Dempsey n'avaient pas organisé cette petite fête dans leur appartement de Manhattan. Ç'aurait été beaucoup plus simple pour tout le monde.

Harper secoua la tête, désireuse d'apaiser les craintes de Lucy.

— Cette robe J. Mendel te va comme un gant. Tu es ravissante. C'est toujours bien de se mettre en valeur, quelles que soient les circonstances.

— Tu devrais imprimer cette phrase sur tes cartes de visite, ironisa Lucy.

Tout de même, elle se sentait beaucoup trop habillée pour une simple *baby shower*. Mais Harper était têtue et n'avait pas voulu en démordre. La petite fête était organisée en l'honneur du futur bébé d'Emma et Jonah. Contrairement aux conventions, les hommes étaient également invités. Harper et Lucy étant toutes deux célibataires, Harper s'était dit qu'il ne fallait pas laisser passer l'occasion. Qui sait, elles allaient peut-être croiser quelques beaux partis encore libres. Elles devaient donc se montrer sous leur meilleur jour. En tout cas, c'était ainsi qu'elle avait présenté la chose à Lucy.

— Désormais, tu n'es plus la pauvre petite étudiante de Yale, lui avait-elle dit. Tu dois te comporter comme quelqu'un d'important, car tu es quelqu'un d'important. Tu dois montrer au monde que tu es une personne qui compte et qui a de l'argent.

Lucy soupira, redressant le paquet cadeau qu'elle tenait sous son bras.

— Non, je suis toujours la pauvre petite étudiante, et je refuse de croire autre chose tant que je n'aurai pas l'argent sur mon compte. Et à cause de ton cher frère, cela n'arrivera peut-être jamais.

— Ça, ce n'est pas gagné, dit Harper avec un sourire mystérieux. On en reparlera plus tard.

Oliver avait eu la même expression l'autre jour, quand il était venu la voir dans l'appartement. Elle ne s'était pas encore remise de cette rencontre qui l'avait mise très mal à l'aise. Heureusement, elle n'avait pas eu d'autres visites de la famille. Mais en voyant ce sourire sur le visage de son amie, elle sentit l'angoisse lui étreindre à nouveau la gorge. Elle allait devoir avaler plusieurs parts de gâteau pour calmer tout ça.

— Dis-moi, depuis quand les hommes participent à une telle fête ? Je ne connais aucun garçon qui voudrait y venir.

— Connaissant Emma et sa mère, ce ne sera pas une *baby shower* classique. Plutôt une vraie réception.

Lucy s'arrêta devant les marches du perron pour écouter les échos de la musique qui arrivaient jusque-là. Un orchestre pour ça ? Elle jeta un coup d'œil derrière elle, il y avait des voitures partout, sur le parking mais aussi tout le long de l'allée depuis le portail d'entrée.

— Je pense que tu as raison, dit-elle à son amie.

Elles pénétrèrent dans le hall et, suivant les indications du majordome, traversèrent de longs couloirs richement décorés pour gagner la salle de bal. Lucy eut un sursaut en entendant le mot. Qui, de nos jours, pouvait se targuer d'avoir une salle de bal dans sa maison ?

Apparemment, les Dempsey.

Au détour d'un couloir, enfin, la musique leur arriva d'un seul coup aux oreilles. La fête battait son plein. Il y avait déjà beaucoup de monde. Lucy comprit tout de suite qu'il ne s'agissait pas d'une de ces réceptions un peu casse-pieds où on mange des gâteaux entre filles et où on s'extasie sur les cadeaux du futur bébé. C'était une autre dimension. Dans un coin de la salle se trouvait un quatuor à cordes. Des tables rondes étaient dressées un peu partout, recouvertes de nappes de lin gris perle, ornées de bouquets de fleurs roses et blanches.

Un long buffet occupait tout un côté de la salle. À l'une des extrémités trônait une fontaine en argent à trois étages et, de l'autre côté, une pièce montée plus haute encore. Une multitude de cadeaux s'entassaient pêle-mêle sur une table. Une bonne centaine d'invités se pressaient autour des tables et, heureusement, ils étaient tous aussi élégants que les deux amies. Elles ne déparaient pas.

Lucy était soulagée. Les conseils vestimentaires de Harper s'avéraient judicieux. Pourtant, elle ne les avait pas tous suivis. Harper lui avait suggéré de porter un bijou d'Alice — une grosse bague de cocktail en diamant qui s'accordait parfaitement avec la robe, d'après elle —, mais Lucy avait refusé. Ce bijou n'était pas encore à elle. Elle ne voulait rien toucher avant que l'affaire soit réglée.

— La mère d'Emma a vraiment vu les choses en grand, murmura Harper en se penchant vers son amie. Je pense qu'elle a voulu mettre les petits plats dans les grands à cause du départ d'Emma et Jonah à Hawaï.

Lucy hocha la tête. À l'université, cohabiter avec ses amies Emma, Harper et Violet n'avait jamais posé de problème car, dans leur colocation, elles étaient toutes à égalité. Les différences étaient gommées. Leurs études terminées, elles étaient toutes retournées à New York pour entamer leur carrière et se faire un nom. Et là, leurs différences étaient ressorties. Lucy fut alors cruellement rappelée à la réalité : elle ne venait pas du même monde que ses compagnes d'études. Quoi qu'elle fasse, elle ne pouvait échapper à son sort. Même avec la fortune d'Alice, elle n'était qu'une obscure provinciale arrivée de sa petite ville de l'Ohio, que personne ne connaissait.

— Je vois quelqu'un avec qui je dois absolument parler. Je peux te laisser un instant ? dit soudain Harper.

Comme ses autres amies, elle se préoccupait toujours de savoir si Lucy se sentait à l'aise dans ce genre d'endroits où elles l'emmenaient régulièrement. Elles, en revanche, étaient comme des poissons dans l'eau.

— Oui, oui, vas-y, répondit Lucy.

Tandis que Harper disparaissait dans la foule, Lucy se dirigea vers la table des cadeaux pour y déposer le sien. Apparemment, il y avait des choses beaucoup plus jolies que la grenouillère rose qu'elle avait choisie sur le catalogue. Sur l'un des paquets était accroché un hochet en argent de chez Tiffany, tel un étendard.

Plutôt que de commencer à chercher si elle reconnaissait quelqu'un, elle décida d'aller se servir tout de suite un verre de punch. Histoire de se donner une contenance.

Elle était en train de finir de remplir son verre quand tout à coup, une voix de femme s'éleva près d'elle.

— Lucy !

Se retournant, elle aperçut Emma et son gros ventre, suivie de Violet et son ventre un peu moins gros.

— Vous faites la paire toutes les deux, dit Lucy, amusée et heureuse de les retrouver.

— Je sais, dit Emma en passant la main sur son ventre. Plus que quatre semaines pour moi.

— Je t'envie, renchérit Violet en soupirant. Moi je n'en suis qu'à quatre mois.

Quelque temps après que Emma et Jonah eurent annoncé l'heureux événement, ce fut au tour de Violet. Ce fut une surprise pour tout le monde, y compris pour elle-même. Sa relation avec son petit ami connaissait des hauts et des bas, et ils avaient même failli rompre. Mais quelques mois plus tôt, Violet avait eu un accident de voiture assez sérieux, et juste après, elle avait découvert qu'elle était enceinte. Beau, son petit ami, avait eu très peur de la perdre, et il s'était enfin décidé à se fiancer. Mais à la différence d'Emma, Violet voulait un grand mariage, avec la robe blanche et tout le tralala. Et pas question de se marier avec un gros ventre. Elle voulait que tout soit parfait. Avec Beau, ils avaient donc décidé d'attendre la naissance du bébé pour se marier.

— Alors, tu as fait l'échographie du quatrième mois, je suppose ? demanda Lucy.

Violet rougit jusqu'aux oreilles et se tourna vers Emma.

— Je ne vais pas faire d'annonce officielle aujourd'hui, car c'est votre journée, avec Jonah, lui dit-elle. Mais je vous le dis à vous, et à Harper quand je la verrai. C'est un garçon.

— Oh ! c'est génial ! dit Emma en serrant son amie dans ses bras, très émue. Nous allons marier nos enfants, tu verras !

Il y eut des larmes, ainsi que les habituelles considérations sur les bébés. Depuis que Violet était enceinte, avec Emma, elles ne parlaient que de ça. Lucy le comprenait parfaitement. C'était un moment important de leur vie. Mais elle n'était pas concernée et se sentait en dehors du coup. Comme souvent. Elle avait toujours l'impression de faire moins bien que ses amies.

Côté petits amis, c'était le désert depuis l'université. Le mariage et les enfants étaient très loin de ses préoccupations actuelles.

— Chérie, intervint une femme plus âgée qui ressemblait beaucoup à Emma.

C'était Pauline Dempsey, sa mère.

— J'aimerais te présenter à des connaissances de ton père, peux-tu nous rejoindre devant avec Jonah pour trinquer avec eux ?

Emma adressa un petit sourire d'excuse à ses amies et suivit sa mère en slalomant entre les invités. Violet se tourna alors vers Lucy et prit des airs de conspiratrices.

— Alors... Harper m'a dit que tu avais de grandes nouvelles ?

Lucy se pinça les lèvres. D'un côté, elle ne voulait pas parler du testament d'Alice avant que l'affaire soit réglée. Elle ne voulait pas se bercer de faux espoirs, ni ébruiter une telle nouvelle si elle n'était sûre à cent pour cent. Mais d'un autre côté garder le secret devant ses amies les plus proches relevait presque de la mission impossible.

— Il n'y a rien de sûr encore, répondit-elle avec réticence. Je ne peux rien dire.

— Ah ? D'après Harper, c'est une bombe, insista Violet, taquine. Tu es enceinte ?

Lucy ouvrit de grands yeux.

— Non évidemment. Pour être enceinte, il faudrait que j'aie couché avec un garçon.

Violet haussa les épaules.

— Pas sûr. Moi je ne me souviens de rien et pourtant je me suis retrouvée enceinte...

— Oui, évidemment, tu as eu un accident et tu as oublié toute une semaine de ta vie. J'en déduis que c'est pendant cette semaine que Beau et toi, vous avez conçu ce petit garçon. Vous avez déjà réfléchi au prénom ? ajouta-t-elle pour changer de sujet.

— Beau aime bien les prénoms grecs, mais moi je ne suis pas fan. J'aimerais quelque chose de plus moderne, comme Lennox ou Colton, par exemple.

— D'ailleurs, où est Beau ? demanda Lucy. Vous étiez censés venir ensemble, non ? C'est une *baby shower* pour couples, je crois.

— Oui, je sais, mais il travaille beaucoup en ce moment. Depuis qu'il a appris que j'étais enceinte, il s'est lancé à fond dans sa start-up. Et puis, ce genre de mondanité, ce n'est pas sa tasse de thé.

Lucy hocha la tête mais s'abstint de tout commentaire. Beau était le fiancé de son amie, et elle respectait son choix. Mais elle ne l'aimait pas beaucoup. Avec Violet, ils se disputaient sans cesse, et elle trouvait que leur relation n'était pas saine. Violet en avait beaucoup souffert. Il semblait s'être adouci après l'accident, puis quand il avait appris la grossesse, mais Lucy se faisait du souci pour son amie. Elle aurait voulu que tout se passe pour elle comme dans les contes de fées.

Mais avec ou sans Beau Violet s'en sortirait toujours et ne manquerait de rien. Elle était l'unique héritière d'une riche famille d'armateurs grecs et avait largement de quoi subvenir à l'éducation de son fils seule si jamais les choses tournaient mal.

— Je vais m'asseoir un instant, dit-elle. J'ai les pieds qui gonflent, c'est affreux, et j'en suis à peine à la moitié de ma grossesse. Rejoins-moi un peu plus tard, j'ai hâte de connaître cette grande nouvelle.

Lucy fit un petit signe à Violet qui s'éloignait. Elle but une gorgée de punch.

— Quelle grande nouvelle ? dit une voix de baryton qu'elle avait déjà entendu quelque part. Je serais curieux de savoir de quoi il s'agit.

Elle se retourna, sentant déjà l'anxiété monter en elle. Elle avala d'un coup le liquide qui était dans sa bouche, au risque de s'étrangler et de tacher sa belle robe blanche. Elle espéra qu'il était bien fort en alcool, ça l'aiderait à affronter le combat qui s'annonçait.

Oliver Drake se tenait juste derrière elle, un sourire conquérant sur le visage.

Oliver reconnaissait volontiers ses erreurs. Ce soir, ses premières impressions sur Lucy furent balayées en une fraction de seconde.

Où était passée la fade jeune femme qu'il avait vue pour la première fois chez le notaire ? Où avait-elle caché de tels atouts ? Pas de doute que sa sœur, grande fashionista devant l'éternel, était passée par là. Mais tout de même… Le contraste était saisissant.

Ses cheveux blonds étaient rassemblés en un chignon banane retenu par un joli peigne en strass. Elle portait une robe blanche et crème — un camaïeu qui donnait à la plupart des femmes qui le portaient, y compris les mariées, un teint maladif mais qui, pour d'obscures raisons, seyait à merveille à Lucy. Elle rayonnait. Elle avait les épaules nues, ce qui, associé à son chignon, mettait en valeur son cou de cygne et le creux délicat de sa nuque.

Mais ce qui attirait avant tout le regard, c'était son visage. Ses lèvres soulignées de blush rose se figèrent en le voyant. Elle ne s'attendait pas à le croiser là ce soir, et il en fut assez satisfait. C'était même le meilleur moment qu'il avait passé depuis plusieurs jours.

— Alors, cette grande nouvelle ? J'espère qu'elle est de nature à vous faire oublier le choc de l'héritage. Puis le contre-choc de devoir renoncer à tout cet argent.

En entendant ces paroles peu amènes, le visage de Lucy se ferma. Quand elle fronça le nez, il remarqua que quelques taches de rousseur ressortaient sous le maquillage. Il se rendit compte qu'il adorait ces petits points.

— Vous avez un sacré toupet, Oliver Drake ! répondit-elle. Comment osez-vous vous inviter à la fête de mon amie juste pour me harceler ? Vous ne respectez donc rien ? Ce soir, on est tous là en l'honneur du bébé d'Emma et Jonah, et votre vendetta ridicule n'a pas sa place ici !

Il regarda autour de lui. Les quelques personnes qui se trouvaient là s'étaient retournées en entendant les éclats de voix. Leur conversation risquait de tourner au pugilat et, malgré ce qu'en pensait Lucy, il n'était pas venu pour ça ce soir. Il l'attrapa par le poignet et l'attira vers lui pour lui signifier de se taire. Apercevant une porte-fenêtre, il l'entraîna sur le balcon qui surplombait les vastes pelouses de la propriété.

— Ne me touchez pas ! protesta Lucy tandis qu'il la tirait dehors.

Oliver coupa court aux regards interrogatifs des invités en refermant la porte derrière lui. Heureusement, le temps était frais, et personne n'eut envie de les suivre pour entendre la suite de leur conversation.

— C'est vous qui ne respectez rien ! dit Oliver en lui retournant sa remarque. Vous me faites une scène ridicule devant mes amis et mes collègues.

— Moi ? hurla Lucy de plus belle, libérant son bras de sa poigne de fer. C'est vous qui avez commencé. Et ce sont mes amis et mes collègues, pas les vôtres.

Il la lâcha avec regret, la sensation de sa peau sur la paume de sa main lui étant très agréable. Il faillit faire un geste vers elle pour prolonger ce contact mais se retint à temps. C'était une mauvaise idée. Elle était vraiment très en colère contre lui.

— C'est une manie chez vous de tout vous approprier ! La fortune de ma tante ne vous suffit pas ? Vous voulez aussi me prendre mes amis ?

— Je ne me suis rien approprié du tout. Je ne me serais jamais permis une telle chose, même si je savais que j'avais une petite chance d'y arriver. Quoi que vous en pensiez, Oliver, Alice m'a légué sa fortune de son plein gré. Cela s'appelle un don, et ce qu'on fait parfois, quand on aime quelqu'un. Mais c'est un geste qui vous est totalement étranger, je pense. Vous ignorez ce que sont l'absence de calcul et la générosité.

— Bien sûr que non, je suis quelqu'un de très généreux, malgré ce que vous dites, affirma-t-il.

Il avait pris un coup de chaud et avait l'impression que son col de chemise l'étranglait. Cette femme avait le don d'appuyer là où ça faisait mal. Et pour le faire sortir de ses gonds. Dès qu'il l'avait aperçue en arrivant dans la salle, avec sa robe blanche, il avait senti la pression monter en lui. Et quand il l'avait touchée...

— Vous ne me connaissez pas, ajouta-t-il.

— Vous non plus, vous ne me connaissez pas !

— Ce que je sais, c'est qu'il est très malvenu pour une dame de crier comme vous le faites.

— Comme il est malvenu de tirer les gens par le bras.

— C'est vrai, reconnut-il en croisant les bras sur sa poitrine, comme pour montrer sa bonne volonté. Mais moi, je ne suis pas une dame.

Les lèvres roses de Lucy se serrèrent sous l'effet de l'agacement, mais il voyait une lueur d'amusement dans son regard. Se pouvait-il qu'elle soit dotée d'un certain sens de l'humour ?

— Vous n'êtes pas un gentleman non plus. Vous êtes juste un em...

— Stop, interrompit Oliver. Je ne suis pas venu ici pour me disputer avec vous, Lucy.

Non, elle n'avait pas le sens de l'humour.

Elle prit une grande inspiration et le regarda avec attention.

Il portait son habituel costume noir, agrémenté ce soir d'une cravate rose, en l'honneur du futur bébé de Jonah. Mais il doutait fort que Lucy soit impressionnée par ce détail. En cet instant, il avait juste envie de la retirer pour se donner un peu d'air. Mais il ne voulait pas lui montrer qu'elle avait un quelconque ascendant sur lui ; tout plutôt que lui faire ce plaisir.

— Alors, dites-moi ce que vous faites ici ce soir ? reprit Lucy.

— Je suis invité, tout simplement. Jonah et moi sommes amis depuis nos classes préparatoires. Harper ne vous l'a pas dit ?

— Non.

Elle regarda par la fenêtre, l'air contrarié, puis ses yeux se baissèrent sur sa robe. Elle était courte, s'arrêtait quelques centimètres au-dessus du genou, et l'ourlet était orné de perles irisées qui captaient la lumière à chacun de ses mouvements.

— Mais je comprends mieux certaines choses à présent.

Il ne put s'empêcher de rire.

— Vous vous imaginiez vraiment que j'avais fait deux heures de route juste pour vous persécuter ?

Vexée, elle se mordit les lèvres et se tourna vers la balustrade en pierre.

— En fait… Depuis quelque temps, on se voit beaucoup. J'ai même l'impression que vous surgissez partout où je me trouve.

Il se raidit un peu à ses derniers mots. Il était à côté d'elle, face à la balustrade. Leurs corps se touchaient presque. Il sentait la chaleur de sa peau malgré les quelques centimètres qui les séparaient.

— Vous avez peut-être raison, admit-il.

Il se tourna pour la regarder. Elle portait des escarpins blancs à hauts talons mais, malgré ça, elle était beaucoup plus petite que lui. La flamme des bougies qui éclairaient le patio en dessous faisait danser la lumière dorée sur son visage et, en cet instant, elle lui parut très jolie.

Elle leva les yeux vers lui, surprise par sa réponse.

— J'ai raison ? C'est bien ce que vous avez dit ?

— J'ai dit peut-être. Peut-être que je me suis habillé ce soir, que j'ai fait un cadeau au bébé et que je suis venu à cette réception au milieu de nulle part uniquement dans l'espoir de vous y rencontrer.

Elle s'écarta un peu pour mieux le regarder.

— Je n'apprécie pas vos sarcasmes. Je n'apprécie pas non plus la façon dont vous m'avez traînée sur ce balcon. À cause de vous, je suis en train de manquer la soirée que ma meilleure amie organise pour son bébé.

Il se tourna vers elle, s'accoudant à la balustrade.

— Je ne vous retiens pas.

Elle le regarda avec incrédulité.

— Et vous allez faire un nouveau scandale à l'intérieur ? Continuer à me persécuter ? Et la prochaine fois, vous ferez quoi ? Vous me porterez sur votre épaule pour me sortir de la pièce ? Arrêtons là cette discussion. Je vais rentrer, et quand je serai à l'intérieur, je ne veux plus vous parler, ni même vous avoir une seule fois dans mon champ de vision.

Il remarqua que ses lèvres tremblaient légèrement. Allait-elle se mettre à pleurer ? Il se sentit mal à l'aise et songea qu'il était peut-être allé trop loin.

— Vous allez bien ?

— Oui, pourquoi ?

— Vous tremblez ? C'est à cause de moi ?

Elle secoua la tête avec fermeté.

— Non, j'ai juste un peu froid. Je ne suis pas habillée pour discuter sur un balcon à cette période de l'année.

Sans hésiter, il retira sa veste et la lui tendit. Elle le regarda avec suspicion, hésita quelques secondes, puis se tourna afin qu'il la dépose sur ses épaules.

— Merci, dit-elle du bout des lèvres.

— Vous voyez, je ne suis pas si mauvais.

— C'est bon à savoir. Je me disais que ça avait dû être difficile pour Harper d'avoir un frère comme vous.

— C'est vrai, elle n'a pas rigolé tous les jours. J'ai été un frère horrible, je l'admets. Je lui ai fait vivre un enfer pendant des années.

Il sourit en se remémorant tous les coups pendables qu'il avait faits à sa sœur dans leur jeunesse.

— Un jour, elle avait environ huit ans, je lui ai fait croire que le vase Ming de mon père était en caoutchouc et qu'il pouvait rebondir si on le jetait par terre. Elle s'est pris la rouste de sa vie, mon père était fou. Il n'a pas voulu la croire quand elle lui a dit ce que j'avais raconté. Elle a été punie pendant une semaine pour avoir cassé le vase, mais aussi pour avoir menti.

Lucy dissimula tant bien que mal une grimace de désapprobation.

— Et pourquoi êtes-vous gentil avec moi tout d'un coup ? demanda-t-elle. Si vous n'êtes pas venu ici pour me chercher des noises, pourquoi vous attardez-vous à discuter de bricoles sans intérêt au lieu d'aller voir vos amis ? Que cherchez-vous, en fait ?

C'était une bonne question. En réalité, il n'avait pas prévu ce qui venait de se passer. Il l'avait entraînée sur le balcon pour éviter un esclandre au milieu des invités. Mais quand elle s'était calmée et qu'ils avaient commencé à discuter, il s'était surpris à prendre du plaisir en sa compagnie.

Elle avait quelque chose, un charme indéfinissable, qui agissait instantanément sur lui. Plus il la voyait, plus il avait envie de passer du temps avec elle. Ceci pourrait d'ailleurs expliquer l'étrange décision de sa tante. Il n'y avait aucune raison pour qu'Alice ne soit pas tombée elle aussi sous le charme de cette surprenante jeune femme.

— Je ne cherche rien, Lucy.

De toute façon, si c'était le cas, il ne lui en aurait rien dit.

— J'essaie juste de comprendre ce que vous trouvait ma tante.

Elle ouvrit la bouche pour répondre, mais il l'arrêta d'un geste.

— Non, ce n'est pas exactement ce que je voulais dire. Je me suis mal exprimé. Je me disais juste que pour que ma tante ait décidé de vous laisser un demi-milliard de dollars, vous devez être une personne très spéciale.

Il se rapprocha imperceptiblement, comme s'il voulait l'empêcher de passer.

— Je crois que j'avais simplement envie de mieux vous connaître, d'en savoir un peu plus sur vous, ajouta-t-il.

Elle plissa un peu le nez, mais cette fois, ce n'était pas par agacement. Sa curiosité était piquée.

— Et alors, quel est votre verdict ?

— Eh bien...

Il aurait voulu trouver des mots agréables, mais il décida de parler en toute franchise.

— Vous m'êtes plutôt sympathique. Ce qui est étonnant, vu les circonstances. Je devrais vous détester. Vous êtes une adversaire intelligente, stimulante... et très jolie.

Elle en resta bouche bée.

— Vous avez bien dit jolie ?

Il acquiesça. Avant qu'il ait eu le temps de répondre, elle se jeta dans ses bras. Ses lèvres roses se posèrent sur sa bouche, et il sentit son corps se plaquer contre le sien. Il eut un instant d'hésitation puis passa ses bras autour de sa taille et la serra contre lui.

C'était la dernière chose à laquelle il s'attendait. Mais avec elle, il allait de surprise en surprise. Ce baiser était aussi osé qu'inattendu. Elle y allait franchement, cherchait sa langue avec ferveur. Il ne pouvait que lui répondre. Aucune femme ne l'avait jamais embrassé avec autant de fougue.

Il ne savait pas si c'était une bonne chose, mais il était incapable de la repousser. Elle avait un goût de bonbon à la fraise et sentait l'eau de toilette pour bébé. Il avait envie de s'imprégner de cette odeur, de la respirer et de la garder au plus profond de ses poumons.

Puis elle s'arrêta.

Tandis qu'elle s'écartait de lui, il sentit un désir le traverser comme un éclair. Il n'avait vraiment pas besoin de ça en ce moment, ni avec Lucy ni avec aucune autre femme d'ailleurs. Mais il ne pouvait nier ce qu'il ressentait. Il eut du mal à ne pas la reprendre dans ses bras pour l'embrasser à nouveau. Cela aurait été une mauvaise idée de toute façon car, tout à coup, un coup violent l'atteignit en plein visage, et il eut l'impression que son nez éclatait.

4

— Ne vous gênez pas surtout ! s'écria Lucy en reculant brusquement, la voix remplie de colère. Vous n'avez pas honte ?

Oliver ne répondit pas tout de suite. Il mit quelques secondes à comprendre ce qui lui arrivait. D'abord Lucy l'avait embrassé d'un seul coup, sans lui demander son avis, et maintenant elle était furieuse et lui criait dessus. Il ne comprenait plus rien.

— Honte ? dit-il en portant sa main sur son nez endolori.

Il grimaça. Son nez n'était pas cassé, mais du sang coulait entre ses doigts. C'était la première fois qu'une femme le frappait. Au moins, il ne mourrait pas idiot.

— C'est vous qui m'avez embrassé ! continua-t-il.

— Pas du tout ! contesta Lucy.

Il fronça les sourcils en soupirant. Il plongea la main dans la poche de son pantalon, à la recherche d'un mouchoir pour éponger le sang qui coulait toujours. Harper ne lui avait pas dit que Lucy était aussi impulsive. Effectivement, ils s'étaient embrassés, mais il n'y était pour rien. C'était elle qui s'était jetée dans ses bras, il n'avait pas rêvé. Elle devait forcément s'en souvenir.

— Si, c'est vous qui m'avez embrassé. Je vous ai dit que vous étiez jolie, et vous vous êtes jetée sur moi.

Lucy devait être dans un état second, car elle sembla très étonnée, et même gênée en entendant la description des faits. Elle était toute rouge maintenant dans sa robe blanche et ne ressemblait plus du tout à la Lucy qui venait de réagir si violemment.

— Euh oui… Peut-être… Mais vous aussi vous m'avez embrassé après, argumenta-t-elle, sans conviction.

Que devait-il faire maintenant ? Rester là sans bouger ? Il n'était pas quelqu'un qui avait l'habitude de se laisser faire, bien au contraire.

— Toutes mes excuses, mademoiselle Campbell, dit-il avec une pointe d'ironie dans la voix. La prochaine fois qu'une femme m'embrassera, j'attendrai poliment qu'elle ait fini, puis je la frapperai. Au lieu de me faire frapper.

Elle recula prudemment. Il ne put s'empêcher de sourire.

— Rassurez-vous, je ne vais rien vous faire, dit-il en se tamponnant une dernière fois le nez. Je n'ai jamais frappé une femme, et ce n'est pas maintenant que je vais commencer. Et je vous serais reconnaissant si vous vouliez bien faire de même. Vous n'y êtes pas allée de main morte, j'ai très mal au nez… Où avez-vous appris à vous battre comme ça ?

Elle grimaça, un peu gênée, avant de répondre en hochant la tête.

— Je prends des cours de kickboxing deux fois par semaine. Je suis désolée de vous avoir fait mal. Mais c'était comme un réflexe… J'ai eu peur.

— Peur ? Vous ?

Il eut un petit rire devant tant de mauvaise foi et le regretta immédiatement, tant son nez lui faisait mal.

— Peur de quoi ? C'est vous qui avez commencé, je vous rappelle.

— Vous croyez ? dit Lucy. Vous n'étiez pas en train de me faire du plat et de vous rapprocher de moi l'air de rien ? Vous n'aviez pas quelque chose en tête ?

Il ne se rappelait pas avoir eu des intentions précises envers elle juste avant le baiser, mais c'était tout à fait possible. Lucy exerçait une attraction sur lui, il ne pouvait le nier. Malgré ses bonnes intentions et sa bonne éducation, il avait eu sans doute très envie de la toucher. Et c'était lui qui avait engagé la conversation alors que visiblement — elle avait rougi dès qu'elle l'avait aperçu — elle n'en avait pas envie. Et plusieurs fois au cours de leur conversation, il s'était demandé quel goût aurait ses lèvres contre les siennes, et quel effet ferait son corps contre le sien. Hélas, c'était arrivé si vite qu'il n'avait pas eu le temps d'apprécier.

Mais il n'allait pas lui raconter tout ça. Elle était peut-être très séduisante, mais il ne devait pas perdre de vue qu'elle était manipulatrice. Elle avait déjà attrapé sa sœur et sa tante dans ses filets. Il était certain qu'elle allait essayer de faire de même avec lui. Elle était prête à tout pour le convaincre d'arrêter ses poursuites. Et ce brusque baiser faisait partie de sa stratégie de séduction.

S'il lui laissait entrevoir qu'il n'était pas insensible à ses charmes, elle se sentirait plus forte encore. Non. Mieux valait la laisser ruminer sa colère, lui laisser croire que son plan avait échoué, et qu'elle était tombée sur un homme totalement indifférent. Elle allait devoir changer son fusil d'épaule si elle voulait parvenir à ses fins.

— Je ne suis pas venu ici pour vous voir, et encore moins pour vous séduire, dit-il avec un petit sourire narquois. Je n'y peux rien si les femmes craquent toutes pour moi. Je suis désolé que vous vous soyez méprise sur mes intentions.

Elle resta sans voix, puis fronça les sourcils.

— Il me semble pourtant que ce baiser ne vous a pas déplu, fit-elle remarquer. Vous étiez consentant.

Il haussa les épaules.

— Eh bien... Je ne voulais pas vous froisser.

Elle serra les poings et les planta sur ses hanches.

— Vous voulez dire que vous avez fait semblant d'apprécier par pure politesse ?

— Oui, bien sûr.

L'arrogance de sa réponse le surprit lui-même. Il ne parlait jamais comme ça, d'habitude, mais Lucy avait le don de le faire sortir de ses gonds.

Elle le fixa un long moment de ses yeux sombres, puis secoua la tête.

— Non, je ne vous crois pas. Vous êtes trop prétentieux pour reconnaître que je vous plais, moi, la simple domestique, celle qui vous a privé de votre héritage.

Elle avait réponse à tout. Et elle arrivait même à lire dans ses pensées. C'était déconcertant. C'était lui qui était supposé percer son secret, et non l'inverse.

— Pour quelqu'un qui me connaît mal, Lucy, je vous trouve bien affirmative. Mais je vais vous prouver que vous vous trompez.

Il fit un pas vers elle. Elle se raidit, mais ne bougea pas. Il fallait reconnaître qu'elle avait un certain cran.

— Que faites-vous ? demanda-t-elle en levant vers lui un regard plein d'incertitude.

Il la touchait presque à présent. Il prit son visage dans le creux de sa main et pressa ses lèvres sur les siennes. Il voulait l'embrasser comme il avait embrassé des dizaines de femmes dans sa vie, de manière légère et sans conséquence. Juste pour lui clouer le bec et clore leur rencontre pour la soirée. Juste un petit baiser d'adieu.

Mais à la seconde où leurs lèvres se rencontrèrent il sut que ce ne serait pas le cas. Ce fut comme une décharge électrique. Tous ses muscles se tendirent et son pouls s'accéléra. C'était une sensation délicieuse et profonde. Il n'avait pas prévu ça. Lucy semblait apprécier elle aussi. Elle s'accrocha à son cou et se fondit en lui en poussant de profonds soupirs contre sa bouche. Quand elle se cambra, pressant son ventre contre son érection, il laissa échapper un grognement.

À chaque respiration, il sentait ses seins appuyer contre son torse. Il avait une envie folle de la plaquer contre le mur et de les prendre dans ses mains. Il était en train de perdre pied. Comme son père, sans doute, quand il avait rencontré Candace.

Au bout de quelques minutes, il dut se résoudre à s'écarter d'elle et il la repoussa doucement. Ce baiser était supposé prouver que le premier ne signifiait rien. Qu'il n'y avait rien entre eux. Mais c'était l'effet inverse qui s'était produit. Oliver ne voulait plus seulement connaître la jeune femme qui avait envoûté sa tante. Il la désirait. Plus qu'il n'avait désiré aucune femme depuis longtemps.

Mais il pouvait encore sauver les apparences.

— Vous voyez ? dit-il en reculant de quelques pas, afin de reprendre le contrôle de lui-même.

Il faisait de son mieux pour avoir l'air le plus imperturbable possible, alors qu'il avait l'impression de flotter sur un petit nuage.

— Je vois quoi ? demanda-t-elle, le visage empourpré et le regard hagard.

Il était évident que ce baiser lui avait plu, autant qu'à lui. Avec n'importe quelle autre femme et à n'importe quel autre moment, l'expression de son visage l'aurait poussé à recommencer, et même à aller plus loin. Mais il ne devait pas céder. Il n'allait pas tout gâcher maintenant.

— Que vous aviez tort. Ce baiser n'a pas plus de signification que le premier. À moi en tout cas, il ne m'a rien fait.

C'était exactement le contraire, mais il ne devait rien laisser voir de son trouble.

Le visage de Lucy se durcit, elle était sans doute furieuse que ses plans aient échoué. Ses mâchoires se serrèrent et ses poings se fermèrent. Heureusement, il était hors d'atteinte si jamais il lui venait à l'idée de le frapper une seconde fois.

— Je ne vous crois pas, lança-t-elle.

Il eut un large sourire et pria pour que son érection soit bien dissimulée par la veste de son costume.

— C'est pourtant la vérité. Je vous avais dit que je n'étais pas attiré par vous et je vous l'ai prouvé. Ce geste était un défi, un jeu, en aucun cas dicté par une quelconque attirance. Mais quoi qu'il en soit, je suis content que nous ayons pu clarifier la situation. Je n'aimerais pas que ce genre de malentendu se reproduise au cas où nous serions amenés à nous rencontrer de nouveau. Maintenant, si vous voulez bien m'excuser, je vais retourner à l'intérieur et retrouver mes amis. Je crois qu'ils s'apprêtent à porter un toast aux futurs parents.

Elle resta immobile, tandis qu'il la saluait d'un mouvement du menton. Puis il passa devant elle en la frôlant, avant de disparaître dans la grande salle.

Quel macho prétentieux !

Elle resta dans le patio quelques minutes pour essayer de retrouver son calme. Le quart d'heure qui venait de s'écouler avait été le plus éprouvant de sa vie, et elle ne pouvait pas retourner dans la salle comme si de rien n'était.

Elle était encore sous le coup de la colère. Si ses amies la voyaient comme ça, rouge comme une pivoine, les cheveux défaits et le regard brillant, elles ne manqueraient pas de l'assaillir de questions. Et elle ne voulait rien dire. En plus, sa main lui faisait encore mal après le coup de poing qu'elle avait donné à Oliver. Mais ce n'était pas grave. Son seul regret était de l'avoir donné trop tôt. Avec tout ce qu'il lui avait dit après, il en méritait bien un deuxième.

Et surtout, elle ne se sentait pas capable de se retrouver face à lui devant tous leurs amis et de faire comme si rien ne s'était passé. C'était une très grande salle, il y avait beaucoup de monde, mais elle savait qu'inévitablement, ils se retrouveraient nez à nez à un moment ou à un autre, plusieurs fois dans la soirée même. Et les choses risquaient de tourner au vinaigre, cette fois devant tout le monde. Elle préférait encore rentrer chez elle. Elle ne voulait pas gâcher la fête de son amie. Sans compter les rumeurs qui ne tarderaient pas à circuler après leur long aparté sur le balcon.

Quoi qu'ils fassent désormais, qu'ils se parlent ou ne se parlent pas, tout le monde allait les surveiller du coin de l'œil. Mais la priorité pour l'instant, c'était d'être présentable pour regagner la salle de bal.

Elle prit son poudrier dans son sac et se regarda sans la petite glace. Son maquillage n'avait pas bougé, sauf le rouge à lèvres qui avait disparu. C'était logique. Ce baiser l'avait mise sens dessus dessous. Oliver pouvait bien jouer l'indifférent, faire semblant de s'ennuyer, elle savait qu'il n'en était rien. Elle avait senti sa réaction contre elle pendant cet échange brûlant. Les hommes peuvent mentir, dire n'importe quoi. Mais leur corps parle pour eux. Et là, il était clair qu'il la désirait.

Alors, que voulait-il réellement ? Oui, elle l'avait embrassé. Elle avait peut-être mal interprété ses gestes juste avant et lui avait peut-être prêté des intentions qu'il n'avait pas, mais elle en doutait. Il avait accepté son baiser. Il l'avait serrée dans ses bras comme un homme qui désire une femme. Et ensuite il avait tourné l'affaire en dérision, prétendant que cela n'avait aucune importance, que c'était un geste anodin, et s'était moqué d'elle parce qu'elle avait cru autre chose.

À cette pensée, elle sentit ses joues s'embraser une nouvelle fois. La colère n'était pas passée. Pourquoi jouait-il avec elle comme ça ? Il s'était mis en tête qu'elle n'était qu'une voleuse et ne voulait plus en démordre. Pourquoi ne prenait-il pas son temps pour mieux la connaître et se forger une opinion plus personnelle, au lieu d'en arriver tout de suite à une conclusion aussi blessante ? Pourquoi refusait-il d'écouter l'avis de Harper ?

Elle se passa un peu de rouge sur les lèvres et remis le tube dans son sac. Il fallait qu'elle y aille maintenant. Si elle attendait d'être calmée, elle allait y passer la nuit. Elle prit une longue inspiration, afficha son plus beau sourire sur son visage et se lança.

Une fois à l'intérieur, elle s'aperçut que le toast était terminé. L'orchestre avait repris, et les gens s'étaient dispersés. Ses trois amies étaient ensemble, près de la porte. Elles la regardaient bizarrement.

Lucy s'avança vers elles.

— Qu'y a-t-il ?

Emma leva un sourcil interrogateur.

— C'est à toi qu'il faut poser la question.

— Je suis désolée d'avoir manqué le toast. J'avais besoin de prendre l'air, dit-elle.

Son excuse était un peu facile, mais elle ne voulait pas blesser son amie.

— Oui, prendre l'air avec mon frère, ajouta Harper pour la taquiner.

Elle se raidit.

— Quoi ? Comment sais-tu...

— On voit à travers les vitres, figure-toi, dit Violet. Il suffisait de regarder dans cette direction. N'importe qui pouvait vous voir en train de vous bécoter sur le balcon.

Elle se tourna vers la terrasse. Elle s'était crue à l'abri des regards dans la pénombre du patio contrastant avec les lumières de la salle de bal, mais elle s'était trompée. Tout le monde avait pu les voir.

— Euh, nous avons eu une petite discussion…

Emma eut un rire moqueur.

— Allez, laisse tomber, et dis-nous ce qui se passe.

— Oui, dis-nous ! C'est ça, la grande nouvelle ? Tu sors avec le frère de Harper ?

— Dieu du ciel, non ! s'exclama Lucy. Cet espèce de…

Elle fit un geste en direction du patio.

— Ce que vous avez vu, c'était juste…

— Juste incroyable ? suggéra Emma.

— Une réanimation cardiaque ? renchérit Harper.

— Un test ? Un entraînement ? ajouta Violet.

— Une erreur, coupa Lucy pour mettre fin au tir croisé de ses amies. Et quand je vais vous dire la grande nouvelle à laquelle Harper faisait allusion, vous allez comprendre pourquoi.

— Allons nous asseoir, proposa Emma, j'ai mal aux jambes et je veux connaître tous les détails.

Elles choisirent une table dans un endroit un peu à l'écart de la musique et du bruit. Quand elles furent installées, Lucy cherchait par où commencer. Ses amies attendaient, impatientes, les yeux rivés sur elle.

— Voilà, Alice m'a désignée comme héritière dans son testament.

— C'est génial, dit Emma. Enfin, je veux dire que c'est logique. Vous étiez si proches toutes les deux.

— Oui, approuva Lucy. Mais il y a un problème.

— Quel problème ? Tu es riche maintenant, dit Violet, étonnée.

— Eh bien, elle m'a légué presque toute sa fortune. Environ un demi-milliard de dollars, avec les investissements et l'appartement.

Ses paroles restèrent suspendues un moment dans l'air. Emma et Violet étaient sonnées. Harper se cala dans sa chaise, un sourire satisfait aux lèvres, certaine que tout ceci allait s'arranger. Peut-être parce que la vie avait toujours été facile pour elle. Les choses étaient différentes pour Lucy.

— Tu as bien dit un demi-milliard ? demanda Emma.

Lucy acquiesça. Que pouvait-elle ajouter à ce chiffre faramineux ?

— Et tu as attendu tout ce temps pour nous en parler ? Tu n'es pas plus excitée que ça ? s'étonna Violet. Moi, à ta place je l'aurais crié sur tous les toits, et j'allumerais des cigares avec des billets de cent dollars !

Lucy aurait bien voulu voir ça. Elle esquissa un sourire.

— Je ne suis pas excitée parce que je ne crois pas une seconde que les choses vont se passer comme Alice l'aurait voulu.

— Pourquoi donc ? demanda Emma.

— À cause d'Oliver, interrompit Harper. Il est complètement retourné par cette affaire. Toute la famille croit que Lucy est une sorte d'escroc qui a obligé Alice à tout lui léguer.

— Et moi je jure que je ne savais rien avant l'ouverture du testament, ajouta Lucy.

— Tu n'as pas à te défendre, dit Violet en secouant la tête. On te connaît bien. Si Alice a décidé de te laisser sa fortune, c'est parce que tu la méritais. Qui sont-ils pour décider à sa place ce qu'elle devait faire de son argent ?

— Je pense qu'ils vont essayer de prouver qu'elle n'avait plus toute sa tête quand elle a pris cette décision. Elle l'a fait quelques mois à peine avant sa mort. Ça ne joue pas en ma faveur. Oliver a mis tout un bataillon d'avocats sur l'affaire. Ils sont prêts à me broyer s'il le faut. Honnêtement, je crois que je n'ai aucune chance.

— Alors, pourquoi embrassais-tu Oliver sur le balcon, s'il est si méchant que ça ? demanda Emma, ramenant la conversation sur le point que Lucy voulait justement éviter.

Une fois de plus, les trois amies la fixèrent l'air interrogateur, et Lucy sentit qu'elle perdait tous ses moyens.

— L'autre jour, il est venu chez moi sans prévenir, et on s'est disputés. Quand je l'ai vu ici, j'ai cru qu'il m'avait suivie. Et on a recommencé à se disputer. Alors il m'a poussée dehors parce qu'il ne voulait pas que je fasse une scène devant tout le monde.

Et puis... Je ne sais pas pourquoi... on s'est embrassés. Après, il m'a embrassée encore une fois, pour me dire au revoir, je pense.

— Que lui est-il arrivé au visage ? demanda Harper. Il était tout rouge quand il est revenu dans la salle.

— En fait, je lui ai donné un coup de poing dans le nez, dit Lucy, un peu honteuse.

Violet étouffa un petit rire derrière sa main. Emma ne se gêna pas pour exprimer son approbation tout haut. Et bientôt, toutes les quatre riaient à gorge déployée, ravies de la correction infligée à cet homme si prétentieux.

— Tu l'as vraiment frappé ?

Lucy acquiesça, essuyant les larmes de rire qui coulaient de ses yeux.

— Oui. Pourtant il ne le méritait pas. Enfin pas encore.

— Oh ! je suis certaine qu'il le méritait, dit Harper. Il l'a bien cherché en fait. Contester le testament d'Alice est déjà une bonne raison.

— Tu crois qu'il peut obtenir gain de cause ? demanda Emma. Il n'a pas besoin de cet argent. D'après Jonah, les affaires marchent très bien pour lui.

— Oui, ne vous en faites par pour lui, confirma Harper. Il a vraiment bien redressé l'entreprise de papa depuis qu'il l'a reprise. Mais à mon avis, le problème, ce n'est pas l'argent.

— Alors, c'est quoi ? demanda Lucy. Ces derniers jours ont été très confus pour moi. En une semaine, je suis devenue riche et j'ai perdu mon emploi. Mais je continue à être payée pour un travail que je ne fais plus. Je n'ai plus de logement, mais je suis peut-être propriétaire d'un appartement sur la Cinquième Avenue. Je voudrais reprendre mes études à Yale, mais je n'en aurai peut-être pas besoin car je possède une galerie d'art dans mon propre salon. Je n'ai même pas eu le temps de pleurer la mort d'Alice. Toute ta famille est liguée contre moi alors que je n'ai rien fait. Je me suis juste réveillée un jour, et toute ma vie était bouleversée.

Harper tendit la main par-dessus la table et prit celle de son amie.

— Je sais Lucy, je suis désolée. Si j'avais deviné un seul instant que tante Alice allait te précipiter dans ce nid de vipères, je t'aurais prévenue. Mais ce n'est pas après toi spécialement qu'ils en ont. Ils auraient eu la même réaction avec n'importe qui. Ils veulent tous leur part du gâteau. Ça faisait des années qu'ils attendaient la mort d'Alice et, tout à coup, le magot leur passe sous le nez. Ils sont très déçus.

— Quelle charmante famille en tout cas, répondit Lucy avec ironie. Les repas de Thanksgiving, ça doit être quelque chose chez vous.

— Non, ce n'est pas aussi terrible que tu le penses. Tout le monde a beaucoup argent, ne t'inquiète pas. C'est juste qu'ils commençaient à fantasmer sur les peintures pour décorer leurs maisons, et sur leurs prochaines vacances. Et dans leur tête, c'est toi qui les prives de ces petits plaisirs de riches. C'est tout.

— Ne pourrais-tu pas parler avec Oliver pour le ramener à la raison ? demanda Emma.

— J'ai essayé. Il ne répond pas à mes appels. Je pense qu'il faut laisser le procès se faire, et espérer que les juges verront ce que nous savons tous : que Lucy n'est pas une voleuse. Une fois qu'ils se seront prononcés en sa faveur, plus personne ne pourra contester. Mais en tout cas, si Oliver revient dans l'appartement, préviens-moi tout de suite. Il n'a pas à faire ça.

— D'accord, dit Lucy en hochant la tête.

Scrutant la foule des invités autour d'elle, elle fut soulagée de ne pas le voir. Il avait dû partir.

— Mais assez parlé de cette histoire, ajouta-t-elle. Nous sommes ici pour fêter le bébé d'Emma et Jonah, pas pour régler mes problèmes. On en reparlera un autre jour.

— C'est vrai, je meurs de faim, reconnut Emma. À chaque fois que je veux aller me chercher quelque chose à manger, je croise quelqu'un qui commence à me parler ou qui veut toucher mon ventre.

— Je crois que ça va être le moment pour toi de découper ce magnifique gâteau. Ne t'inquiète pas, on va t'en mettre une part de côté. Et on éloignera les curieux, dit Lucy en lançant un clin d'œil à son amie.

Une lueur passa dans les yeux d'Emma.

— C'est un quatre-quarts à la vanille avec des fraises et de la crème. Quand on l'a goûté, Jonah a dû m'éloigner pour pouvoir en prendre un morceau.

— Hum..., renchérit Violet. J'en ai l'eau à la bouche. Je mange comme un ogre ces derniers temps. Beau n'arrête pas de me dire que je vais trop grossir. Mais je lui réponds que la grossesse est le seul moment où on peut se faire plaisir sans culpabiliser. Le bébé et moi, on est prêts pour le gâteau !

— Alors, allons-y, dit Lucy. Et priorité aux femmes enceintes !

5

— Harper ? Qu'est-ce que tu fabriques ici ?

En voyant sa sœur lui ouvrir la porte de l'appartement de tante Alice, Oliver eut un petit mouvement de recul. Harper avait sa tête des mauvais jours. Pendant toute leur enfance, et même leur adolescence, il s'était moqué d'elle quand elle prenait cet air irrité qu'il trouvait ridicule. Se trouver nez à nez avec elle, c'était la mauvaise surprise du jour.

Il ne l'avait pas revue depuis la *baby shower* la semaine précédente. Mais quand il avait aperçu le camion de livraison de Saks Fifth Avenue devant l'entrée de l'immeuble, il s'était douté qu'elle était dans le coin. Dès qu'il s'agissait de vêtements de luxe, elle n'était jamais très loin.

— J'ai vu des livreurs de Saks qui déchargeaient des vêtements en bas, et je me suis dit que c'était l'occasion de te saluer, mentit-il. Des courses à domicile, on dirait que quelqu'un a touché de l'argent, non ? C'est pour toi ou pour Lucy ? demanda-t-il, connaissant d'avance la réponse.

Il savait que Harper était bien trop coquette pour laisser quelqu'un choisir ses vêtements pour elle.

— C'est pour Lucy.

Harper était debout sur le seuil. Au même instant, l'ascenseur arriva dans un petit tintement, et une femme très élégante en sortit, suivie de deux hommes qui poussaient un portant recouvert d'une housse en plastique.

Son expression changea du tout au tout quand Harper s'adressa à eux.

— Bonjour, entrez, je vous en prie ! s'exclama-t-elle avec un grand sourire, s'effaçant pour les laisser passer.

Oliver en profita pour leur emboîter le pas. À l'intérieur, il s'installa confortablement sur le canapé du salon, attendant avec impatience le début d'une présentation de mode qui ne manquerait certainement pas d'intérêt. De ce qu'il avait vu à l'occasion de leurs différentes rencontres, Lucy avait besoin de refaire sa garde-robe. Quand elle portait un vêtement de meilleure qualité, c'était une pièce que Harper lui avait prêtée. Honnêtement, il était surpris qu'elle n'ait pas commencé le shopping plus tôt.

Comment allait-elle dépenser tous les millions qu'elle avait usurpés ? Il avait hâte de voir ça.

Les deux employés de Saks repartirent, laissant le portant près de la cheminée. La vendeuse commença à déballer les différents vêtements et à les présenter à Oliver, pensant qu'il était son client.

Quand Lucy entra dans la pièce, elle remarqua en premier non les luxueuses tenues suspendues un peu partout, mais la présence d'Oliver.

— Qu'est-ce qu'il fait encore ici ? demanda-t-elle, en écho à la question de Harper.

Harper soupira.

— Je n'en sais rien, mais ne faisons pas attention à lui. Il faut qu'on te trouve une tenue pour le gala. Et puis, sait-on jamais, un avis masculin nous sera peut-être utile.

Lucy eut une moue réprobatrice, puis se tourna vers les vêtements. Soulevant la manche d'une des robes, elle lut le prix sur l'étiquette.

— Harper, excuse-moi, mais ces robes sont largement au-dessus de mes moyens, se lamenta-t-elle. Sérieusement, j'ai des tenues qui feront parfaitement l'affaire. Pas besoin d'en acheter une nouvelle.

— Bien sûr que si. Tu es millionnaire maintenant, et tu dois faire honneur à ton rang, surtout pour un vernissage dans une galerie d'art. Tu veux travailler dans ce milieu, oui ou non ? Tu vas faire ton entrée en tant que mademoiselle Lucy Campbell, et non Lucy, l'assistante d'Alice Drake. L'invitation est à ton nom, cette fois. C'est une chance, crois-moi.

Oliver observait Lucy depuis le canapé. Celle-ci ne semblait pas convaincue par les arguments de Harper. Elle regardait les vêtements d'un air dubitatif.

— Justement, comment ont-ils su pour l'héritage ? Je n'en ai parlé à personne.

— Ces choses-là se savent très vite, tu sais. Wanda a dû se plaindre autour d'elle d'avoir été déshéritée, et la nouvelle s'est répandue. Le milieu de l'art est un petit cercle, et les gens ont voulu savoir qui avait hérité de la fortune d'Alice. Et surtout de sa collection. De toute façon, je crois que tu n'aurais pas pu garder le secret longtemps.

Lucy tourna son regard vers Oliver, toujours assis sur le canapé.

— Je ne comprends pas. Vous agissez comme si j'avais déjà ces millions sur mon compte. Mais je n'ai rien pour l'instant. Et je n'ai aucune garantie de toucher un jour cet argent. Je n'ai que les économies que j'ai faites pour me payer mes études. Je veux bien puiser dedans pour m'acheter une tenue de gala, mais pas trop chère.

— Allez-vous vous décider à essayer quelque chose ? intervint la vendeuse. On ne sait jamais, vous allez peut-être trouver un modèle qui vous plaît.

— Bien, allons-y alors.

La vendeuse lui présenta la robe probablement la plus chère du lot.

— Commençons par celle-ci. Où allez-vous vous changer ?

Lucy lui fit signe de la suivre dans le hall d'entrée, tandis que Harper se mettait à inspecter le portant.

Oliver ne s'attendait pas à ça. Il pensait que Lucy allait se précipiter dans les enseignes de mode les plus prestigieuses et se pavaner dans les rues de Manhattan. Effectivement, elle n'allait pas toucher l'argent tout de suite, et il était responsable de ce contretemps. Mais il y avait d'autres moyens d'avoir de l'argent disponible. La banque ne lui ferait certainement aucun problème pour lui faire un prêt en attendant. Elle pouvait aussi utiliser sa carte de crédit.

N'importe qui aurait fait ça. Pas Lucy. Elle ne semblait pas vouloir profiter de la situation, au plus grand désespoir de Harper qui adorait faire les magasins. Tout comme Candace, qui n'avait eu qu'une chose en tête, mettre la main sur la carte de crédit de son père. Quand elle était parvenue à ses fins, ça avait été une véritable frénésie. Elle disait qu'elle voulait être toujours belle pour lui. Cela avait coûté très cher à son père.

Sans doute Lucy n'avait-elle pas la même tactique. Avec ses grands yeux innocents, elle trompait tout le monde. Mais son objectif n'était peut-être pas de dépenser à tort et à travers. Il avait peut-être tort de la comparer à Candace.

Il repensait sans cesse à ce qui s'était passé sur le balcon l'autre soir. Il n'arrêtait pas de retourner cette histoire dans sa tête. Était-elle sincère ? En quoi était-ce si important de le savoir ? Coupable ou innocente, il la désirait. Mais se soumettre à un simple désir physique n'était peut-être pas une bonne idée.

À propos de désir…

Au même instant, Lucy entra dans la pièce, vêtue d'une robe de soirée couleur chair, extrêmement légère. On avait l'impression qu'elle ne portait rien, sauf quelques volants qui flottaient autour d'elle. Sur le devant, la robe était très montante, sans décolleté, mais le dos, qu'il aperçut quand elle se tourna vers Harper, était complètement dénudé jusqu'au creux des reins. C'était très sexy.

— C'est une robe Giorgio Armani, annonça la vendeuse avec fierté. Vous la portez très bien.

Les trois femmes discutèrent un moment entre elles, puis Harper se tourna vers Oliver.

— Qu'en penses-tu, Oliver ? Puisque tu es là, autant que tu serves à quelque chose. Donne-nous ton avis.

Cette situation n'était pas pour déplaire à Oliver. Il avait l'impression de regarder par le trou d'une serrure, ou d'espionner à travers le rideau d'une cabine d'essayage. La robe était très belle, mais il la trouvait un peu terne.

— C'est une très belle robe. Mais elle est presque invisible, on dirait que la personne est nue, commenta-t-il. Personnellement, je préférerais quelque chose de plus coloré.

Lucy sourit involontairement quand elle vit l'expression horrifiée de la vendeuse. Oliver était content de l'avoir fait rire, bien qu'il ne sache pas exactement pourquoi. Il n'avait pas remarqué qu'elle avait un si beau sourire. Il faut dire qu'à chacune de leur rencontre elle lui faisait plutôt la tête, et il ne pouvait l'en blâmer.

Harper approuva.

— Je suis d'accord. Ce n'était pas ma préférée de toute façon. Essayons-en une autre, dit-elle en en choisissant une sur le portant.

— Cette robe, c'est pour quelle occasion ? demanda Oliver une fois que Lucy eut disparu.

— Pour le gala de charité organisé par le Museum of Modern Art, samedi soir.

— Ah, dit Oliver. J'ai reçu une invitation aussi. Champagne, sculptures bizarres et gros chèques... Je vois le genre. Je pense que la seule raison pour laquelle ils l'ont invitée est que désormais, elle est une riche héritière.

Harper posa ses mains sur ses hanches.

— Et toi, pourquoi t'ont-ils invité à ton avis ? Pour tes beaux yeux ? Pour la même raison. C'est un gala de charité, oui, ils recherchent des fonds, c'est le but. Mais elle au moins elle sait de quoi elle parle quand elle va au musée.

Oliver haussa les épaules pour montrer à sa sœur que sa remarque ne l'atteignait pas. Il n'était pas totalement ignorant en matière d'art. Il avait suivi des cours d'histoire de l'art à l'université, cela faisait partie de la culture générale que devait posséder tout enfant bien né de New York. Et il avait parfois accompagné tante Alice dans les musées le samedi. Mais il n'était pas très sensible à cet univers. Surtout l'art moderne. Et puisqu'il n'aimait pas, pourquoi devrait-il se forcer à se rappeler le nom de tel ou tel artiste, ou la signification de telle ou telle œuvre ? Cela ne l'intéressait pas, tout simplement. Il pouvait citer peut-être six ou sept peintres connus, c'était à peu près tout.

La vendeuse revint dans le salon, l'air satisfait, suivie par Lucy qui, elle, faisait grise mine. Cette fois, pour être honnête, Oliver eut envie de rire. Elle portait une robe noire dont le tissu était si vaporeux et si ajouré qu'on aurait dit de la lingerie. En soi, cela aurait pu être beau, mais la dentelle noire était entrecoupée de bande de tissus rouges et roses. L'association produisait un effet étrange, comme si le vêtement n'était pas fini.

— Qu'est-ce que c'est que ça ? demanda-t-il.

— C'est du Christian Dior, annonça la vendeuse, outrée par le ton d'Oliver.

— C'est non, sans hésiter, dit Lucy en tournant les talons pour aller l'enlever.

Pour une fois, elle était d'accord avec Oliver.

— Vous n'avez rien qui ne soit ni trop pâle ni trop voyant ? demanda Oliver. Quelque chose entre les deux ? J'ai remarqué qu'en ce moment les femmes ne portent que du noir ou des couleurs sombres. Pourquoi ne pas se démarquer ?

La vendeuse, l'air pincé, se tourna vers le portant.

— Donc, ni noir, ni *nude*, ni sombre...

Elle passa en revue les cintres un à un, s'arrêtant à la dernière robe.

— Nous pouvons essayer celle-là, dit-elle, bien que ce ne soit pas ma préférée. C'est un nouveau créateur, il n'est pas très connu encore.

— Tentons le coup, intervint Harper. Tu ne nous aides pas vraiment, dit-elle à Oliver quand ils furent seuls.

— Ce n'est pas ma faute si la vendeuse ne propose que des tenues ridicules. Tu ne vas pas dire le contraire, non ? Tu as vu la dernière ? Je sais que c'est pour aller au musée d'art moderne, mais ce n'est pas une raison pour se déguiser en Arlequin.

Harper eut un petit sourire suffisant.

— Mon pauvre, on voit que tu n'y connais rien. J'espère que la dernière te plaira, sinon, tu peux rentrer chez toi au lieu de nous embêter. D'ailleurs, personne ne t'a demandé de venir. Tu n'as pas de travail aujourd'hui ?

Il fit la moue. Son entreprise était une machine bien huilée, et on pouvait se passer de lui quelques heures. Pour l'instant, ce qui l'intéressait, c'était Lucy. Pour des raisons multiples et confuses.

Quand l'intéressée revint quelques minutes plus tard, il en eut le souffle coupé. La robe était d'un rouge éclatant, avec des petites manches et un décolleté arrondi qui mettait en valeur sa poitrine. Lucy la portait à merveille. La coupe ajustée épousait parfaitement sa silhouette mince, la ceinture soulignait sa taille fine et la couleur vive rehaussait son teint. Elle était magnifique. Ni dentelle, ni volants, ni fanfreluches pour alourdir le tout. Une simplicité qui déplaisait à la vendeuse, mais qui enchantait Oliver. Si Lucy choisissait cette tenue, il voulait bien aller à ce gala.

— J'aime beaucoup celle-là, dit Lucy. Surtout cette partie.

Elle se retourna et prit tout le monde par surprise.

La robe était entièrement ouverte dans le dos, seulement retenue par la ceinture. Et elle était complétée par un pantacourt fluide en satin noir.

Oliver ne savait pas si ce vêtement était une robe ou une combinaison, mais il aimait bien. Il était surprenant, original, et pour cela convenait bien à Lucy. Il aimait le long décolleté dans le dos, qui laissait voir sa peau claire et douce comme de la soie. Quel homme ne voudrait pas danser avec elle afin de poser sa main sur son dos nu si attirant ? À cette idée, il éprouva un pincement de jalousie. Il n'avait pas envie que Lucy danse avec d'autres hommes. Le pantacourt soulignait joliment ses fesses bien rondes. Il n'avait pas remarqué avant qu'elle avait de si jolies fesses.

Quand Lucy eut fini de s'observer sous toutes les coutures, elle regarda le prix sur l'étiquette et poussa un soupir de soulagement.

— Très bien, je la prends, annonça-t-elle.

Oliver écouta quelques instants les trois femmes discuter chiffons, puis il contempla Lucy, toujours vêtue de sa robe rouge. Il n'avait pas prévu de se rendre au gala de samedi, mais finalement il allait peut-être modifier son emploi du temps.

Lucy était certaine que la vendeuse de Saks ne reviendrait pas. Elle avait choisi la robe la moins chère, et c'était une faute impardonnable dans ce milieu. Mais elle ne voyait pas l'intérêt de mettre autant d'argent dans un vêtement. Le prix représentait environ une semaine de son salaire.

Toutefois, Harper avait raison : elle devait faire bonne impression pour sa première sortie dans le monde. Et puis, une fois qu'elle aurait touché l'héritage, elle n'aurait plus besoin de compter. Elle aurait largement de quoi se payer des dizaines de robes comme celle-là. Et si elle ne touchait rien, eh bien cette robe lui servirait pour toutes les occasions de sorties. C'était un investissement.

L'appartement se vida d'un coup. Les hommes revinrent chercher les portants et repartirent, suivis par la vendeuse, la mine renfrognée. Harper avait un rendez-vous et les suivit quelques minutes plus tard. Il ne restait qu'Oliver, toujours assis sur le canapé. Lucy alla se changer, espérant bien ne pas le retrouver à son retour.

Elle enfila avec plaisir sa tenue de prédilection, un jean confortable et son T-shirt préféré, avant de retourner dans le salon. Oliver n'avait pas bougé d'un poil.

— Je ne comprends toujours pas ce que vous faites ici, dit-elle. Vous devriez partir. Il n'y a plus rien à voir.

Il se leva tranquillement.

— J'avais une affaire à régler dans le quartier, et quand j'ai vu le camion de Saks devant l'immeuble, j'ai eu envie de monter. Harper était forcément là, je le savais.

— Mais elle est partie maintenant, fit remarquer Lucy. Et vous, vous êtes toujours là. Vous avez d'autres questions à me poser ? Vous voulez me soumettre à un détecteur de mensonges, peut-être ?

Les mains dans les poches, il fit quelques pas sur le tapis marocain qui recouvrait le sol. Malgré elle, Lucy remarqua sa démarche féline et son regard pénétrant qui se posa sur elle. Il était tout près d'elle maintenant.

— Vous avez faim ? demanda-t-il de but en blanc, ne tenant aucun compte de ce qu'elle avait dit.

Décidément, il était impossible d'avoir une conversation normale avec cet homme.

— Il est midi, je meurs de faim, reprit-il. J'aimerais vous emmener déjeuner, si vous avez faim vous aussi.

Elle resta un long moment sans rien dire, ne sachant si elle devait accepter l'invitation, pesant le pour et le contre.

— D'accord, finit-elle par dire.

Elle se demandait encore quelle était la véritable raison de sa venue. Mais après tout pourquoi ne pas aller déjeuner avec lui ? Cela lui permettrait de mieux le connaître.

— Je prends mon manteau.

Ils sortirent en silence de l'immeuble et marchèrent côte à côte dans la rue animée. Même s'ils ne se touchaient pas, elle ressentait fortement la présence physique d'Oliver à côté d'elle. C'était comme si son corps était conscient du moindre de ses mouvements, même le plus infime.

Bientôt, ils arrivèrent à un endroit où la foule était plus compacte, et elle se plaça derrière lui pour le suivre, tandis qu'il se frayait un chemin au milieu des passants. Elle était soulagée de ne plus le sentir si près d'elle.

Mais quand il s'aperçut qu'elle n'était plus à côté de lui, sans hésiter, il la prit par la main et la ramena à sa hauteur. Le contact la fit sursauter, et tout son corps se mit en alerte.

Elle pensait qu'il allait la lâcher une fois qu'elle serait à côté de lui, mais il continua à serrer sa main pendant quelques dizaines de mètres encore, jusqu'à un restaurant qu'elle ne connaissait pas.

— Vous aimez le barbecue coréen ? demanda-t-il, lui lâchant enfin la main.

Elle regarda la vitrine tout en enfonçant ses mains dans ses poches.

— Je ne sais pas, je n'ai jamais goûté. Mais pourquoi pas ? Je veux bien tenter l'expérience.

Il parut satisfait, et ouvrit la porte pour la laisser entrer. Un serveur les installa à une petite table tranquille au centre de laquelle se trouvait un gril, puis leur tendit les menus. Lucy comprit que le terme barbecue signifiait que c'était à eux de faire cuire leur viande sur leur table. Quand le serveur revint, ils passèrent leur commande. Comme boisson, Oliver prit un verre de vin rouge ; Lucy préféra un soda. Après leur dernière rencontre à la fête d'Emma, elle se demandait ce qu'il allait encore inventer. Il était totalement imprévisible. Inutile d'ajouter de l'alcool à cette situation déjà brûlante.

Sur sa main, elle sentait encore le contact ferme et sensuel de sa paume, comme une chatouille. Sous la table, elle la frotta sur son jean pour apaiser la sensation. Elle devait garder la tête froide face à lui, surtout en tête à tête. Ne pas baisser la garde, même si sa main la chatouillait encore, et même s'il lui souriait aimablement. Cela faisait peut-être partie de son plan pour l'éliminer de la succession d'Alice.

Elle ne savait pas pourquoi, mais elle était sûre qu'il ne l'invitait pas à déjeuner par simple gentillesse.

Le serveur arriva avec les boissons, puis déposa une douzaine de petits bols sur la table. Il y avait différentes sortes de légumes, du riz et d'autres aliments qu'elle ne reconnut pas. Dans l'un des bols, elle aperçut une chose avec des tentacules. Son envie de découvrir la nourriture coréenne commençait à décliner sérieusement.

— Je peux vous demander quelque chose ? dit-elle, une fois le serveur reparti.

Elle avait décidé de lancer elle-même la conversation, choisissant un sujet à l'apparence anodine.

— Bien sûr, répondit Oliver.

Il prit son verre de vin et attendit la question.

— J'ai vécu avec Alice dans son appartement pendant cinq ans, et le seul membre de la famille que j'ai vu pendant tout ce temps était Harper. Je ne comprends pas, pourquoi n'alliez-vous jamais voir votre tante ?

Il baissa les yeux, se concentrant un instant sur les rainures du bois de la table. L'intensité de son expression lorsqu'il réfléchissait intriguait Lucy. Que ce soit dans des moments calmes ou quand ils se disputaient, il avait toujours ce même regard scrutateur, presque dérangeant. Elle se demandait ce qu'il cherchait à découvrir en elle. Elle en était mal à l'aise, surtout après les deux baisers échangés sur le balcon. Mais d'un autre côté, elle prenait un certain plaisir à voir les rouages de son cerveau mouliner ainsi.

— Tout simplement parce que tante Alice n'aimait pas recevoir. Bien sûr, elle ne le montrait pas, elle était très bien élevée. Elle vous recevait toujours comme un prince. Mais au fond d'elle elle détestait ça. J'avais envie de la voir, car je l'aimais bien, mais je savais que ça l'angoissait d'avoir du monde. Comme de quitter son appartement. C'était au-dessus de ses forces. C'est pour cela que je lui avais offert un ordinateur, pour qu'on puisse converser par e-mail tous les jours.

Lucy eut un mouvement de surprise en entendant la dernière phrase.

— Vous parliez avec elle tous les jours ?

Comment cela avait-il pu lui échapper ? D'autre part, elle n'avait jamais remarqué qu'Alice n'aimait pas la compagnie. Elle ne lui en avait jamais parlé.

Il acquiesça.

— Tante Alice était une personnalité complexe, mais peu de personnes le savaient. À mon tour de vous poser une question : que saviez-vous réellement de ma tante ?

Lucy réfléchit quelques secondes, puis énuméra ce qui lui venait à l'esprit, dans le désordre, c'est-à-dire pas grand-chose.

— Nous partagions l'amour de l'art. Elle aimait les plats à emporter du restaurant chinois du coin. Elle ne buvait que du thé brûlant avec une goutte de lait et un morceau de sucre.

Elle s'arrêta là. Le reste lui semblait sans importance. Par exemple, qu'Alice était très matinale, et aimait regarder *Jeopardy !* Tous les soirs de semaine.

— Maintenant que j'y pense, je réalise qu'elle ne parlait jamais vraiment d'elle. Elle n'a jamais mentionné sa famille ni son enfance. Je ne sais même pas si elle a travaillé dans sa vie, si elle a été mariée, ou autre chose. Quand je vous ai dit que je ne savais pas combien elle avait d'argent, ni ce qu'elle comptait en faire après sa mort, c'était la vérité. Nous ne parlions jamais de ces choses.

— Tante Alice ne s'est jamais mariée, répondit Oliver. Mon père m'a raconté un jour qu'elle avait aimé un jeune homme dans sa jeunesse. Malheureusement, il a été tué pendant la Seconde Guerre mondiale, et ensuite, elle n'a plus jamais fréquenté personne, au grand désespoir de son père. Il lui a présenté nombre d'hommes bien nés, issus de familles avec lesquelles il faisait des affaires et avec qui il aurait voulu resserrer les liens par un mariage. Mais elle n'a jamais voulu entendre raison. Et elle était têtue, vous le savez. Je crois qu'elle n'a jamais oublié son premier amour. Elle lui est toujours restée fidèle.

Lucy se redressa sur sa chaise, fronçant les sourcils.

— C'est triste. Il y a une vieille photo en noir et blanc d'un soldat sur sa table de nuit. Ce devait être son fiancé.

Oliver acquiesça.

— Elle s'était habituée à la solitude, je crois. C'est pour cela que quand les événements sont arrivés, elle a décidé de ne plus sortir de chez elle. Elle n'aimait plus le monde tel qu'il était devenu.

— De quel événement parlez-vous ?

— De l'attentat du 11 septembre 2001. Tous les New-Yorkais ont été profondément affectés, et chacun a réagi à sa manière. Elle a été très choquée. Ce matin-là, elle avait rendez-vous avec son conseiller financier. À quelques heures près, elle se serait trouvée dans la tour nord du World Trade Center quand l'avion l'a percutée. À partir de ce moment-là, elle n'a plus jamais mis un pied dehors.

Lucy écoutait Oliver avec attention. Elle était très surprise de ce qu'il lui racontait. Pendant des années, elle avait accusé les membres de la famille d'Alice d'avoir abandonné leur tante, elle leur reprochait de ne pas venir la voir. Mais en réalité elle ignorait tout de son passé. Bien sûr, elle s'était demandé pourquoi elle ne voulait pas sortir de son appartement, mais elle n'avait jamais osé lui poser la question. Parfois, des gens pouvaient devenir agoraphobes sans raison particulière.

— Comment était-elle avant ? demanda-t-elle, curieuse d'en savoir plus sur cette vieille dame qu'elle avait côtoyée mais qu'elle connaissait si mal finalement.

Oliver sourit, et son visage dur s'adoucit un peu.

— Elle était très drôle. Après la mort de ma mère, mon père nous confiait parfois à elle, Harper et moi, pendant qu'il travaillait. On passait l'après-midi chez elle, elle nous emmenait au zoo et dans les musées, bien sûr. Elle ne nous embêtait jamais si on se salissait, ou si on achetait trop de bonbons. Pour des enfants, elle était la meilleure tante du monde. Ce n'est que plus tard, en grandissant, que nous avons réalisé qu'elle se repliait sur elle-même, et qu'elle sortait de moins en moins. Elle vieillissait, bien sûr, mais je crois qu'elle était de plus en plus effrayée par la ville. Et l'attaque du 11 septembre a été la goutte d'eau. À partir de là, elle n'est plus sortie du tout. Finalement, elle s'est complètement retirée du monde.

— Pourquoi ?

— Par peur, je pense. C'est drôle, car avant elle était la personne la plus aventureuse et la plus enthousiaste que j'aie jamais connue. Je me suis souvent demandé ce qui serait arrivé si son fiancé n'était pas mort, et si elle avait eu des enfants. Serait-elle devenue aussi solitaire ? Sans doute pas. Mais j'ai été très triste de la voir s'éteindre peu à peu, elle qui était si brillante, si pleine de vie.

Le serveur arriva avec un plat de viande, et leur conversation s'arrêta. Il commença à faire griller le premier morceau pour leur montrer comment faire. Lucy était contente d'en savoir plus sur le passé d'Alice. Mais cela l'attristait aussi. Elle comprenait maintenant pourquoi sa patronne s'était si peu confiée à elle concernant sa jeunesse. Elle avait perdu son amour et avait décidé de passer sa vie seule, plutôt que d'épouser un homme qu'elle n'aurait pas aimé. C'était un destin incroyablement romantique. Ou triste. Lucy n'arrivait pas à se décider. Et si elle aussi finissait seule ?

Le serveur retourna la viande avec dextérité et déposa les morceaux dans leur assiette. Puis il présenta les différents mets que Lucy avait repérés plus tôt. Quand il fut reparti, Oliver déposa quelques morceaux de viande sur le gril, et ils commencèrent à manger.

Lucy observait Oliver du coin de l'œil tout en se remémorant leurs différentes rencontres depuis la mort d'Alice. Elle avait un peu honte de son attitude envers lui. Elle avait été injuste. Certes, il l'accusait d'être une manipulatrice, mais que savait-il au juste d'elle ? Rien. Et elle ne savait rien sur lui non plus. Ni sur Alice apparemment. Mais elle comprenait maintenant qu'il n'était pas indifférent au sort de sa tante. Il s'était vraiment inquiété pour elle. Elle avait senti une vraie affection dans ses paroles.

— Oliver, je voudrais m'excuser.

Il s'arrêta, sa fourchette suspendue en l'air.

— Vous excuser de quoi ?

— De vous avoir jugé trop durement. Vous et votre famille. Pendant toutes ces années. Je vous en voulais vraiment à tous. Parfois je voyais Alice dans son fauteuil, en train de regarder des vieilles photos et j'étais furieuse que personne ne vienne la voir. Elle était si seule... J'avais l'impression que tout le monde l'avait abandonnée.

Lucy sentit ses joues s'embraser, et elle baissa la tête. Elle avait honte. Quand elle releva les yeux et rencontra le regard d'Oliver, la douceur de son expression la surprit et la soulagea. Elle ne s'attendait pas à autant de mansuétude de sa part. Ce n'était pas son genre.

— C'est pour cela que j'étais très mal à l'aise à l'ouverture du testament. Tous ces inconnus qui m'entouraient comme des requins affamés et me regardaient comme une bête curieuse, cela m'a choquée. Aujourd'hui, je comprends que c'est Alice qui l'avait voulu ainsi. Je suis désolée de toutes les choses horribles que j'ai pu dire sur vous.

Il la regarda un moment avant de prendre une bouchée de viande.

— Il y avait de quoi être choqué si on n'avait pas tous les éléments, dit-il après quelques secondes. Mais je pense que quelque part nous sommes tous coupables, non ?

Son regard était fixé sur elle, son expression presque suppliante. Il n'était pas du genre à s'excuser, mais c'était sa manière à lui de reconnaître que peut-être lui aussi l'avait jugée un peu durement.

Il n'irait sans doute pas jusqu'à lever sa plainte et rappeler ses avocats, mais peut-être cesserait-il de la harceler et de venir à l'improviste chez elle lui donner des leçons de morale.

— On fait une trêve, alors ? proposa Lucy en levant son verre, retenant sa respiration.

Elle était soulagée de mettre fin à leurs querelles récurrentes, mais elle s'inquiétait de la tournure que pouvaient prendre les choses s'ils se rapprochaient.

Il lui sourit et leva à son tour son verre pour trinquer.

— D'accord pour la trêve.

6

Oliver pénétra avec assurance dans la grande salle du Museum of Modern Art et s'arrêta devant une table où les membres du comité organisateur du gala le saluèrent.

— Bienvenue, monsieur Drake. Ravis de vous voir parmi nous ce soir.

La femme qui s'était levée devant lui ne lui était pas inconnue, mais il n'arrivait pas à retrouver son nom.

— Je suis désolée pour votre tante, dit-elle. Nous perdons un mécène qui a joué un grand rôle pour notre musée et pour tous les musées d'art à travers le monde.

Oliver hocha la tête poliment.

— Merci.

Il se dirigea vers une autre table où un jeune homme vérifiait la liste des invités.

— Pouvez-vous me dire si mademoiselle Campbell est arrivée ? demanda-t-il en voyant les feuilles d'émargement.

— Oui, elle est là, dit le jeune homme, un grand sourire aux lèvres.

Apparemment, il avait dû remarquer et apprécier sa tenue.

— Merci.

Le personnel le dirigea vers un escalier qui menait au premier étage, dans un atrium où avait lieu la réception. À son entrée, un serveur portant un plateau d'argent s'avança vers lui et lui proposa une flûte de champagne. Il accepta volontiers. Il n'était pas fan de ce genre de mondanités, mais un bon champagne lui permettrait de passer un moment agréable. Sans compter que l'alcool faisait tomber les barrières et aidait les acheteurs à se montrer un peu plus généreux, il n'était pas dupe.

L'immense salle aux murs blancs, surmontée d'une verrière à travers laquelle on apercevait le ciel de New York, était dominée en son centre par une grande sculpture pyramidale. Oliver n'était pas revenu au MoMA depuis la rénovation du musée. Il avait un peu honte. Une centaine de personnes environ déambulait dans l'espace, discutant tout en sirotant leur champagne. Un orchestre jouait dans un coin, mais personne ne dansait pour l'instant. Sur le mur du fond étaient exposées des pièces d'art qui étaient vendues aux enchères silencieuses, dont la recette serait reversée à une école d'art voisine, la LaGuardia High School of Music & Art and Performing Arts.

Il ne fallut pas longtemps à Oliver pour apercevoir Lucy dans la foule. Sa robe rouge qui contrastait avec les tenues sombres des autres invités attira immédiatement son regard. La robe lui parut aussi éclatante que la première fois mais, ce soir, tout était à l'avenant. Lucy arborait également une coiffure sophistiquée, des bijoux scintillants et un maquillage parfait.

Elle était ravissante et follement attirante, il fallait se rendre à l'évidence. Sans plus attendre, il la rejoignit à grands pas. Mais il attendit encore un peu pour l'aborder.

Il prit plaisir à la regarder discuter avec un couple devant un grand tableau de Monet qui occupait tout un mur de la salle. Il était certain qu'elle ne l'avait pas encore vu. Quand elle se rendrait compte de sa présence, elle changerait d'attitude, même imperceptiblement, et il le verrait. Elle se raidirait et retiendrait son souffle en le sentant derrière elle. Sentait-elle comme lui l'attirance évidente qu'il y avait entre eux ?

Pour l'instant, buvant son champagne, elle était en grande conversation avec ce couple qu'il avait déjà aperçu dans un événement similaire. Elle ne se doutait pas qu'il l'observait, et elle était totalement naturelle. Il la découvrait sous un jour nouveau. Il ne l'avait jamais vue aussi détendue, même quand ils avaient décidé de faire la paix, ou quand il l'avait embrassée. C'était un peu sa faute, évidemment, si elle était tout le temps sur le qui-vive avec lui, mais de la voir aussi avenante lui donnait encore plus envie de la connaître, de découvrir cet aspect nouveau de sa personnalité.

Le couple prit finalement congé pour aller saluer une autre connaissance, laissant Lucy seule et un peu désemparée. Elle se mordit la lèvre, sa mine enjouée se décomposant peu à peu maintenant qu'elle n'était plus distraite par la conversation. C'était le moment ou jamais. Oliver se fraya un chemin jusqu'à elle.

Lorsque leurs yeux se rencontrèrent, Oliver sentit comme une décharge électrique parcourir tout son corps. Lucy lui fit un grand sourire en l'apercevant, peut-être soulagée de voir quelqu'un qu'elle connaissait. Du temps d'Alice, elle restait toujours dans l'ombre et n'avait pas l'habitude d'être sur le devant de la scène. Il imaginait bien qu'elle était intimidée par le cadre et par les gens qu'elle croisait. En plus, avec cette robe, elle pouvait difficilement passer inaperçue. Apercevoir un visage familier, même celui d'un ennemi, constituait un vrai réconfort.

Ou alors… Ou alors elle était vraiment contente de le voir, lui.

— Bonsoir, mademoiselle Campbell, dit-il avec son sourire charmeur qui n'était pas feint car ces derniers temps le simple fait de la voir le rendait heureux.

Elle était si belle qu'il regretta presque d'avoir attendu si longtemps pour l'aborder.

— Vous êtes ravissante, ce soir.

Lucy devint presque aussi rouge que sa robe.

— Merci, dit-elle. Je ne m'attendais pas à vous voir ici ce soir. Je ne me rappelle pas vous avoir déjà rencontré à ce genre d'événement du temps de votre tante. Je croyais que vous n'étiez pas amateur d'art.

Il balaya sa remarque d'un geste de la main. Il n'allait pas lui avouer qu'il était venu uniquement pour la voir.

— Je suis toujours invité, mais je viens rarement, car je suis souvent pris ailleurs. Ce soir, j'étais libre, et c'est pour une bonne cause. Alors j'ai sorti mon smoking du placard et je suis venu.

Lucy jeta un coup d'œil rapide à son costume Armani, puis détourna son regard vers les œuvres d'art disposées autour d'eux.

— Avez-vous vu les œuvres qui sont en vente ce soir ? Certaines sont très belles, au cas où vous voudriez étoffer votre collection personnelle.

— Non, je n'ai pas encore regardé.

Car à partir du moment où il l'avait repérée, plus rien d'autre dans le musée ne l'avait intéressé.

Il lui offrit galamment son bras et l'escorta à travers l'atrium jusqu'à l'endroit où se trouvaient une vingtaine de peintures et de sculptures en vente. Devant chaque pièce était affichée une feuille destinée à recevoir les enchères.

— Certaines de ces œuvres ont été réalisées par des étudiants des beaux-arts, d'autres sont des donations d'artistes locaux, expliqua Lucy. Ces jeunes artistes sont très prometteurs. C'est incroyable.

Oliver aurait pu lui lâcher le bras, mais il n'en fit rien. Il aimait le contact de son corps contre le sien. Beaucoup même.

— N'avez-vous jamais eu envie de devenir artiste vous-même ?

— Oh non, dit Lucy avec un petit rire. Je suis nulle en dessin. Mais j'aime l'art, j'aime le regarder, l'étudier. Regardez cette toile, par exemple.

Elle montra un grand tableau représentant la ligne des toits de Manhattan et le pont de Brooklyn qui s'étirait au premier plan.

— Plus on regarde ce paysage, plus on est fasciné.

Il s'approcha plus près pour voir ce qui pouvait distinguer cette peinture de celles qu'on vendait à tous les coins de rue de la ville. Ce n'est que quand il fut à vingt centimètres environ qu'il réalisa que ce n'était pas de la peinture, mais que l'image était constituée de milliers de minuscules cœurs. De loin, on ne voyait que l'image de Manhattan.

— Il est signé d'une très jeune artiste qui adore New York, continua Lucy. C'est ce que nous dit cette composition, avec une force incroyable. La palette de couleurs est très variée, la lumière du ciel est magnifique… C'est une œuvre très équilibrée.

— Je vois que vous aimez beaucoup ce tableau. Vous devriez l'acheter, suggéra Oliver.

Il avait très envie de voir comment elle allait dépenser l'argent de tante Alice. Maintenant qu'elle était riche, elle pouvait tout se permettre. Il regarda la feuille des enchères pour voir le dernier montant annoncé. C'était largement dans ses moyens, même en comptant les taxes.

— Il est seulement à dix mille dollars pour l'instant. Si l'artiste est aussi prometteuse que vous le dites, ça ne peut que prendre de la valeur. C'est un bon investissement.

Lucy éclata de rire à ces paroles. Il adorait entendre son rire. Et s'il aimait les discussions tendues avec elle, les conversations détendues n'étaient pas mal non plus.

— Vous êtes aussi piètre critique d'art que Harper, dit-elle. Miser sur des artistes qui n'ont pas encore éclos, non merci. Et puis de toute façon, pour l'instant, je n'ai pas l'argent. Juste quelques économies accumulées pendant les cinq années où j'ai travaillé pour votre tante. Je ne vais certainement pas les dépenser dans une œuvre d'art, alors que je ne sais même pas où je vais vivre dans quelques semaines.

Il ressentit un pincement de culpabilité. Il avait juste envie de passer un bon moment avec Lucy ce soir. Avait-il le droit de la pousser à acheter, alors qu'il voulait l'empêcher de toucher son argent ? Parfois, il regrettait d'avoir contesté le testament.

— Mais que feriez-vous si vous aviez tous ces millions à votre disposition maintenant ?

Elle prit quelques secondes pour répondre.

— Je n'y ai pas vraiment pensé. Dans ce cas, puisque c'est dans un but caritatif, j'aurais peut-être tenté ma chance aux enchères. Mais sinon je me sentirais presque coupable de dépenser autant d'argent pour un objet d'art quel qu'il soit.

Il fronça les sourcils.

— Ma tante pouvait dépenser cent fois plus pour une simple toile. Pourquoi vous sentiriez-vous coupable de faire la même chose ? C'est votre argent, vous en faites ce que vous voulez.

S'écartant de lui, elle se dirigea vers l'escalier qui menait à l'autre partie de l'exposition. Il lui emboîta le pas et lui reprit le bras, dans un geste de galanterie, mais aussi parce qu'il aimait la sentir à côté de lui. Quand elle s'était éloignée de lui, il avait senti comme un courant d'air froid. Une sensation de vide l'avait saisi. Il ne se lassait pas de sentir la chaleur de sa peau et de respirer son parfum léger comme l'odeur du jardin après la pluie.

— Ce n'est pas mon argent, reprit-elle au bout de quelques minutes. C'est celui d'Alice. Et si par chance il devient le mien, je ne pourrai pas le dépenser n'importe comment, à ma fantaisie. C'est un cadeau, un don inestimable, et je devrai en prendre soin. Faire le bien avec par exemple, aider des gens.

Curieux. Il n'avait jamais entendu dire que l'argent pouvait être un fardeau ou impliquer des responsabilités. Surtout de la part d'une personne qui avait sans doute comploté pour l'obtenir.

— Vous pouvez tout donner à des œuvres de charité, bien entendu. Mais Alice aurait pu le faire elle-même. Si elle vous a légué sa fortune, ce n'est pas pour que vous la dispersiez. Elle devait avoir ses raisons. Que j'aimerais bien connaître, d'ailleurs.

Elle s'arrêta sur le palier et se tourna vers lui.

— Moi aussi, figurez-vous. Les choses seraient plus faciles pour nous tous si elle avait laissé une petite explication, vous ne pensez pas ?

Ces paroles avaient un accent de vérité et touchèrent Oliver au cœur. Son estomac se serra. L'aurait-il mal jugée depuis le début ? Il avait passé du temps avec elle dans l'intention de découvrir qui elle était vraiment, s'attendant à trouver une froide manipulatrice, et voilà qu'il avait devant lui une jeune femme généreuse, attentionnée et intelligente. Et très attirante de surcroît, ce qui ne gâtait rien. Mais elle ne semblait pas en être consciente.

Soit elle était la plus grande dissimulatrice qu'il ait jamais rencontrée, soit il n'avait vraiment rien compris.

— Voici la partie du musée que je préfère, dit-elle, changeant de sujet.

Ils étaient à l'étage consacré au surréalisme. Ils déambulèrent

Elle esquissa un sourire.

— Je sais, mais ici, je ne ferai ni l'un ni l'autre. Quoi que vous disiez.

Elle but une gorgée de champagne et reprit sa visite de l'exposition.

Il ne dit rien et la suivit. Il n'en pensait pas moins.

— Cette section du musée est dédiée aux œuvres des années soixante, expliqua Lucy alors qu'ils pénétraient dans une nouvelle salle.

Elle ne voulait pas continuer la conversation sur sa prétendue beauté, ou sur les baisers qu'ils avaient échangés chez Emma. Rien de bon ne pouvait sortir de la manière dont il la regardait, surtout dans ces salles désertes du dernier étage, où personne ne pouvait les voir. Elle ne voulait pas rentrer dans son jeu.

Elle n'avait pas fréquenté beaucoup d'hommes, surtout depuis qu'elle avait quitté l'université, et elle avait du mal à les comprendre. Et même si elle avait eu quelques connaissances en la matière, elle n'était pas sûre que cela l'aide dans le cas d'Oliver. Il était à part. Il ne semblait pas l'apprécier vraiment mais, depuis un certain temps, il la suivait partout. Il pouvait tout aussi bien se montrer insultant et, la seconde d'après, la complimenter de manière inattendue. Avec lui, elle ne savait jamais à quoi s'attendre.

Elle n'aimait pas les gens lunatiques. Cela la mettait mal à l'aise. En revanche, il y avait une chose dont elle était certaine, c'était que leurs baisers avaient été passionnés et extrêmement sensuels. Peut-être les plus beaux baisers de sa vie. Mais après ça il l'avait quittée comme si de rien n'était et, aujourd'hui, elle ne comprenait pas ce qu'il voulait d'elle.

Ne sachant pas de quoi il retournait, elle préférait garder ses distances. Une trop grande proximité physique pouvait se révéler dangereuse, même s'ils avaient fait la paix. Elle pouvait difficilement l'éviter, puisqu'il la suivait comme son ombre, mais elle ne l'encourageait pas.

De toute façon, tant que le jugement ne serait pas prononcé au sujet de la succession, elle devait se tenir à distance d'Oliver

Drake. C'était plus prudent. Se concentrer sur les commentaires artistiques lui permettait d'oublier l'indubitable attraction-répulsion qu'elle ressentait pour cet homme.

Sur le mur devant eux, se trouvait maintenant la fameuse collection d'Yves Klein. Elle avait étudié longuement son œuvre à l'université, ainsi que ses pratiques artistiques qui avaient fait scandale à ses débuts — et encore maintenant — pour différentes raisons.

— Je pense que vous allez aimer cette collection d'Yves Klein. Elle s'appelle *Anthropométrie de l'époque bleue*.

Oliver s'arrêta pour étudier le premier tableau, l'air renfrogné, les sourcils froncés.

— Je n'ai pas très bien compris les œuvres précédentes, mais le peintre avait au moins une certaine technique. Là, je ne vois qu'une grande toile blanche avec des taches bleues.

Elle sourit.

— C'est le résultat final, c'est vrai. Mais Klein est plutôt un artiste performeur qu'un peintre. Ces œuvres ont été créées lors d'audiences publiques, avec un orchestre qui jouait au fond de la salle. Il est très célèbre pour ces événements. Son œuvre la plus connue, *FC 1*, a été vendue aux enchères pour trente-six millions de dollars en 2012.

En entendant le chiffre, Oliver la regarda, incrédule.

— J'ai du mal à croire qu'on puisse regarder un artiste en train de peindre pendant des heures et surtout payer si cher pour un résultat aussi bâclé.

S'il n'avait fait que cela, c'est vrai que ça n'aurait pas été intéressant, Oliver avait raison. Elle ne put résister à l'envie de lui faire partager d'autres informations sur les méthodes de Klein. Elle posa sa main sur son épaule, se dressa sur la pointe des pieds et approcha ses lèvres de son oreille.

— Il peignait avec des femmes nues.

Oliver se tourna vers elle, les sourcils froncés.

— Comment ça ? Des femmes nues le regardaient peindre ? C'est sympa, mais quel intérêt ?

— Non. Il n'utilisait pas de pinceaux. Il ne touchait pas la toile lui-même en fait. Il se servait du corps de ces femmes recouverts de peinture comme ce qu'il appelait des « pinceaux vivants ». Ou alors il traçait des empreintes de leurs corps sur la toile, et les complétait avec des traces de feu.

— Vraiment ?

Lucy acquiesça.

— J'ai vu des vidéos de ces performances, c'est très spectaculaire. Il faut imaginer tous ces gens très chics, amateurs d'art, arriver au musée et être accueillis par un homme en smoking et cinq ou six très belles jeunes femmes complètement nues. Ils s'asseyaient et regardaient les modèles s'enduire totalement de peinture et se presser contre la toile en suivant les indications de l'artiste. C'était plus un metteur en scène, alors, qui dirigeait ses modèles pour obtenir les formes qu'il désirait. Avec la musique et l'éclairage, ce devait être une expérience très sensuelle. Voir ainsi la création naître sous ses yeux devait être extraordinaire.

Oliver leva les yeux vers le tableau, et Lucy vit à son expression qu'il avait besoin d'aide pour appréhender ces formes si étranges.

Elle se planta entre lui et le tableau.

— Imaginez-moi nue, dit-elle avec un sourire. Autour de nous, il y a des seaux de peinture bleue et des grandes bâches au sol. Même certaines toiles sont étalées par terre. Je m'étale de la peinture partout, je me recouvre entièrement. Puis Yves me dit comment me positionner sur la toile.

Lucy se plaça devant la toile et essaya de trouver la position qui avait donné l'empreinte qu'ils voyaient devant eux.

— Vous voyez maintenant ?

Oliver ne dit rien. Lucy baissa les bras et revint à côté de lui. Il la regardait intensément, mais son regard n'avait rien de celui d'un amateur d'art. Elle lui avait demandé de l'imaginer nue, il l'avait prise au mot, et son esprit s'était emballé… Ses yeux bleu-gris brillaient de désir.

— Oui, je vois très bien, finit-il par dire.

Mais il ne regardait pas le tableau. Il fit un pas vers elle, ils étaient maintenant tout proches.

Elle sentit d'un seul coup sa présence physique. Elle fut parcourue d'un long frisson, depuis la racine des cheveux jusqu'aux orteils. Le corps d'Oliver dégageait un halo de chaleur qui l'attirait comme un aimant. Son parfum était si sensuel qu'elle eut envie de se lover contre lui et d'enfouir son visage contre sa poitrine. Elle n'aurait jamais dû lui parler des performances de Klein...

Il tendit la main et frôla la sienne, provoquant une nouvelle série de frissons. Une bouffée de désir monta dans son ventre, et cette fois, elle ne s'écarta pas de lui. Ils restèrent ainsi un moment, comme suspendus sur un même fil, et elle se demanda ce qui se passerait si elle laissait les choses se faire.

Il se pencha vers elle, son visage était maintenant tout près, il allait l'embrasser, quelques millimètres à peine les séparaient.

— Lucy ? murmura-t-il.

Malgré son peu d'expérience, elle savait ce que cela signifiait quand un homme prononçait votre prénom de cette manière. Elle faillit dire oui et se jeter dans ses bras, mais quelque chose la retint. La passion était mauvaise conseillère. Pouvait-elle faire confiance à un homme qui l'avait traitée d'intrigante, de voleuse même ?

Mais au diable les histoires d'héritage.

— Oui ? répondit-elle, la voix tremblante, se rapprochant imperceptiblement de lui.

— Seriez-vous d'accord pour partir avant la fin de la réception ?

Son souffle était chaud sur sa peau, un nouveau frisson la parcourut.

— Ça vient de commencer, protesta-t-elle sans conviction. Et c'est pour financer une école...

Mais en cet instant, aucun des deux ne se sentait très concerné par le projet.

Il la fixa intensément de son regard bleu.

— On peut repasser par la grande salle, et je fais un chèque, comme ça tout le monde sera content. Et ensuite on ira chez moi. Pour parler d'art évidemment, ajouta-t-il avec malice.

— Un gros chèque alors, suggéra Lucy.

Il avait les moyens, contrairement à elle.

— Bien sûr. Je fais toujours les choses en grand, dit-il en lui lançant un clin d'œil, laissant augurer beaucoup d'autres grandes choses.

7

— C'est très beau, dit Lucy en pénétrant dans le luxueux appartement au dernier étage.

Oliver fit mine d'ignorer le compliment.

— Oui, ça me convient parfaitement. Même si ce n'est pas sur la Cinquième Avenue avec vue sur Central Park.

— Peu importe. Je ne compare pas votre appartement avec celui de votre tante. Tout le monde ne vit pas sur la Cinquième Avenue. Et moi, si je n'avais pas été logée chez elle, je vivrais probablement dans un deux pièces de la taille de votre entrée.

Lucy regarda autour d'elle avec curiosité. Elle nota tous les détails de la décoration, visiblement faite par un professionnel. Oliver n'avait pas de temps à consacrer à ces choses-là. C'était juste un endroit pour dormir, et il l'avait meublé de manière fonctionnelle, avec le strict nécessaire. Comme il gagnait beaucoup d'argent, il possédait tout de même quelques objets de valeur, comme ces beaux vases et ces élégantes petites statuettes qui prenaient la poussière. Mais il devait avoir une femme de ménage pour s'occuper de tout cela.

Oliver retira la veste de son smoking et la jeta sur le canapé en cuir. Dans la poche, il prit le reçu de la peinture qu'il avait achetée au gala, le plia soigneusement et le rangea dans un tiroir. Il ne voulait pas que Lucy le voie. Elle pensait qu'il avait seulement fait un don pour l'université en partant, mais en réalité, pendant qu'elle était occupée avec d'autres personnes, il était passé dans la salle des ventes et avait placé une enchère ridiculement haute sur l'une des toiles qu'elle avait admirée un peu plus tôt. Ainsi, il était sûr de l'emporter. Une fois la pièce évaluée par le département des beaux-arts, elle serait livrée anonymement chez Lucy.

Il ne savait pas vraiment pourquoi il avait fait cela. Il n'avait pas l'habitude de faire des dons remarquables pour des œuvres de charité ni d'offrir des cadeaux extravagants. Les gens qu'il fréquentait en général n'avaient besoin de rien, et il se contentait de supporter mollement quelques causes par-ci par-là. Mais ce soir il avait eu envie de faire quelque chose de bien pour Lucy. Et de lui faire une surprise. Il savait qu'elle l'apprécierait plus que toutes les femmes qu'il avait connues. Et il espérait qu'il pourrait être là au moment où elle recevrait le tableau, pour voir son visage s'illuminer. Son sourire serait la plus belle des récompenses.

— Je comprends maintenant pourquoi c'est si facile pour vous de venir à l'improviste dans l'appartement de votre tante, dit Lucy, interrompant ses pensées. C'est à quelques rues d'ici à peine.

Oliver l'aida à enlever sa veste. La fraîcheur de la nuit était tombée mais il faisait bon dans l'appartement. Il s'attarda plus de temps qu'il n'aurait fallu pour contempler la courbe de son dos se dévoilant au fur et à mesure que la veste glissait sur ses bras. Il soupira en silence. Le mouvement porta son parfum fleuri jusqu'à ses narines, l'attirant irrésistiblement vers elle. Il fut tenté de poser la main sur son dos et de descendre jusqu'à la courbure des reins. Et de faire de même avec sa bouche... Décidément, cette robe lui faisait un effet incroyable.

Sa veste retirée, Lucy se retourna pour le regarder, l'air interrogatif. Perdu dans ses rêveries, il avait oublié ce qu'elle lui avait demandé. Ah, oui, elle parlait de l'appartement.

— Oui, ce n'est pas loin, dit-il machinalement.

Il prit une longue inspiration pour repousser la vague de désir qui montait en lui lentement mais sûrement. Son intention en venant ici n'était pas de sauter sur Lucy à la seconde où ils seraient seuls, mais il s'avérait plus difficile que prévu de résister...

— C'est tout près de mon bureau, c'est très pratique. Et puis, mon père et ma sœur ne sont pas loin non plus, c'est agréable. Passer chez vous était un petit bonus.

Il déposa la veste de Lucy sur la sienne.

— Je vous sers quelque chose à boire ?

— Volontiers, répondit-elle avec un sourire poli. Vous avez une terrasse d'où vous pouvez admirer la vue sur la ville ? Ce doit être très beau d'ici.

Il hésita un instant. Il n'était pas certain de vouloir lui montrer cette partie très intime de sa vie. Du moins pas encore. C'était une chose de vouloir la séduire, un autre de lui ouvrir cette partie qu'il gardait très secrète, et que très peu de gens connaissaient. Son appartement ne disposait pas d'une simple terrasse, mais de quelque chose de beaucoup plus joli et de très personnel. Il ne l'avait jamais montré aux femmes avec qui il était sorti. Mais Lucy n'était pas comme les autres. Et puis de toute façon, ils ne sortaient pas ensemble...

— Ce n'est pas exactement une terrasse, dit-il en disparaissant dans la cuisine, pour ne pas avoir à en dire plus.

— Que voulez-vous dire par là ? insista pourtant Lucy en le suivant.

Il avait toujours gardé cette passion secrète. Pour une raison qu'il ignorait, il répugnait à en parler. Il pensait peut-être à son père qui avait renoncé à tout pour Candace et qui avait finalement tout perdu. Ou peut-être tout simplement avait-il envie de garder cela pour lui, de ne pas avoir de compte à rendre. La seule à avoir vu son jardin était Harper.

Mais ce soir il avait envie de le montrer à Lucy.

Pourquoi à elle spécialement, il n'aurait su le dire. Mais, c'était un besoin compulsif, aussi soudain qu'inexplicable. Il se lança.

— En fait, j'ai un grand patio sur le toit, expliqua-t-il. C'est plutôt un jardin en réalité. C'est là où je vais quand je veux me vider la tête.

Quand il jardinait, il oubliait le boulot, le stress, les problèmes familiaux. Il se recentrait sur lui. Et il se sentait bien les mains dans la terre. C'était une passion difficile à expliquer dans son milieu, où ses homologues préféraient se détendre en jouant au golf, en fumant des cigares ou en buvant du whisky.

— Ce doit être très beau, dit Lucy. J'aimerais bien le voir.

Il ouvrit une bouteille de vin et servit deux grands verres. Il essaya de cacher sa nervosité. Il était très ému à l'idée de montrer son jardin à Lucy. C'était une grande première pour lui. Mais il ne voulait pas qu'elle devine à quel point ce sujet était sensible pour lui.

— Bien sûr. Et la vue est très belle, vous verrez.

Il lui tendit un verre, et elle le suivit jusqu'à une porte dans le couloir qu'elle n'avait pas remarquée. On aurait dit un placard, mais en réalité, c'était un escalier qui menait au toit. Oliver respira profondément puis ouvrit la porte qui donnait sur le patio.

— Voici mon jardin secret, dit-il, mon remède contre le béton.

Elle ne répondit rien. Quand il se tourna vers elle, il lut sur son visage la surprise et l'admiration. Les yeux grands ouverts, elle regardait son jardin comme si elle n'en avait jamais vu de sa vie. C'est vrai que l'endroit était particulier et inattendu à cet endroit de la ville. Il comprit qu'il ne pourrait pas lui cacher longtemps combien il était important pour lui. Cela sautait aux yeux.

— Je ne sais pas à quoi je m'attendais, dit-elle après quelques secondes. Peut-être à quelques pots de géraniums. Mais pas à ça en tout cas.

Effectivement, il existait sans doute peu de terrasses comme celle-ci sur les toits de New York. Elle était même probablement unique en son genre. Tout le long du bord, buissons et arbustes se dressaient dans d'énormes jardinières, ce qui renforçait l'impression d'intimité et d'isolement. Des petites guirlandes de lumières étaient suspendues çà et là sur les branches et semblaient se mêler aux étoiles. Des allées de gravier dessinaient un chemin sophistiqué entre les plates-bandes de fleurs et quelques légumes qu'Oliver avait l'habitude de donner à la banque alimentaire. On était en automne, et beaucoup de ses plantes allaient perdre leurs feuilles, mais elles offraient encore d'éclatantes couleurs.

— Je n'aurais jamais imaginé que vous aviez de tels talents de jardinier, dit Lucy. Harper ne m'en a jamais parlé. Comment le dirigeant d'une entreprise informatique a-t-il eu l'idée de se lancer dans un tel passe-temps ?

— Très peu de personnes sont au courant. Harper n'a pas intérêt à en parler, car sinon, elle sait que je vais lui demander de venir désherber, ou quelque chose de ce genre.

Il enfonça sa main libre dans sa poche et marcha le long de l'allée.

— C'est bizarre que vous me demandiez comment j'ai eu l'idée de me mettre au jardinage. Quand j'étais très jeune, ma mère avait un jardin comme celui-là, sur les toits, et j'allais de temps en temps l'aider. Je pense que c'est là que j'ai pris la main verte. Après sa mort, mon père l'a complètement laissé à l'abandon. Il ne voulait pas que quelqu'un d'autre y touche. Plus tard, quand j'ai été adolescent, j'ai eu l'idée stupide d'aller y faire pousser de l'herbe. C'était une telle jungle que je pensais que personne ne le verrait. Mais mon père s'en est aperçu, et il m'a passé un sacré savon. Comme punition, il m'a obligé à nettoyer et entretenir le jardin pendant six mois. Tout devait être impeccable. Et au bout des six mois je me suis aperçu que j'aimais jardiner. Ma vocation était née. Plus tard, j'ai choisi cet appartement à cause de son accès aux toits. Toute la surface est à moi, et comme l'immeuble est plus haut que les autres, il n'a aucun vis-à-vis et offre une incroyable impression d'intimité, alors qu'on est en plein New York. Les propriétaires précédents avaient seulement disposé quelques meubles de jardin, mais moi, en quelques années, je l'ai entièrement transformé et je pense que ma mère l'aurait adoré.

Oliver fut surpris lui-même par ce long discours. Pourquoi aimait-il ce jardin à ce point ? Il n'avait jamais raconté cette histoire à personne et, d'un coup, la question de Lucy avait ouvert les vannes. Il lui avait tout dit, d'une traite. Pourquoi lui faisait-elle un tel effet ? Ce n'était pas une simple attirance physique, c'était plus profond. Une véritable affinité, qu'il avait envie de transformer pas à pas en une relation forte et durable. Et en même temps il en avait très peur.

— Y a-t-il des endroits où on peut s'asseoir ? demanda-t-elle en se penchant sur une belle rose rouge pour respirer son parfum.

C'était une des fleurs préférées d'Oliver, la rose Mister Lincoln. En plus de sa belle teinte rouge carmin, elle dégageait un délicieux parfum.

— Oui. Suivez-moi, je vais vous conduire à la pergola que j'ai installée de l'autre côté.

Ils suivirent le chemin de gravier entre les rosiers, les gardénias et les marguerites, et arrivèrent côté sud, devant une petite pergola recouverte d'une treille de vigne. Elle offrait la plus belle vue du jardin. On apercevait non loin le toit aux couleurs changeantes de l'Empire State Building. Sous la treille se trouvait une méridienne à deux places, idéale pour une petite sieste, un bain de soleil, ou encore un apéritif au coucher du soleil.

— Oh ! murmura Lucy, admirative.

Avec une joie enfantine, elle quitta ses escarpins et s'installa sur la chaise longue. Elle remonta un peu sa robe sur son pantacourt et agita ses orteils enfin libres.

— C'est génial, dit-elle, si j'avais un jardin comme ça, j'y passerais tout mon temps !

En souriant, il s'assit à côté d'elle. Elle s'était jetée sur la chaise longue sans réfléchir, sans avoir peur de salir sa robe de soirée. Il aimait cette spontanéité.

— Moi, je ne profite pas souvent de cet endroit, dit-il à regret. L'entretien du jardin me prend tout mon temps libre, car je fais tout moi-même. Quand je suis dehors, je désherbe, je rempote les plantes, je taille ou j'arrose. C'est beaucoup de travail, mais j'oublie tous mes soucis.

Elle poussa un soupir et se blottit contre son épaule en prenant une gorgée de vin. Il sentit la chaleur de son corps irradier sous sa peau à travers le mince tissu de sa chemise. Son pouls s'accéléra, elle était si proche... Il eut très envie de la serrer contre lui. Mais il ne voulait pas brusquer les choses ce soir. Ils avaient tout leur temps.

— Moi qui croyais que vous étiez juste un bourreau de travail impitoyable, et que le peu de temps libre que vous aviez vous le passiez à m'embêter...

Tous deux rirent de bon cœur de cette remarque, éloignant pour un temps les pensées érotiques d'Oliver. Lucy disait ce qui lui passait par la tête, il aimait son naturel, son absence d'affectation. Elle ne cherchait pas à faire bonne impression, elle était authentique, et c'était rafraîchissant, même si sa remarque n'était pas dénuée d'ironie.

— Oui, je suis un bourreau de travail impitoyable, mais j'ai d'autres passions dans la vie, même si j'ai peu de temps libre. Et je suis venu vous embêter ces derniers temps parce que...

Il se tourna vers elle, sa bouche touchait presque sa tempe.

— Parce que je vous aime bien. Beaucoup plus que je l'aurais cru. Et beaucoup plus que je le devrais, sans doute. Mais c'est comme ça, j'ai envie de passer du temps avec vous, c'est plus fort que moi.

Lucy ne dit rien, troublée par cet aveu. Ils avaient décidé de faire une trêve dans leur guerre autour de l'héritage d'Alice. Mais de là à lui faire presque une déclaration d'amour alors qu'ils étaient seuls tous les deux sur un des toits les plus romantiques de la ville, il y avait un pas. Un très grand pas. Elle devait réagir. Absolument.

Posant son verre et sa petite pochette noire sur la table basse, elle se tourna pour lui faire face. Sous la lumière tamisée des petits lumignons, elle lut dans ses yeux une expression qu'elle ne lui connaissait pas. Ses traits semblaient adoucis, et son regard bleu acier plus brillant, plus chaud. Intense. Et ce n'était pas que du désir qu'elle sentait sourdre sous ses muscles tendus. En l'amenant ici, dans ce merveilleux paradis de verdure perché au-dessus de la ville, il lui avait livré une part de lui-même, il s'était mis à nu comme sans doute il ne l'avait jamais fait. Elle avait découvert une facette totalement inconnue de sa personnalité. Et cela le rendait plus sympathique, plus accessible. Tellement accessible qu'elle était prête à renverser les dernières barrières qui la retenaient pour se jeter dans ses bras.

— Parfois nous sommes aveuglés, et nous ne faisons pas les bons choix, dit-elle doucement. Mais parfois aussi, il faut savoir saisir sa chance. Sinon, on peut le regretter toute sa vie. Et je déteste avoir des regrets.

Et, joignant le geste à la parole, elle se pencha vers lui pour l'embrasser. Ce n'était pas un geste de désespoir comme la première fois, sur le balcon des Dempsey, mais le prélude à d'autres échanges. Elle se fondit en lui lorsqu'elle sentit ses mains la prendre par la taille et la serrer contre lui. Sa bouche s'ouvrit, et leurs langues s'entremêlèrent. Ce contact intime fit naître un frisson le long de son dos, et une pulsion de désir monta en elle.

Jamais elle n'aurait cru se retrouver dans un tel endroit, seule avec un homme comme Oliver. Même si elle avait toujours désiré s'élever dans l'échelle sociale, elle ne voulait le devoir qu'à elle-même. Pas à l'homme avec qui elle sortait. Elle n'avait jamais couru après les hommes riches, comme le font beaucoup de femmes. Pourtant les occasions n'avaient pas manqué, parmi le cercle de connaissances de ses amies Harper, Emma et Violet. Les jeunes hommes riches et sexy y étaient nombreux. Mais jamais elle n'avait pensé qu'ils pourraient s'intéresser à elle.

Oliver, pourtant, semblait très intéressé.

Ses mains caressaient chaque courbe, chaque creux de son corps, comme s'il voulait les apprendre par cœur. Quand il passa sur ses reins dénudés, elle trembla sous la chaleur irradiante de sa paume.

— Vous avez froid ? murmura-t-il, ses lèvres tout près des siennes. Vous tremblez. Rentrons à l'intérieur si vous voulez.

— Non, je n'ai pas froid. Ce sont vos mains qui sont chaudes.

Et il n'y a pas que les mains, se dit-elle en silence.

— Mais c'est très agréable, ajouta-t-elle.

— Vraiment ? dit-il en lui serrant la taille. Ça aussi, vous allez voir, ça va vous plaire.

Elle poussa un petit cri de surprise quand il l'attira fermement contre lui et la fit basculer pour qu'elle se retrouve à califourchon sur lui. La position était nettement plus confortable que d'être assis côte à côte, et elle pouvait maintenant le caresser à sa guise. Elle passa ses mains sur son torse et sentit ses muscles tendus sous la chemise blanche.

— C'est vrai, c'est mieux comme ça. Mais ce serait encore mieux sans la chemise.

Elle se redressa, dénoua le nœud papillon et déboutonna la chemise. Il se laissa faire, ferma les yeux, et sa mâchoire se tendit lorsqu'il sentit ses cuisses attiser son érection.

— Ouf..., laissa-t-il échapper dans un souffle.

Le sentant tout à elle, elle s'enhardit. Une fois les boutons défaits, elle écarta les pans de la chemise et passa doucement ses mains sur sa poitrine musclée et bronzée. Il n'avait pas la peau pâle d'un homme qui passe sa vie devant son ordinateur. Apparemment, le jardinage lui avait forgé un corps de sportif qu'elle trouva très sexy.

Il ne bougeait pas et avait toujours les yeux fermés. Elle pouvait admirer à loisir le beau cadeau que la vie lui faisait. Elle suivit du bout des doigts le tracé de ses abdominaux, remonta pour caresser avec délice la toison noire de sa poitrine puis redescendit en suivant le chemin jusqu'au nombril. Elle sentit son ventre frémir alors qu'elle descendait un peu plus bas.

Il ne pouvait supporter plus longtemps cette douce torture. Ouvrant les yeux, il saisit son visage et plaqua sa bouche contre la sienne. Une sorte de frénésie s'empara de lui, et le doux baiser sensuel de tout à l'heure s'intensifia à mesure que la tension montait. Elle répondait à ses caresses au rythme des vagues de plaisir qui soulevaient son corps.

Elle se tendit un peu quand Oliver commença à dénouer la ceinture rouge qui retenait sa robe. En dessous, elle ne portait rien d'autre que le pantacourt de satin noir. Elle allait se retrouver à demi-nue devant lui. Elle était nerveuse, mais ne voulait pas qu'Oliver se rende compte qu'elle n'avait pas eu de petit ami depuis longtemps. Et surtout elle ne voulait pas gâcher ce beau moment avec lui. Alors, elle afficha un sourire aguicheur sur son visage, tandis qu'il faisait glisser la robe jusqu'à sa taille.

Elle se mordit la lèvre en voyant Oliver regarder avec envie et admiration ses seins ainsi offerts. Elle retint sa respiration jusqu'à ce qu'il les prenne délicatement dans ses mains et commence à les caresser. Ses mains tremblaient légèrement. Elle s'abandonna à lui, et il continua avec plus d'ardeur.

Il attendit un bon moment avant de lui retirer complètement sa robe et de la jeter en boule sur le côté. Ils se rapprochèrent encore, il se redressa pour s'asseoir, enroula ses bras autour de sa taille et prit dans sa bouche un de ses seins roses qui pointait, durci par le désir.

Elle renversa la tête en arrière, ne pouvant réprimer un petit cri. Elle regarda avec inquiétude autour d'elle, s'attendant à voir apparaître des voisins, des gens aux fenêtres. Mais rien. Le jardin était totalement clos, et ils étaient à l'abri de tout regard intrusif. Elle pouvait crier, hurler, se mettre totalement nue, personne n'en saurait rien. C'était très excitant, et elle se découvrit ce jour-là un penchant exhibitionniste dont elle n'avait jamais eu conscience.

Elle attrapa la nuque d'Oliver, plongea ses doigts dans ses épais cheveux châtains et serra sa tête contre sa poitrine. Elle était si absorbée par l'instant, par la sensation de sa bouche sur sa peau, qu'elle ne se rendit pas compte qu'elle s'était peu à peu allongée contre le dossier de la méridienne.

Il s'allongea sur elle, écartant ses cuisses pour se glisser entre ses jambes. Posant ses mains de chaque côté, il la regarda avec un petit sourire satisfait. Puis il s'appuya sur elle, frottant son sexe dressé contre ses cuisses. Malgré l'obstacle des vêtements, elle fut secouée par une décharge de plaisir.

Il l'embrassa doucement sur les lèvres, puis descendit sur le menton, le cou, le creux des seins, le ventre… et s'arrêta en rencontrant la ceinture du pantalon. Il le dégrafa et le fit glisser sur ses hanches en attrapant au passage la culotte en dentelle qu'elle portait en dessous. Tout en faisant descendre lentement le tissu, il embrassait chaque centimètre de peau qu'il découvrait. Les hanches, le ventre encore plus bas, la naissance du pubis, l'intérieur des cuisses, les chevilles, les pieds.

Elle était nue. Complètement à sa merci, tremblante, submergée par un afflux de sensations délicieuses. Elle voulait maintenant qu'il la pénètre, elle voulait le sentir en elle, sentir son sexe dur avec lequel il l'avait excitée. Mais tout à coup il s'arrêta.

Ouvrant les yeux, elle le vit s'agenouiller entre ses jambes, l'air contrarié.

— Que se passe-t-il ? dit-elle, surprise.

Pourquoi s'arrêtait-il en si bon chemin, alors qu'elle était nue, offerte à lui et remplie de désir ?

— Je n'ai rien pris, dit-il, penaud. Pas de protection, je veux dire. Pour être honnête, je n'avais pas prévu ça ce soir. Et surtout pas ici. Ce n'est pas une excuse, j'en conviens, d'habitude, j'ai toujours ce qu'il faut sur moi. Je ne sais pas pourquoi j'ai oublié. J'étais accaparé par toi... Tu es nue et si belle et je...

Elle sourit et se pencha pour attraper son sac sur la table. Fouillant dedans, elle en sortit deux préservatifs qu'elle gardait toujours avec elle en cas d'urgence. Aucune urgence ne s'était présentée ces dernières années, mais elle préférait être prévoyante.

— Voilà, dit-elle en lui tendant les petits sachets, le délivrant de sa torture.

Il les prit et ferma le poing dessus.

— Merci, tu nous sauves la vie.

Il se pencha pour l'embrasser avec un sursaut d'énergie. Puis il se tourna un moment, retira son pantalon, mit en place l'étui de caoutchouc et se tourna vers elle.

— Voilà, dit-il en se plaçant entre ses jambes. Où en étions-nous ?

En guise de réponse, elle saisit son pénis et enroula ses doigts autour. Puis elle le frotta contre son sexe humide, faisant monter le plaisir, excitant leurs points les plus sensibles, puis le guida en elle.

— Je crois qu'on est prêts maintenant.

— Oui, je crois, dit-il en s'enfonçant en elle.

Il se mit à bouger très lentement pour la mettre au supplice, savourant chaque mouvement tandis qu'il allait à chaque fois un peu plus loin.

Après des années d'abstinence, elle éprouva un plaisir

extrême à sentir un homme en elle. Elle se demanda pourquoi elle était devenue aussi sauvage et pourquoi elle s'était privée si longtemps de ce plaisir, alors qu'elle avait à peine trente ans. Pourtant, pour rien au monde elle n'aurait échangé le moment qu'elle était en train de vivre. Cela valait peut-être le coup d'avoir attendu toutes ces années.

Oliver était l'homme parfait pour la faire renaître à la vie. Tout lui plaisait en lui : la façon dont il l'embrassait, dont il la touchait, le goût de sa peau, son parfum. Elle n'aurait pu trouver mieux. Et quand il commença à aller et venir plus vite, elle fut submergée de plaisir.

Elle s'accrocha à son dos, haletant et criant sous le ciel étoilé, tandis qu'Oliver assénait ses coups de boutoir. Ils se mouvaient ensemble, leurs mouvements fiévreux s'enchaînaient et se répondaient, leurs muscles se tendaient à mesure que le plaisir montait, de plus en plus irrésistible.

— Tu es merveilleuse, lui susurra-t-il à l'oreille. Je voudrais que ce moment ne finisse jamais.

Elle était incapable de répondre. Elle ne pouvait plus penser à rien, elle était hors de toute rationalité. L'orgasme montait, elle ne pouvait plus l'arrêter. Tout ce qu'elle put faire fut l'encourager avec les mots qui lui venaient.

— Oui, continue. Oui, je veux que ça dure encore et encore. Oui, tu es l'homme que j'attendais. Oui, oui, oui.

Puis elle explosa de plaisir, ce fut comme une blessure merveilleuse qui emporta tout son corps, irradiant depuis son ventre jusqu'à l'extrémité de ses doigts, faisant tourbillonner les étoiles au-dessus d'elle. Ses hanches se plaquèrent contre les siennes, et ses muscles se resserrèrent autour de lui pour le retenir. Il jouit juste après, dans un dernier assaut, puis s'écroula avec un grognement de satisfaction.

Ils restèrent allongés dans cette position pendant un moment, essoufflés, le cœur battant, tandis que leurs muscles se détendaient peu à peu. Cela leur sembla une heure, mais ce n'étaient que quelques minutes. Trop épuisés pour bouger, heureux dans les bras l'un de l'autre, ils finirent par démêler leurs membres et se blottirent l'un contre l'autre.

Elle se pelotonna dans le creux de son bras, se lovant contre lui. Il les recouvrit tous les deux de la robe rouge car la nuit s'était rafraîchie, et ils s'endormirent sous le ciel de Manhattan.

8

Oliver avait adoré faire l'amour avec Lucy, mais ce n'était pas tout. Il éprouvait presque autant de plaisir à parler avec elle. Après un petit somme sur le toit, ils avaient été réveillés par le froid. Rassemblant leurs vêtements, ils étaient redescendus se mettre au chaud dans la chambre. Là, ils avaient encore fait l'amour, mais au lieu de s'endormir, ils étaient restés éveillés et s'étaient lancés dans une longue discussion jusque très tard dans la nuit. Il avait cru qu'elle finirait par tomber de sommeil mais, non, telle une enfant têtue, elle gardait les yeux grands ouverts.

— Le week-end prochain, avec Harper, on part dans le Connecticut, annonça-t-elle.

— Une virée entre filles ? demanda Oliver.

— Si on veut. Tu as quelque chose de prévu après ? On pourrait se voir à mon retour.

Il prit son téléphone sur la table de nuit et consulta son agenda. Il avait besoin de tout noter, car son emploi du temps était très chargé.

— Oui, j'ai un truc. J'emmène Danny à Coney Island. Il est assez grand maintenant pour aller sur les montagnes russes, et ça fait des semaines qu'il me tanne avec ça.

— Qui est Danny ?

Il réalisa qu'il n'avait même pas mentionné à Lucy l'existence de son petit frère. Mais il est vrai que dans leurs diverses conversations, ils n'avaient pas parlé de sa famille — à part bien sûr de tante Alice.

— Harper ne t'a jamais dit que nous avions un jeune frère ?

— Euh..., dit Lucy en faisant un effort pour essayer de se souvenir. Si, maintenant que tu le dis, elle l'a évoqué plusieurs fois, mais elle n'a jamais prononcé son prénom. Elle l'appelle toujours Noodle. C'est pour ça que je n'avais pas fait le lien.

En entendant le surnom, Oliver se mit à rire.

— Effectivement. Il s'appelle Daniel Royce Drake. Royce, c'est parce que ma belle-mère adorait cette voiture. Harper l'a toujours appelé Noodle, dès sa naissance. Je ne sais pas d'où elle sort ce surnom, elle te l'a dit ?

Lucy secoua la tête.

— Non. Et je ne lui ai pas demandé. Parfois, elle me raconte de choses qu'elle fait avec lui, ou me montre des photos sur Snapchat. Mais c'est vrai que c'est un drôle de surnom. Pas facile de grandir avec ça.

Oliver haussa les épaules.

— Bah, je pense que s'il a besoin de voir un psy un jour, ce ne sera pas à cause de son surnom. À mon avis, il aura d'autres problèmes plus importants à régler dans sa vie.

— Pourquoi dis-tu ça ? demanda Lucy en fronçant le nez d'un air désapprobateur. Tu n'es pas très optimiste pour lui...

— Parce que c'est ainsi.

Son visage s'était fermé. Lucy ignorait donc la terrible histoire de Thomas et Candace Drake ? Harper avait pourtant dû lui en parler. C'était à peu près au moment où elle était entrée à l'université que leur père avait rencontré Candace. Et sinon Alice au moins avait dû évoquer cette histoire. Elle savait tout ce qui se passait dans la famille, même si elle ne voyait personne. À moins qu'elle n'ait pas été au courant de tous les rebondissements. Son père n'avait pas forcément envie qu'elle sache qu'il dilapidait sa fortune pour une jeune femme dont il était fou amoureux.

— Et pourquoi un jeune garçon né dans une famille riche aurait-il forcément besoin de voir un psy ? insista Lucy.

Seuls les gens qui n'avaient pas d'argent pouvaient penser que la vie était facile quand on en avait. Et que l'argent pouvait tout régler. Certes, on n'avait pas besoin de se soucier des besoins quotidiens. Mais l'argent amenait d'autres problèmes, tout aussi compliqués à régler. Et attirait des gens comme Candace par exemple.

— Pour l'instant, ça va, reconnut Oliver. Mais sa mère est partie quand il était très jeune. Elle doit lui manquer, même s'il ne s'en souvient pas bien. Tout ce qu'il sait d'elle, c'est ce qu'on lui en a raconté. Mais en grandissant il va se rendre compte qu'elle n'était intéressée que par la fortune de mon père. Puis qu'elle l'a laissé pour partir avec un homme encore plus riche. Quand il réalisera tout cela, cela risque d'être très dur. Mon père, Harper et moi nous l'aimons beaucoup, mais cela ne suffira pas à compenser le fait que sa mère l'ait abandonné.

Elle écarquilla ses grands yeux, choquée et attristée par cette histoire.

— Quel genre de femme peut abandonner son enfant comme ça ? C'est horrible.

Elle semblait vraiment touchée, comme si cette histoire la concernait directement.

— Candace est comme ça. Harper ne t'a jamais parlé d'elle ? De nos histoires de famille ? demanda Oliver.

— Pas vraiment, répondit-elle en secouant la tête. Elle n'aime pas tellement parler d'elle, comme si ça la gênait vis-à-vis de moi. Violet et Emma elles aussi ont grandi dans des familles très riches, et elles n'ont pas de problème avec ça, elles assument totalement.

— Harper n'a jamais mentionné Candace, même quand il y a eu l'affaire du testament d'Alice ?

— Non, jamais.

Il soupira. Il passa son bras autour des épaules de Lucy, et elle se blottit contre lui.

— Candace est la mère de Danny. Mon père est resté seul pendant les dix années qui ont suivi la mort de ma mère. Elle a eu un cancer du col de l'utérus. Sa maladie a été une épreuve pour toute la famille et, à sa mort, il a préféré se consacrer entièrement à notre éducation et à son entreprise. Il n'avait ni le temps ni l'envie de se lancer dans une nouvelle relation. Il se contentait de quelques aventures par-ci par-là. Quand Harper est entrée à l'université, il a rencontré Candace, et tout est allé très vite. Elle l'a complètement phagocyté. Ça a été un cauchemar, du début à la fin.

— Pourquoi un cauchemar ?

— Pour commencer, elle était très jeune : elle n'avait que trois ans de plus que moi. Mais cela ne semblait pas gêner mon père. Elle était très belle et lui a fait croire qu'il était l'homme le plus merveilleux qu'elle ait jamais rencontré. Il avait sans doute besoin de se sentir flatté et aimé après toutes ces années de solitude. Tout le monde a compris qu'elle n'en voulait qu'à son argent, sauf lui. Il était ébloui par sa beauté et n'y a vu que du feu. Il s'est senti pousser des ailes d'avoir attiré l'attention d'une si belle femme et il est tombé dans le panneau. L'année suivante, ils se sont mariés et, peu après, Candace s'est retrouvée enceinte. En l'espace de deux ans, elle a dépensé toutes les liquidités de mon père et l'a poussé à s'endetter de plusieurs millions. Quand il a voulu enfin mettre le holà, il était trop tard. Il était ruiné. Alors, il lui a coupé les vivres, et elle l'a quitté, abandonnant leur fils, Danny. Elle avait dû calculer qu'elle ne toucherait pas une grosse pension pour Danny si elle partait avec lui. La dernière fois que j'ai eu de ses nouvelles, elle s'était remariée avec un millionnaire de la Silicon Valley. Un de nos concurrents en fait.

Il ne voulait pas trop s'attarder sur le cas de Candace, l'histoire était encore douloureuse pour lui. Il l'avait résumée aussi brièvement que possible, et attendait la réaction de Lucy. Mais celle-ci restait silencieuse. Ils s'assirent et restèrent ainsi sans parler pendant de longues minutes.

Puis elle brisa le silence.

— Je comprends mieux, maintenant.

— Quoi donc ?

— Que tu aies pensé tout de suite que j'étais une intrigante. C'était à cause d'elle.

C'était la vérité. Mais maintenant qu'il connaissait mieux Lucy, il avait honte de l'avoir jugée trop vite.

ta belle-mère, mais je n'ai pas envie d'y réfléchir maintenant. Je verrai ça plus tard. Bonne nuit, Oliver.

Elle se pencha vers lui pour l'embrasser, puis elle s'allongea et se tourna de l'autre côté, se pelotonnant contre lui avec un dernier bâillement contagieux. Après quelques instants, dans le silence de la nuit, il entendit qu'elle dormait profondément. Il l'envia de pouvoir s'endormir aussi vite. Pour lui, c'était impossible.

Trop de questions restaient sans réponse. Rien n'était vraiment réglé, et il avait l'impression de ne pas y voir plus clair. De plus, Lucy avait très mal pris qu'il la compare à Candace et qu'il lui prête les mêmes intentions. Sa propre maladresse le mettait en rage.

Sans l'ombre d'une preuve, il l'avait accusée d'être une voleuse. Et les super plans qu'il avait élaborés pour essayer de découvrir ses secrets n'avaient strictement rien donné. En réalité, il n'avait pas vraiment essayé. Il avait juste fait faire une rapide enquête de personnalité, qui ne lui avait rien appris de probant. Elle était la fille unique d'un couple d'ouvriers modestes de l'Ohio qui avaient divorcé quand elle était très jeune. Pas de casier judiciaire, pas d'incidents bancaires... et ses résultats à l'université étaient plutôt bons, légèrement au-dessus de la moyenne.

D'après tous ceux qui la côtoyaient, elle était de compagnie agréable, attentionnée, intelligente et jolie. Il pouvait difficilement imaginer qu'elle était de la même trempe que Candace.

Et pourtant il avait toujours un doute.

Il se disait que s'il la croyait vraiment coupable d'avoir manipulé Alice pour hériter d'elle, il ne serait pas allongé à côté d'elle dans un lit. S'ils avaient couché ensemble, c'était parce qu'il y avait quelque chose de fort entre eux. Il était tout à fait possible, après tout, que sa tante ait décidé de laisser sa fortune à une personne qui la méritait.

Mais il n'avait pas encore retiré sa plainte.

Dans sa famille, personne n'était à court d'argent. Il gagnait bien sa vie. D'après ce qu'il voyait, les choses marchaient bien pour Harper aussi. Et son père avait beau se plaindre qu'il était ruiné, Oliver savait que son portefeuille d'actions lui rapportait plus en un mois que ce que la plupart des gens gagnent en une année. Évidemment, la vie était chère à Manhattan, mais il avait largement de quoi subvenir à ses besoins. Il avait également touché une prime de départ confortable en quittant son entreprise.

Son père avait été aveuglé par l'amour, mais tante Alice, elle, n'était pas folle. Si elle voyait toutes ces chamailleries autour de son testament, elle sortirait de sa tombe et viendrait leur dire de tout arrêter, car elle savait parfaitement ce qu'elle faisait quand elle avait rédigé ses dernières volontés. Difficile de croire que Lucy était derrière tout ça. Ou alors elle cachait vraiment bien son jeu.

Mais il n'avait pas vu de duplicité en elle. Alors pourquoi ne pas arrêter les poursuites ? À cause de lui, la succession était bloquée, et elle ne pouvait pas toucher son argent.

Oui, il allait lever la plainte.

Il poussa un soupir et ferma les yeux.

Non, pas tout de suite.

Le lendemain matin, Lucy ouvrit un œil et se demanda pendant quelques secondes où elle était. Dans le lit d'Oliver. Se remémorant la soirée et la nuit, elle se demanda si elle avait des regrets. Elle ne savait pas encore.

Il était encore très tôt et, ne voulant pas déranger Oliver, elle enfila son pantacourt, prit un T-shirt dans la penderie et sortit sans bruit de la chambre.

Dans la cuisine, elle se prépara un café, ajouta du lait et de la crème et s'installa à la table. Elle était surprise de se réveiller si tôt, alors qu'elle avait passé presque toute la nuit à faire l'amour et à discuter, mais son estomac était noué, et elle se sentait angoissée. Elle ne pouvait plus rester au lit. Elle ferait une petite sieste plus tard, une fois rentrée chez elle.

En attendant, elle se mit à réfléchir tout en buvant son café. C'était un sentiment étrange de se retrouver dans l'appartement d'Oliver, seule, en train de se préparer un petit déjeuner alors qu'il dormait encore. Elle aurait pu partir en douce mais elle se dit que ce n'était pas une bonne idée. Ce qui s'était passé cette nuit entre eux avait été incroyablement romantique. Cela ne se reproduirait peut-être jamais, et ce matin elle se sentait un peu bizarre. Mais elle ne partirait pas sans lui dire au revoir.

Tout à coup, son estomac se mit à gronder. Elle n'était pas comme son amie Violet qui faisait régulièrement des régimes et pouvait se contenter d'une tasse de café et d'une barre de protéines pour toute la journée. Lucy avait bon appétit, et elle aimait les petits déjeuners copieux. Œufs, pancakes, céréales, flocons d'avoine, tartines grillées, bacon... Elle aimait tout. Elle ne tiendrait jamais jusqu'au repas de midi, il fallait qu'elle avale quelque chose.

Elle regarda la pendule dans l'entrée. Il était 6 heures et demie. Il y avait bien une boulangerie au coin de la rue, mais elle n'avait pas envie de se montrer dans le quartier. Surtout dans cette tenue, en pantalon de soirée, les cheveux défaits. Elle ne s'était pas regardée dans la glace, mais elle savait qu'elle portait encore les stigmates de la nuit sur son visage. Oliver ne devait pas la voir dans cet état.

Du coup, elle renonça momentanément à l'idée du petit déjeuner et elle se rendit dans les toilettes de l'entrée pour évaluer l'étendue des dégâts. Allumant, elle grimaça en se voyant dans le miroir. Elle était affreuse.

Sa tenue était un peu disparate, le T-shirt n'allait pas avec le pantalon, mais elle ne voulait pas remettre sa robe ce matin. Elle ouvrit le robinet d'eau chaude et s'aspergea le visage pour essayer d'effacer les traces de sa folle nuit, puis s'essuya avec la serviette qu'elle trouva là. Ensuite elle se recoiffa comme elle put, avec les doigts, et enroula ses cheveux en chignon au sommet de sa tête. On était loin du look sophistiqué de la veille mais, au moins, c'était une tenue pratique, et c'était tout ce qu'elle pouvait faire car elle n'avait pas prévu de passer la nuit en dehors de chez elle, et elle n'avait rien pris pour se changer.

L'appartement était encore plongé dans le silence quand elle sortit des toilettes. Et le bruit que fit son estomac à cet instant résonna d'autant plus. Il fallait absolument qu'elle mange quelque chose.

Elle se mit à fouiller dans les placards de la cuisine, dans l'espoir de trouver quelque chose à grignoter, des barres chocolatées ou un paquet de biscuits. Oliver n'avait pas l'air d'être quelqu'un qui cuisinait beaucoup, mais elle n'avait pas deviné qu'il était un formidable jardinier. Alors, qui sait... Entre le placard et le réfrigérateur, elle finit par réunir de quoi préparer un petit déjeuner pour deux.

Elle se remémora une recette facile qu'Alice lui avait apprise quand elle vivait avec elle. Elle appelait ça un fourre-tout. C'était en réalité une sorte de quiche sans pâte faite de toutes sortes d'ingrédients de petit déjeuner. On y mettait ce qu'on avait sous la main, d'où son nom, mais la recette était très précise sur la manière de procéder. Ce que Lucy appréciait.

Sa mère était une excellente cuisinière, car elle avait travaillé pendant vingt ans dans un petit restaurant. Mais Lucy ne s'était jamais vraiment intéressée à la cuisine. Sa mère préparait tout à l'instinct et ne suivait jamais de recette. Elle avait toujours l'air d'improviser, et quand le résultat lui convenait, elle servait son plat. Mais elle était incapable d'expliquer comment elle avait fait. Et les rares fois où Lucy avait voulu apprendre, elle était en quelque sorte restée sur sa faim. Au bout du compte, elle avait renoncé.

Avec Alice, c'était plus facile. Toutes ses recettes étaient soigneusement notées à la main sur des fiches cartonnées qu'elle rangeait dans une boîte métallique. Elle les suivait à la lettre et n'improvisait jamais. Lucy s'était toujours dit qu'un jour, elle recopierait ces recettes pour pouvoir les refaire quand elle serait chez elle. Aujourd'hui, elle réalisait que ces fiches étaient à elles, comme tout le reste.

Enfin, normalement.

Elle se dit qu'Oliver serait d'accord pour lui laisser ces recettes si elle les voulait vraiment mais, pour le moment, elles faisaient partie de la succession comme tout le reste. Succession bloquée à cause de lui. Elle essayait de ne pas le voir comme un adversaire, mais le testament d'Alice se dressait entre eux comme un énorme obstacle. Ce n'était pas parce qu'ils avaient couché ensemble qu'il laisserait tomber la plainte, elle en était convaincue. Mais d'un autre côté, elle se dit qu'il la connaissait un peu mieux maintenant et qu'il avait vu qu'elle n'était pas comme sa belle-mère. Tout espoir n'était donc pas perdu.

— Hum, ça sent bon ici !

Tirée de ses pensées, Lucy leva les yeux et vit Oliver debout à côté de la machine à café. Il était adorable avec ses cheveux en bataille et sa barbe naissante, un jean enfilé à la va-vite et le visage encore ensommeillé. Le jean tombait sur ses hanches dévoilant son ventre musclé, qu'elle avait tant caressé cette nuit. Il passa sa main dans ses cheveux et lui sourit. Le tableau était charmant, et elle sentit son cœur chavirer. Et si, au même instant, le minuteur n'avait pas sonné, elle aurait probablement laissé brûler son déjeuner.

— Bonjour, dit-elle en se précipitant avec angoisse vers le four d'où s'échappait un grésillement inquiétant. Tu as faim ?

Elle sortit le plat à la hâte.

— Hum-hum, répéta-t-il en se rapprochant d'elle.

Il lui planta un baiser dans le cou. Un frisson, puis une bouffée de chaleur l'envahirent. Elle se retourna pour lui rendre son baiser, mais son attention était attirée par le plat qu'elle avait préparé.

— Tu as fait un fourre-tout ? demanda-t-il avec étonnement.

Elle acquiesça.

— Tu connais ? Tu as déjà goûté ?

— Si j'ai déjà goûté ? s'exclama Oliver. Tante Alice nous en faisait à chaque fois qu'on dormait chez elle avec Harper. J'adorais ça !

Elle éteignit le four.

— Tant mieux alors. C'est elle qui m'a appris à le faire, espérons que ce sera aussi bon.

Il examina le plat avec gourmandise.

— C'est exactement comme dans mon souvenir. Je crois que je n'en ai pas mangé depuis vingt ans au moins.

Elle le regarda d'un air interrogateur.

— C'est dommage, tu as tout ce qu'il faut pour le faire dans tes placards. La recette n'est pas très compliquée. Tu n'as jamais essayé ?

Il secoua la tête.

— Non, je ne cuisine jamais. J'ai une personne qui vient deux fois par semaine pour faire le ménage et préparer quelques plats qu'elle laisse dans le réfrigérateur. Je n'ai plus qu'à les réchauffer. C'est la meilleure solution que j'ai trouvée, sinon je ne mangerais que des cochonneries et je deviendrais obèse. Tout ce que tu as trouvé, c'est ma femme de ménage qui l'a laissé.

Elle était surprise.

— Alors, tu m'excuseras auprès d'elle d'avoir fouillé dans ses provisions.

Il sourit tout en se préparant un expresso.

— Oh ! Patty ne t'en voudra pas. Au contraire, elle sera heureuse de voir qu'on a fait de la cuisine ici, au lieu de trouver des emballages de *fast-food* dans la poubelle.

Lucy servit deux assiettes de fourre-tout, et ils s'assirent. Ils dégustèrent en silence, détendus et heureux après le petit moment de gêne de se retrouver face à face après leur nuit d'amour. Ils avaient presque fini quand le portable d'Oliver sonna.

Lucy attendit en silence la fin de la conversation. Oliver répondait par quelques monosyllabes.

— OK, j'arrive. Le temps de me préparer.

Il raccrocha et se tourna vers elle.

— C'était mon père. Danny a eu un accident de cheval ce matin. On l'emmène à l'hôpital. Je suis désolé, mais je vais devoir te laisser. Je les rejoins aux urgences.

Le cœur de Lucy se serra à l'idée que le petit garçon se retrouve à l'hôpital sans sa mère pour le réconforter. Elle ne le connaissait pas, mais elle se dit qu'une présence féminine pourrait peut-être l'aider. Elle avait envie de se rendre utile.

— Je peux t'accompagner, proposa-t-elle en se levant pour débarrasser la table.

Il eut un sursaut en entendant sa proposition. Elle eut peur d'avoir franchi une ligne rouge ; elle ne cherchait pas à s'imposer dans sa famille, même après la nuit qu'ils venaient de passer. Était-ce trop tôt ? S'était-elle montrée trop intrusive ? Cela déplairait peut-être au père d'Oliver de la voir arriver avec son fils. Il ne lui avait pas paru particulièrement bien disposé à son égard lors de la séance chez le notaire.

— Tu n'es pas obligée de faire ça, Lucy. Ce n'est rien de grave, je pense.

Mais il ne lui ferait pas renoncer à son idée si facilement. Elle insista.

— Je sais que je ne suis pas obligée, mais j'y tiens. J'ai juste besoin de passer chez moi quelques instants pour me changer avant d'y aller. Mais je serai heureuse de te tenir compagnie. L'attente promet d'être longue aux urgences. Je pourrai aller vous chercher des cafés, ou quelque chose à manger. Je pourrai vous rendre service en tout cas.

Il réfléchit un instant, puis finit par hocher la tête, l'air presque soulagé.

— D'accord, dit-il.

La prenant dans ses bras, il posa doucement son front contre le sien.

— Merci.

9

Danny était très courageux. Oliver se demanda si lui-même aurait été aussi courageux au même âge. Quand il avait neuf ans, il s'était cassé le poignet en tombant de vélo. Il se souvenait d'avoir eu très mal et il s'était beaucoup plaint. Beaucoup plus que Danny.

Ce dernier avait quatre côtes cassées, d'après le médecin qui l'avait examiné à son arrivée aux urgences. La radio montrait des fractures nettes, qui devraient se réparer seules, sans problème. Aucun risque de perforation du poumon. Mais on avait frôlé la catastrophe. Son cheval avait dû être effrayé par quelque chose et s'était emballé d'un seul coup. Danny était tombé sur le dos, et l'animal l'avait piétiné sur la poitrine. Il aurait pu être tué, mais s'en sortait avec quelques côtes cassées et des ecchymoses.

Son père était retourné chez lui pour lui prendre quelques affaires, car il allait rester en observation jusqu'au lendemain. Il allait avoir encore très mal pendant au moins vingt-quatre heures, et certains gestes étaient douloureux, comme porter un verre à sa bouche par exemple.

Harper était en ville, Oliver et Lucy décidèrent de rester avec lui. Quand Lucy lui avait proposé de l'accompagner, Oliver avait accepté un peu à contrecœur. Mais là il devait avouer qu'elle lui sauvait la vie. C'est elle qui s'occupa d'aller chercher à manger à la cafétéria, d'aller acheter quelques magazines à l'entrée, et elle encore qui avait un chargeur dans son sac, bien utile pour leurs portables qui étaient tous déchargés. Finalement, il était content qu'elle soit là. Bien plus qu'il aurait voulu l'admettre.

Se réveiller avec elle, prendre le petit déjeuner ensemble, et même se disputer… Tous les instants partagés étaient un vrai bonheur. Il en redemandait. Mais cette dépendance commençait à l'inquiéter.

— Je pourrais avoir une glace à l'eau ? demanda Danny.

Il était assis dans son lit, les bras appuyés sur deux piles de coussins, une fine couverture posée sur ses jambes. Il semblait soudain tout petit et fragile dans ce grand lit.

Oliver se leva, content d'avoir quelque chose à faire.

— Je vais voir si je te trouve ça. Tu peux rester avec lui ? demanda-t-il en s'adressant à Lucy, assise au pied du lit.

Elle acquiesça.

— Pas de problème, tout ira bien.

Oliver sortit de la chambre. Danny était un peu barbouillé à cause des médicaments antidouleur, et il n'avait pas touché aux aliments qu'on lui avait servis. Si une glace à l'eau lui faisait plaisir, il allait lui en trouver une. Il demanda aux infirmières au bout du couloir, mais elles n'avaient que des biscuits ou des compotes. Alors, il descendit voir s'il avait plus de chance à la cafétéria, ou à la boutique de cadeaux. Il était prêt à faire le tour de la ville pour trouver une glace à l'eau, si cela pouvait rendre le sourire à Danny.

Il finit par trouver ce qu'il cherchait et remonta dans la chambre au bout de vingt minutes. Arrivé devant la porte, entendant un bruit de voix à l'intérieur, il s'immobilisa. D'ordinaire, Danny n'était pas très bavard, mais il semblait que les médicaments avaient des effets inattendus sur lui. Il était en grande discussion avec Lucy. Oliver ne se montra pas tout de suite, curieux de savoir de quoi ils pouvaient bien parler sans lui.

— Les infirmières ont découpé mon T-shirt quand je suis arrivé à l'hôpital, disait Danny. Je ne pouvais pas l'enlever par la tête, ça faisait trop mal.

— Je pense que ton père t'en achètera un autre.

— Oui, mais ce ne sera pas le même. C'est ma mère qui me l'a offert pour mon anniversaire.

Oliver se raidit en entendant Danny évoquer sa mère. Il ne parlait jamais d'elle. Il ignorait s'il avait encore des contacts avec elle. Et son père n'était pas très loquace sur le sujet. Oliver se demanda si c'était une bonne chose qu'elle lui offre des cadeaux alors qu'elle l'avait abandonné.

— Ah bon ? dit Lucy d'une voix neutre, faisant comme si elle ne savait rien de son histoire. C'est gentil de sa part.

Oliver s'approcha doucement pour regarder par l'embrasure de la porte. Danny n'avait pas bougé, et Lucy était toujours assise au pied du lit, regardant le petit garçon avec intérêt.

Danny fit un mouvement des épaules qui lui arracha une grimace de douleur.

— Bof, pas vraiment. Elle m'envoie juste un cadeau à mon anniversaire et à Noël. Si c'était une vraie maman, elle resterait avec moi tout le temps. Ou elle m'aurait emmené. Ou alors elle viendrait me voir de temps en temps. Tout le monde dit ça quand ils croient que je ne les entends pas.

Oliver vit Lucy esquisser une légère grimace. Que répondre à cela ? Danny avait tout compris, et il n'y avait rien à ajouter.

— Je suis désolée pour toi. C'est difficile de vivre loin de sa maman. Moi aussi, mon papa est parti quand j'étais très jeune.

Danny leva les yeux vers elle, interloqué.

— Pourquoi il est parti ?

Elle soupira.

— En fait, j'étais très petite et je n'ai jamais bien su tous les détails de l'histoire, mais ma mère m'a dit qu'il avait rencontré une autre femme et fondé une nouvelle famille. Je ne l'ai jamais revu.

— Tu as des frères et des sœurs ?

— Oui. J'ai appris que j'avais deux petites sœurs quelque part. Mais je ne les ai jamais vues.

En entendant Lucy raconter son histoire, Oliver songea qu'il ignorait presque tout de son passé, de sa famille. Tout ce qu'il savait sur elle figurait sur la fiche que lui avait donnée son détective privé. Lucy ne lui avait jamais raconté ce qu'elle avait fait avant d'arriver à Yale et de rencontrer sa sœur. Il comprenait pourquoi à présent. Ce n'est pas simple d'être élevé par un seul parent. Son père à lui n'avait pas de problème d'argent, et tout était facile. Mais pour la mère de Lucy la vie n'avait pas dû être toujours rose.

Il se dit que Lucy avait dû travailler dur, plus dur que tout le monde, pour arriver là où elle était. Rentrer à Yale était déjà une prouesse en soi, mais ensuite arriver à payer les frais de scolarité très élevés quand on vient d'un milieu modeste était quasiment mission impossible. Cela avait dû être très douloureux quand elle avait dû interrompre ses études pour travailler. Être dame de compagnie n'était probablement pas une vocation pour elle mais, au moins, le destin avait bien fait les choses, car aujourd'hui elle était plus riche que la plupart des étudiants de Yale.

— Moi, j'ai que Oliver et Harper, dit Danny. Il y a des gens qui disent que ma mère est partie parce que je lui donnais trop de travail. Et aussi elle disait qu'après moi elle s'était fait attacher les trompes.

— Tu veux dire ligaturer les trompes, rectifia Lucy, amusée par son langage d'enfant de huit ans.

— Oui, je crois, dit Danny, fixant d'un air pensif l'aiguille intraveineuse sur le dos de sa main. Je suis désolé pour ton père, Lucy. Au moins ma mère m'envoie de beaux cadeaux. Normal, elle s'est mariée avec un homme super riche en Californie. La femme de ménage a dit qu'il avait inventé un truc qui se met dans les smartphones. Elle a déjà dépensé tous les sous de papa, je ne sais pas si elle arrivera à dépenser ceux de son autre mari.

Oliver fut surpris de constater que Danny savait beaucoup de choses sur Candace. Il était jeune, mais pas si protégé que cela des histoires d'adultes autour de lui. Sans doute ceux-ci parlaient-ils devant lui sans penser qu'il écoutait et comprenait tout. D'un côté, son innocence d'enfant était mise à mal mais d'un autre, au moins, cela lui éviterait d'avoir un choc trop rude le jour où il apprendrait la vérité. C'était un petit garçon plein de jugeote, Oliver le découvrait sous un nouveau jour.

Il était également surpris par le tact que Lucy montrait à son égard. Elle était extrêmement attentionnée envers les autres contrairement à Candace. L'air de rien, elle avait dévié la conversation vers un sujet plus léger, et ils discutaient maintenant de jeux vidéo. Toute trace de tristesse avait disparu du visage de Danny qui était intarissable sur les trolls et les passages secrets. Il adorait toutes sortes de jeux et pouvait passer des heures, plongé dans ces mondes parallèles. C'était probablement dans ces gènes, étant donné que son père avait fondé une des plus grosses entreprises d'informatique au monde.

Ce dernier l'avait aussi inscrit à des leçons d'équitation pour le forcer à sortir de la maison et à se dépenser. Évidemment, ce n'était pas sans danger, puisqu'il se retrouvait aujourd'hui à l'hôpital, mais au moins il avait une activité physique qui l'obligeait à sortir de son monde parallèle. Cependant dès qu'il pourrait à nouveau bouger le bras et l'épaule, il reprendrait son activité favorite devant l'écran.

Lucy l'écoutait attentivement, comme s'il s'agissait d'une conversation passionnante. Elle avait ce talent, quand elle vous écoutait, de vous faire croire que vous étiez la personne la plus importante au monde. Pas étonnant qu'Alice soit tombée sous son charme. Et Harper. Et maintenant Danny. Lucy était comme un soleil tournant dans l'espace et attirant tout le monde dans son orbite.

Comme les autres, Oliver ressentait cette attraction, et il se dit que c'était inutile de lutter contre. La longue conversation qu'ils avaient eue cette nuit avait agi comme une révélation. L'accident de Danny occupait tout son esprit aujourd'hui mais, dès qu'il avait un moment tranquille, ses pensées revenaient immanquablement vers Lucy. Il l'avait mal jugée. Maintenant qu'il la connaissait mieux et qu'il s'était débarrassé de ses préjugés, il pouvait se laisser happer sans retenue par l'aura de la jeune femme. Jamais il n'avait pris un tel risque auparavant, jamais il n'avait voulu franchir ce pas.

Et pourtant, aujourd'hui, il sentait ses dernières réticences céder. Il savait que bientôt, il serait tout à elle.

Tout à coup, il fut tiré de ses pensées par une goutte de glace qui commença à couler sur sa main. Il ne pouvait pas attendre plus longtemps dans le couloir, la glace commençait à fondre. Alors il donna un petit coup contre la porte et, entrant dans la chambre, tendit la friandise au petit garçon ravi.

Après un week-end à l'hôpital, la semaine suivante passa à toute vitesse. Tous les soirs, Lucy se rendait chez Oliver puis regagnait son appartement de la Cinquième Avenue le matin, quand il partait travailler. La journée, elle continuait ses recherches d'appartement près de Yale pour la rentrée suivante, et organisait le voyage qu'elles avaient prévu avec Harper pour le week-end.

Pendant le temps qu'ils passaient ensemble, comme par accord tacite, ni Lucy ni Oliver n'abordaient le sujet du testament, toujours suspendu à la décision du juge. Ils étaient dans leur bulle.

Lucy était maintenant certaine qu'Oliver ne la croyait plus capable d'avoir influencé Alice en sa faveur. Pourtant, elle n'osait pas lui demander de retirer sa plainte, et lui ne le faisait pas. Ils continuaient à se voir comme si les circonstances désastreuses dans lesquelles ils s'étaient connus n'avaient jamais existé.

Lucy savait que c'était là, quelque part dans sa tête, mais elle préférait oublier les débuts catastrophiques de leur relation. Tout se passait très bien entre eux tant qu'ils ne parlaient pas de ce sujet brûlant. De même, elle préférait ne pas penser qu'elle avait prévu de quitter New York après le nouvel an pour finir ses études, et ceci quelle que soit la décision du juge. Elle n'en avait rien dit à Oliver, peut-être parce que leur relation commençait à peine et qu'il était trop tôt pour parler de l'avenir.

Elle préférait attendre les vacances de fin d'année pour lui en parler. Mais pour l'instant elle ne voulait pas gâcher le plaisir qu'ils éprouvaient à être ensemble, malgré cette bombe à retardement au-dessus de leur tête.

Mais y aurait-il un moment plus opportun pour aborder la question ? se demanda-t-elle tout en consultant les plans d'un nouvel appartement. Peut-être.

Peut-être pas.

Ce soir-là, vers 6 heures, la sonnette retentit, et Lucy trouva Oliver dans le vestibule, les bras chargés de plats à emporter.

— Qu'est-ce que tu fais ici ? demanda-t-elle. J'allais me préparer pour venir chez toi.

— J'ai pensé qu'on pouvait un peu changer, dit-il en entrant. Ça faisait longtemps que j'avais envie de dîner dans la fameuse salle à manger d'Alice.

Lucy le suivit avec curiosité.

— Pourquoi pas ? Mais qu'a-t-elle de si extraordinaire, cette salle à manger ?

Oliver posa les sacs sur la table. C'était des spécialités italiennes venant d'un traiteur à côté de son bureau.

— Quand nous étions petits, nous n'avions pas le droit de manger dans cette pièce, car nous risquions de salir le superbe tapis marocain. Nous devions nous contenter de la cuisine, où le carrelage ne risquait rien. Et puis j'ai grandi et je ne suis plus venu. Aujourd'hui, c'est l'occasion ou jamais de réaliser ce fantasme.

Elle sourit. Elle non plus n'avait jamais mangé dans cette pièce, mais c'était plus une question pratique qu'autre chose. Quand elle était avec Alice, c'était plus facile d'utiliser la cuisine, ou de prendre son assiette dans sa chambre et de manger sur son lit quand elle était seule.

— Ce sera une première pour moi aussi, déclara-t-elle.

Ils s'installèrent autour de la grande table recouverte d'une nappe de lin blanc, le fameux tapis marocain sous leurs pieds. Mais en voyant les boîtes en carton aux couleurs italiennes dans ce décor, ils eurent la même réaction.

— Allons dans la cuisine, décidèrent-ils à l'unisson.

Ils remportèrent alors tout leur attirail, amusés par la situation. Non, décidément, cette salle à manger était trop solennelle pour un repas de ce genre.

Quand ils eurent terminé leur repas, Oliver prit la petite boîte contenant le tiramisu avec deux fourchettes. Puis il attrapa la main de Lucy pour l'entraîner vers la chambre.

— Allons prendre notre dessert maintenant, dit-il avec un sourire enjôleur.

Elle le suivit, l'estomac un peu lourd. Elle adorait le tiramisu, mais elle avait déjà trop mangé et avait l'impression de ne plus rien pouvoir avaler.

— Je n'ai plus faim. On pourrait attendre un peu pour le dessert, non ?

Se tournant vers elle, il lui adressa un clin d'œil coquin.

— Pas de problème. Un peu d'activité physique devrait te rouvrir l'appétit.

— Ah oui ? À quoi penses-tu exactement ? dit-elle en le défiant du regard.

Une fois dans la chambre de Lucy, il déposa la boîte de tiramisu sur la table de nuit. Se plaçant derrière lui, Lucy commença à caresser ses larges épaules. Elle aimait le voir vêtu de son costume, quand il sortait de son travail. Le contraste entre le tissu raffiné de sa chemise et la dureté de ses muscles le rendait éminemment sexy.

D'un mouvement d'épaules, il se débarrassa de sa veste. Lucy la rattrapa et la posa sur le dossier de la chaise. Ils poursuivirent ainsi leur ballet et se déshabillèrent complètement. Au début, Lucy éprouvait quelque réticence à se mettre nue devant lui, mais désormais elle n'hésitait plus, folle d'impatience de sentir sa peau contre la sienne.

D'un geste rapide, il retira le couvre-lit, et ils se jetèrent tous les deux sur le lit. Sans attendre, il attira Lucy contre lui et l'embrassa sur la bouche. C'était incroyable comme tous ces gestes étaient devenus familiers pour elle. Peu importait le moment, l'endroit, ce qui comptait à présent, c'était d'être dans ses bras. Ensemble, ils oubliaient le reste du monde, seuls comptaient leurs étreintes.

— Je mangerais bien un peu de tiramisu maintenant, murmura-t-il contre son oreille, si ça ne t'ennuie pas.

Si, cela l'ennuyait. Ils avaient commencé quelque chose, et voilà qu'il voulait s'arrêter pour manger. Mais elle ne dit rien, et sa patience fut récompensée.

Il prit le tiramisu sur la table de nuit et se positionna entre ses cuisses. Il embrassa ses genoux puis ouvrit la boîte. La pièce se remplit d'une bonne odeur de café et de chocolat. Avec son doigt, il attrapa un peu de crème et la répandit sur ses seins. Puis il continua sur son ventre et s'arrêta à la naissance des poils.

Reposant la boîte, il adressa à Lucy un sourire gourmand, se préparant à goûter enfin à son dessert. Alors, il commença à lécher doucement, très doucement son ventre, tournant autour de son nombril, puis remontant vers la poitrine. Elle se mit à se tortiller sous l'effet du désir qui montait, s'accrochant aux draps, poussant de petits gémissements de plaisir. Quand il atteignit ses seins, sa langue se fit plus insistante et vint titiller les petits bouts roses l'un après l'autre, tout en se délectant de la crème parfumée au moka.

Elle qui n'avait jamais vécu une telle expérience adora être transformée en dessert vivant. Le seul inconvénient dans l'histoire était qu'il ne restait plus rien pour elle. Quand il reprit la boîte pour recommencer à la tartiner, elle saisit son poignet pour l'arrêter.

— Moi aussi, j'en veux, dit-elle.

— Je croyais que tu n'avais plus faim, dit-il pour la taquiner, tenant la boîte en l'air, hors de sa portée.

Elle se mordit la lèvre intérieure avec une moue suggestive.

— Je veux juste goûter... Allez, s'il te plaît !

— Bon, puisque tu insistes, concéda-t-il en plongeant son doigt dans la crème et en lui tendant.

Elle attrapa sa main et se mit à la lécher avec application tout en le regardant droit dans les yeux. Au bout de quelques secondes, il laissa échapper un grognement et murmura son prénom d'une voix rauque.

— Bien, j'en ai assez, je crois, dit-elle en le lâchant. Passons à la suite maintenant.

— Très bien, dit-il en reposant la boîte.

Il s'allongea près d'elle.

— Viens...

La prenant par la taille, il l'attira contre lui. Elle l'enjamba, conquérante, guettant une lueur de satisfaction dans le regard de son amant. Elle ne s'était jamais trouvée très jolie et n'aimait pas particulièrement son corps qu'elle jugeait moyen, sans plus.

Mais Oliver la regardait comme si elle était une déesse. Avec lui, elle se sentait belle et désirable.

Il approcha la main de son visage, suivit de ses doigts la courbe de ses joues, puis celle de ses lèvres sensuelles.

— Tu es si belle... Je ne me lasse pas de te regarder.

Comment avait-elle pu rencontrer un homme aussi incroyable ? Tout était surréaliste depuis la mort d'Alice. L'argent, l'avenir... Elle avait déjà du mal à croire que tout cela était vrai. Mais Oliver... Faire l'amour avec un homme comme lui était au-delà de ses espoirs les plus fous. Il était beau, intelligent, et riche. Il avait tout ce dont elle avait toujours rêvé, mais jamais elle n'aurait pensé qu'un jour ce rêve s'accomplirait. Et elle était là, dans son lit avec lui, sentant son désir contre la peau nue de sa cuisse.

Elle prit un préservatif, le fit glisser sur son sexe dressé et se positionna pour le faire entrer en elle. Elle ferma les yeux et se mordit la lèvre en le sentant pénétrer et se répandre à l'intérieur d'elle. Posant les mains sur ses hanches, il l'immobilisa un moment. Ils savourèrent ensemble cet instant magique où leurs corps se rencontraient. Puis elle se mit à bouger sur lui, avec lenteur et régularité.

Ils avaient fait du chemin depuis leur première rencontre dans le bureau du notaire. Il était difficile de croire qu'ils se connaissaient seulement depuis quelques semaines. Aujourd'hui, elle avait du mal à imaginer la vie sans lui. Rien qu'à cette idée elle sentait son cœur se serrer. C'était la première fois de sa vie qu'elle ressentait ça. Plus d'une fois, la nuit, à côté de lui, elle y avait pensé.

Maintenant, quand elle regardait Oliver, la vérité lui sautait aux yeux : elle était amoureuse de lui.

Elle avait toujours l'impression de faire l'amour avec lui pour la première fois, ce qui ne faisait que renforcer les sensations. Elle avait eu quelques amoureux dans sa vie, mais rien de très sérieux. Elle n'avait jamais ressenti un tel attachement, une telle émotion auparavant. Et cela changeait tout.

Elle sentait le plaisir monter en elle, se répandre en vagues depuis son bas-ventre. Ses muscles se tendaient peu à peu autour de lui, se préparant à l'apogée de ses sensations.

— Oui, murmurait Oliver, ses doigts enfoncés dans la chair de ses reins, continue… maintenant…

Ne demandant qu'à le satisfaire, elle se laissa emporter par son orgasme. Elle renversa la tête et poussa un cri de plaisir, parcourue par des sensations plus fortes et plus intenses que jamais. Mais dans ce déferlement c'était le sentiment de bien-être et de paix intérieure qui l'emportait. Le bonheur d'être avec Oliver l'enveloppait tout entière. Elle savoura l'instant, tandis que les râles d'Oliver se mêlaient à sa propre respiration encore haletante.

Enfin, elle se laissa tomber lourdement à côté de lui, épuisée et heureuse. Après quelques minutes, Oliver l'embrassa avec douceur. Les choses n'auraient pu être plus parfaites.

— Je vais me chercher à boire à la cuisine. Tu veux quelque chose ?

Elle secoua la tête. Elle n'avait besoin de rien, elle était parfaitement heureuse. Elle regarda les fesses parfaites de son amant qui sortait nonchalamment de la chambre, et tout ce qu'elle pouvait sentir en cet instant était un merveilleux sentiment d'amour. Elle l'aimait. Totalement, inconditionnellement.

L'idée qu'elle commettait une énorme erreur l'effleura, mais elle la repoussa très loin.

10

— Je me demande pourquoi on se retrouve encore ici à chercher un appartement, dit Harper.

— Je suis trop vieille pour vivre dans un foyer ou en colocation, répondit Lucy. Si je recommence mes études, je veux avoir mon propre appartement à côté du campus.

C'était une fraîche journée de fin d'été à New Haven. L'été avait joué les prolongations cette année, mais les premiers signes de l'automne faisaient leur apparition. On était fin septembre, bientôt les feuilles tomberaient, ce serait la saison des gros pulls et des bottes. Et quand les cours du second semestre reprendraient en janvier, il faudrait sortir les manteaux, les bonnets et les gants.

— Mais je ne vois pas pourquoi on s'embête avec ça, alors que tu vas hériter d'une fortune. Quel besoin as-tu de vouloir reprendre tes études maintenant ?

Se contentant de secouer la tête, elle se replongea dans le plan fourni par le service des logements de l'université. Bien sûr, quitter l'appartement de la Cinquième Avenue pour venir s'installer dans un petit deux pièces n'était pas une perspective enthousiasmante, mais c'était ainsi. Il fallait revenir à la réalité.

— Cela n'a rien à voir avec l'héritage. Que je le touche ou pas, je veux terminer mon cursus d'histoire de l'art. C'est ce que j'ai toujours voulu faire, et quand j'ai été obligée d'arrêter, ça a été très dur. J'ai mis de l'argent de côté pendant toutes ces années pour ça, et maintenant qu'Alice n'est plus là je peux reprendre mes études, même si je dois vivre pendant quelques mois dans un appartement un peu petit et inconfortable.

Elles arrivèrent devant l'un des appartements à louer, tout proches du campus.

— Ça n'a pas l'air trop mal, dit Lucy. Mais comme c'est l'immeuble le plus proche de l'université, il doit être très recherché et plus cher.

Elles se rendirent dans le bureau de location, et l'agent les conduisit jusqu'à un petit deux pièces.

— J'ai un appartement du même type qui se libère à la fin du semestre, leur apprit l'employé. Les occupants passent leurs examens et déménageront juste avant les vacances. J'ai également deux appartements avec deux chambres qui vont se libérer bientôt. Vous seriez intéressée ?

— Non, merci, répondit Lucy.

Elle avait vécu dans une petite chambre pendant cinq ans et partagé une chambre d'étudiante avant. Elle n'avait pas besoin de quelque chose de trop grand.

— C'est juste pour moi. Une chambre me suffit.

— Très bien. Allez-y, regardez si celui-ci peut vous aller. Je suis dans le bureau si vous avez des questions.

Les deux amies entrèrent dans l'appartement, et Lucy poussa un soupir de soulagement. Ce n'était pas mal du tout. Sur la gauche, il y avait la pièce à vivre, relativement spacieuse, avec un petit balcon. À droite, la cuisine-salle à manger. Et au bout d'un petit couloir, la chambre et la salle de bains. La décoration et les installations n'étaient pas très modernes, mais c'était propre et bien entretenu.

— Ça pourrait faire l'affaire, dit Lucy.

Harper grimaça.

— Tu n'aurais pas plutôt envie d'acheter un appartement dans une copropriété, ou une petite maison de ville ?

— Avec quel argent ? répliqua Lucy. Vous, les riches, vous ne savez pas ce que ça signifie d'être fauché. Vous ne comptez jamais. Moi, une fois que j'ai payé les cours, les livres et les frais d'inscription, il me reste tout juste assez pour le loyer et la nourriture. C'est comme ça.

Elle leva la main pour faire taire son amie qui s'apprêtait à protester.

— Et ne me parle plus de cet héritage. Pour l'instant, je n'ai rien touché et je n'ai aucune nouvelle du juge depuis qu'Oliver a déposé sa plainte. Je ne peux pas planifier toute ma vie en fonction d'une somme d'argent que je n'ai pas.

Soupirant, Harper croisa les bras sur sa poitrine.

— Très bien, on est d'accord. Et Oliver dans tout ça ?

Lucy fronça les sourcils.

— Quoi, Oliver ?

— Vous deux... Vous vous voyez souvent, non ? Enfin, vous êtes ensemble. Ça ne te gêne pas de partir comme ça en janvier ? De le quitter ?

Lucy avait préféré éluder la question. Et la récente évolution de ses sentiments n'avait rien changé. Elle avait prévu depuis longtemps de reprendre ses études et, Oliver ou pas, elle s'y tiendrait.

— Pour l'instant, c'est juste une relation agréable. Mais je ne vais pas renoncer à mes études pour rester près de lui.

— Hum... Vous ne vous connaissez pas depuis longtemps, mais ça a l'air de bien marcher entre vous. Ce n'est peut-être pas encore de l'amour, mais ça colle, non ?

— Comment ça, ça colle ?

— Eh bien, c'est comme dans Bambi. Vous êtes sous le charme. Pas encore amoureux, mais excités, en phase.

Lucy ne releva, préférant se concentrer sur l'équipement de la cuisine.

— Tu pourrais transférer ton dossier dans une université de New York. Columbia ? NYU ? Tu n'es pas obligée de retourner à Yale.

Lucy se tourna vers Harper, les mains posées sur les hanches.

— J'ai travaillé dur pour être acceptée à Yale et je veux avoir un diplôme de Yale que je pourrai encadrer et accrocher au mur.

Harper n'avait pas l'air convaincu.

— Les universités que j'ai mentionnées sont aussi réputées, que je sache.

— Je sais. Mais j'avais prévu de revenir à Yale avant cette histoire d'héritage et avant que je rencontre Oliver. Je suis déjà inscrite pour le second semestre. Et on y est bientôt. Alors, tu m'aides à trouver un appartement ou tu continues à me saper le moral ?

Harper ouvrit de grands yeux surpris.

— Bien sûr que je vais t'aider à trouver un appartement à New Haven. Je suis ton amie et, les amies, c'est fait pour ça, non ?

— Alors, allons-y.

Elles repartirent avec un dépliant de l'agence et promirent de rappeler quand Lucy aurait pris sa décision. Elles visitèrent encore deux autres logements, puis se rendirent chez Vito, un de leurs restaurants favoris pendant leurs études.

— Je meurs de faim, déclara Harper en se mettant dans la queue pour commander.

Autrefois, Lucy adorait les plats préparés dans ce restaurant mais, soudain, en pénétrant dans la salle bondée, cela ne lui fit plus du tout envie. L'odeur de la viande et des cornichons vint lui titiller désagréablement les narines quand elle entra. Cela faisait deux ou trois jours qu'elle se sentait un peu barbouillée, elle pensait qu'elle avait mangé quelque chose qui n'était pas bien passé. Maintenant, elle n'était plus très sûre. C'était autre chose.

— Lucy, ça va ?

— Pourquoi ? demanda Lucy.

Harper regarda son amie d'un air inquiet.

— Tu es toute pâle, tout à coup. Tu veux qu'on sorte ?

Lucy admit qu'elle avait besoin d'air frais.

— Oui, juste quelques secondes, si ça ne t'embête pas. L'odeur des cornichons m'incommode, je ne sais pas pourquoi.

Elles sortirent dans la rue, où Lucy prit une longue bouffée d'air frais et se sentit tout de suite beaucoup mieux. La sensation de malaise était toujours là, mais elle n'avait plus peur de vomir devant tout le monde.

— Merci. Je ne sais pas ce que j'ai ces derniers temps. Je ne me sentais pas très bien hier non plus. Je pensais que c'était le sandwich au poulet que j'ai mangé hier à midi, mais ça devrait être passé maintenant. Ce matin, j'ai juste pris un petit pain et bu un café. D'habitude j'adore les cornichons, je ne comprends pas.

— Mon père m'a raconté que quand ma mère attendait Oliver, elle s'est mise à détester l'odeur, et même la vue des cornichons. Et Oliver déteste toujours les cornichons. Ça m'a toujours amusée, ces histoires de dégoûts chez les femmes enceintes. Je croyais que c'était un peu exagéré mais, apparemment, ça doit être vrai. Quand elle m'attendait moi, aucun problème avec ça. Bizarre, non ?

Lucy sourit vaguement en entendant l'histoire de Harper.

— Oui, c'est bizarre, mais je ne suis pas enceinte.

— Je ne dis pas ça. Mais ce serait une drôle de coïncidence que tu sois dégoûtée par les cornichons en étant enceinte d'Oliver, justement.

Harper s'arrêta un moment et regarda son amie avec insistance.

— Lucy, tu serais enceinte de mon frère ?

Se laissant tomber sur le banc le plus proche, Lucy se mit à réfléchir à quel moment elle en était dans son cycle. De quand dataient ses dernières règles ? Avait-elle du retard ? C'était juste avant la mort d'Alice. Elle refit le compte sur ses doigts, avant de secouer la tête.

— Non, affirma-t-elle, ce n'est pas possible. Et puis, nous avons pris nos précautions. Je ne peux pas être enceinte.

Harper s'assit à côté d'elle.

— Et si nous passions à la pharmacie pour acheter un test de grossesse ? Comme ça, au moins on sera sûres. Et si c'est juste un problème d'estomac, on prendra les médicaments qu'il faut. Si ça se trouve, c'est le stress qui te rend malade. Avec tout ce qui t'arrive en ce moment, ça peut se comprendre. Avec le test, tu seras fixée. Et s'il est négatif, tu seras tranquille.

Tranquille ? Ce n'était pas exactement l'état d'esprit dans lequel elle se trouvait en ce moment. Car en réalité elle avait menti à son amie. Si ses calculs étaient exacts, elle avait deux semaines de retard. Cela ne lui arrivait jamais. Ses cycles étaient extrêmement réguliers. Avec les récents événements, elle n'avait pas fait attention, mais le fait était là : elle avait du retard. Et pourtant ils avaient pris toutes leurs précautions. Par malchance, il avait fallu que les trois pour cent d'échec tombent sur eux.

Enceinte ! D'Oliver ! Ce n'était pas possible ! Comment allait-elle le lui annoncer ? Comment allait-elle s'organiser, affronter tous ces changements juste au moment où elle allait reprendre ses études et entamer une nouvelle vie ? Tout s'embrouillait dans sa tête, elle n'arrivait plus à réfléchir.

— Viens, dit Harper en lui tendant la main et en l'aidant à se lever. Allons à la pharmacie. Tu fais le test, et ensuite on ira dans un autre restaurant moins bruyant pour fêter le non-événement. Moi non plus, je ne suis pas prête à avoir une nièce ou un neveu !

Se levant, Lucy suivit son amie mais, au fond d'elle, elle connaissait déjà la réponse. Qu'elle le veuille ou non, elle avait fait un bébé avec Oliver Drake.

Oliver fut surpris de recevoir un message de Lucy lui demandant de le voir le soir même. Il croyait qu'elle était partie pour le week-end avec Harper mais, apparemment, elles étaient rentrées plus tôt. Ce n'était pas pour lui déplaire. Même s'il avait du mal à le reconnaître, il n'aimait pas être séparé d'elle trop longtemps. Depuis qu'elle était partie, il ne pensait qu'à elle et avait du mal à se concentrer sur autre chose.

La circulation était chargée ce soir, et il arriva avec quelques minutes de retard au restaurant où Lucy lui avait donné rendez-vous. Elle l'attendait déjà à une table. L'endroit était bondé et très bruyant. Pas idéal pour une soirée romantique, mais il ne s'en plaignit pas.

Heureux de la voir, il s'arrêta avant d'entrer et la regarda de loin. Il ne la connaissait que depuis quelques semaines mais, déjà, il ne pouvait plus se passer d'elle. Dès qu'il la voyait, tout son corps réagissait, son pouls s'accélérait, son estomac se serrait et l'émotion lui serrait la gorge. À ses yeux, elle était unique. Était-ce cela l'amour que célébraient tant de poètes et de musiciens ?

Elle leva les yeux sur lui. Quand il rencontra son regard, il sut instantanément que quelque chose n'allait pas. Pas de sourire, pas de lueur de joie dans ses yeux en le voyant. Il avait dû se passer quelque chose pour qu'elle écourte son week-end.

— Salut beauté, dit-il en se penchant vers elle pour l'embrasser, faisant comme s'il n'avait rien remarqué.

Elle sourit faiblement et lui rendit son baiser mais, là aussi, il sentit une hésitation.

— Merci d'être venu.

— C'est normal, dit Oliver en déboutonnant sa veste pour s'asseoir. J'ai été surpris de ton appel. Je pensais que tu ne revenais que demain.

Elle secoua la tête, étrangement distante.

— Oui, mais on a décidé de rentrer plus tôt. Il fallait que je te parle.

Il se crispa. Il avait vu juste, il y avait un problème.

— Est-ce que tout va bien ?

Au même instant, le serveur arriva pour prendre leur commande de boissons. Oliver consulta rapidement la carte des vins.

— Tu veux qu'on prenne une bouteille de blanc ?

— Non merci. Je vais prendre un Perrier.

Oliver commanda juste un verre de vin pour lui et le serveur disparut.

— Que se passe-t-il ? Il y a eu un accident ?

— Non, ne t'inquiète pas. Je vais bien, Harper va bien. Mais, il y a un problème. Je ne sais pas si ce sera une bonne ou une mauvaise nouvelle pour toi. Tout dépend de comment tu prendras la chose. En fait...

Sa voix faiblit, et elle se tut.

Oliver n'avait jamais vu Lucy dans cet état. Même à l'enterrement d'Alice, elle n'avait pas l'air si triste.

— Que se passe-t-il Lucy ? Tu peux tout me dire, tu sais. Si je peux t'aider...

— Je suis désolée, Oliver mais il fallait que je te parle au plus vite. Pendant tout le trajet en train, j'ai essayé de trouver le meilleur moyen de te le dire, mais je ne vais pas tourner autour du pot, c'est inutile.

Elle s'arrêta et prit une grande respiration.

— Je suis enceinte.

Le cœur d'Oliver fit un bond dans sa poitrine en entendant ces mots. Il resta sans bouger un moment, comme pétrifié sur sa chaise, assommé par la nouvelle. C'était impossible. Il y avait beaucoup de bruit autour d'eux, il avait dû mal entendre. Il se raccrocha à cet espoir.

— Je n'ai pas bien entendu ce que tu as dit. Tu peux répéter s'il te plaît ?

Il se pencha vers elle et tendit l'oreille, au comble de l'angoisse.

Elle sourit tristement et reprit, en articulant bien.

— Tu as très bien entendu, Oliver. Je suis enceinte. De toi, ajouta-t-elle pour être sûre qu'il comprenne bien de quoi il retournait.

Cela ne pouvait être plus clair. Cette fois, il n'y avait plus de doute possible. Oliver fut pris d'une sorte de panique. Lucy était enceinte de lui. Il allait avoir un enfant. Il ne savait même pas quoi répondre, tellement cette nouvelle était inattendue. Après quelques instants de sidération, son cerveau se remit en route, et des milliers de pensées l'assaillirent dans tous les sens. Mais il lui était impossible de parler, de formuler une parole sensée. Que dire ?

— Je ne sais pas ce qui s'est passé, continua Lucy pour meubler le silence. Nous avons toujours pris nos précautions. Je ne me sentais pas bien depuis quelques jours, mais je n'ai jamais pensé que je pouvais être enceinte. C'est Harper qui a deviné. Pour en avoir le cœur net, on est allées acheter un test de grossesse dans une pharmacie. Il était positif. J'ai rendez-vous chez le médecin mercredi, mais il ne pourra que confirmer, j'en ai bien peur. Nous sommes rentrées aujourd'hui, car je voulais t'annoncer la nouvelle au plus tôt.

Oliver faisait un gros effort pour essayer de l'écouter. Mais il avait du mal à se concentrer sur quoi que ce soit. Quand il finit